Best-seller

Efsy WASHINGTON

Best-seller

Efsy WASHINGTON

Ce livre est une fiction. Les noms, personnages, lieux, et évènements sont les produits de l'imagination de l'auteur et ont été utilisés de manière fictive. Toute ressemblance avec des personnes réelles, vivantes ou décédées, serait totalement fortuite.

www.editions-alter-real.com

Illustration : Edantes

ISBN papier : 978-2-37812-716-9
ISBN numérique : 978-2-37812-715-2
ISSN : 2646-6899
Dépôt : janvier 2023

À ma confidente, Mary-Lou Mylove,
À mon amie, E.L. James
À mon ami français, Franck Thilliez
À mon ami D.J., Gino Panelli

Chapitre 1

Ibiza. 09 juin 2022.

La piscine à débordement de la villa de Gino Camora surplombait la Méditerranée. Douze chambres, douze salles de bains, une salle de cinéma, une mini-discothèque, trois spas. Elle possédait tout le confort et le luxe imaginables. Tout était blanc à l'intérieur, des sols au plafond, des meubles à la décoration. Le soleil avait cogné ce jour-là, et il n'allait pas tarder à disparaître à l'horizon. Sa lumière chaude était une promesse pour la nuit à venir. Je devais me dépêcher, j'avais pris du retard. J'enfilai une petite robe rouge moulante sans rien dessous, comme il me l'avait demandé, et ma paire d'escarpins noirs au talon de douze.

Je me préparai, au son d'un filet d'électro dont les basses rythmaient mes mouvements. Je devais le rejoindre à 22 heures à l'*Amnesia*, avant son set. C'était une soirée importante pour lui. Tout le gratin des people était là, et il partageait les platines avec David Guetta. Je ne voulais pas le décevoir. Je devais le soutenir, malgré tout ce qui m'arrivait. J'avais réussi à chasser de mon esprit ce que j'avais vu quelques heures plus tôt, comme si cela n'avait jamais existé. Réussi à me convaincre que tout irait bien, que tout cela n'était qu'un mauvais rêve. Je me regardai dans l'immense miroir en pied du dressing. J'étais prête, et certaine de lui plaire.

À l'extérieur, un chauffeur m'attendait, planté devant la porte ouverte de la Bentley Continental turquoise. Je sortis de la villa. Ce fut à ce moment que j'entendis les sirènes et distinguai les reflets bleutés des gyrophares qui zébraient la palmeraie. Deux flics de la *Guardia Civil* s'avancèrent vers moi. Avant que j'aie eu le temps de comprendre, je me retrouvai menottée. Ils me poussèrent à l'arrière d'une voiture qui démarra en trombe tandis que le soleil disparaissait dans la Grande Bleue.

Chapitre 2

Paris. 11 avril 2022.

Je m'étais levée avant que la sonnerie du réveil retentisse. Excitée. Je m'étais douchée, coiffée et maquillée, comme cela ne m'était pas arrivé depuis longtemps, sur le rythme effréné du titre *Irreplaceable* de Beyoncé. J'avais choisi ma tenue la veille. Une robe printanière mais classe, de couleur jaune. Une paire d'escarpins assortis. Une petite veste en jean et une pochette bleu marine. Je me contemplai dans le miroir, tournant sur moi-même. Je me trouvai belle. Mes longs cheveux bruns aux reflets auburn, mon smoky-eye qui mettait en valeur mes yeux noisette, mon petit nez retroussé, mes seins et mes fesses rebondies ; tout était parfait. Sur la table du séjour, je pris les clés de ma Fiat 500 d'occasion rouge, mon iPhone et mon stylo fétiche. J'étais heureuse. J'avais en effet été invitée à participer, en tant qu'auteure, à un gros salon du livre, ce qui n'était pas courant. Depuis quelques mois, j'étais plutôt habituée à des séances de dédicaces en supermarché, entre le rayon mayonnaise et les promotions sur le matériel hi-fi. Libris en folie – c'était le nom du salon – se tenait dans le 16e arrondissement, et de nombreuses stars étaient à l'affiche. À l'affiche justement, mon nom ne figurait pas, mais il apparaissait dans le petit livret mis à disposition des visiteurs par les organisateurs. Nous étions une quarantaine d'écrivains.

Lorsque j'arrivai dans la salle où se tenait l'événement, je fus accueilli par une hôtesse qui me remit un badge et un ticket pour le repas du midi. J'étais fière. Il était 9 h 45 et les stars n'étaient pas encore là, les portes ouvrant au public à 10 heures. Le premier à arriver fut Franck Thilliez. Il salua tout le monde, prit un café et s'installa à son stand. Puis le défilé des pointures commença. Bussi, Chattam, Norek, Anna Todd, Dicker, B.K. Lorie et bien d'autres. Des noms illustres. Des modèles. J'osais à peine les regarder, et encore moins leur adresser la parole. Chacun se positionna à sa table. Devant moi, j'avais une pile de trente-huit exemplaires des cinq romans que j'avais écrits.

Les portes s'ouvrirent et le public entra. Une foule énorme pénétra dans la salle. Mon cœur battait la chamade jusqu'à frapper dans mes tempes, mes jambes tremblaient. J'avais le souffle court et j'inspectais tout l'espace du regard à la recherche de visages connus, ceux de mes auteurs préférés. Droite comme un i, je bombais le torse. C'était réellement impressionnant. D'autant plus que mon emplacement était situé en plein dans l'axe de l'entrée, juste à côté de la caisse des librairies partenaires. Les lecteurs se précipitèrent vers les stands. Le ventre noué, les mains moites, je ne pus retenir un sourire radieux. Au rayon mayonnaise, je n'avais jamais vu autant de monde se ruer vers des livres. Aurais-je assez d'exemplaires ? Je me le demandai. Cinq minutes plus tard, l'espace s'était organisé. Des files de personnes s'étaient formées devant les stars de la littérature. La plus impressionnante serpentait face au stand de B.K. Lorie. Il y avait là une bonne centaine de lectrices en furie, impatientes de repartir avec le roman dédicacé de l'auteure du dernier véritable best-seller et d'échanger quelques mots avec la star américaine de la new romance. Un joyeux brouhaha régnait dans la salle. Je regardai ma voisine de table, une employée des éditions du *Père Castor* qui avait une énorme pile de livres pour enfants étalés devant elle.

— Quel monde ! constata cette dame d'une soixantaine d'années.

Elle ressemblait comme deux gouttes d'eau à ma tante Félicie.

— Oui, c'est impressionnant ! Mais pas étonnant, avec toutes ces stars ! répondis-je.

Une petite fille et sa grand-mère interrompirent notre conversation naissante. La mamy voulait acheter *Les cent merveilleuses histoires du Père Castor* et se mit à discuter avec ma voisine. J'essayai d'accrocher le regard des lecteurs qui déambulaient devant moi. Je lançai quelques « bonjour » qui demeurèrent souvent sans réponse. Ils butinaient d'un stand à l'autre, d'une file à l'autre, mais ne s'arrêtaient pas à ma table. L'heure avançait. Lentement. Très lentement. Je m'affalais de plus en plus sur ma chaise, mon sourire radieux avait laissé place à une mine déconfite, et j'avais envie de crier que j'étais là. Je n'étais pas une star ; j'étais, tout au mieux, une auteure honnête de romans policiers. Un tout petit poisson perdu au milieu de l'océan. L'heure du repas arriva comme une délivrance. Une hôtesse orienta les auteurs vers un réfectoire où avait été dressé un magnifique buffet. Seules les Américaines Anna Todd et B.K. Lorie ne se joignirent pas à nous. À table, je me retrouvai face à Franck Thilliez. Me faisant toute petite, je n'osais pas ouvrir la bouche. Je m'apprêtais à avaler une bouchée de la brandade de morue qui nous avait été servie lorsque, très sympa, il s'adressa à moi. Surprise, je faillis avaler de travers et me repris de justesse.

— Cool, ce salon ! Tu as bien vendu ?

Il me demandait à moi si j'avais bien vendu. À moi qui avais toujours mes trente-huit exemplaires posés sur la table de mon stand, parfaitement vierges des empreintes d'un lecteur potentiel. Je mentis :

— Oui, pas mal. Vous aussi ? affirmai-je, un faux sourire plaqué sur les lèvres.

Il me gratifia d'une expression rieuse qui fit briller ses yeux fauves. Je ne l'aurais jamais imaginé si abordable.

— On peut se tutoyer, on est entre nous...

Je cachai ma gêne en buvant un peu d'eau.

— Ah OK, oui, cool. Tu as bien vendu ? rétorquai-je en m'efforçant de ne pas balbutier comme une collégienne.

— Pas mal, oui. Peut-être cent bouquins, mais rien à côté des deux Américaines ! C'est de la folie ! Mon stand est juste à côté de celui de B.K. Lorie. Je pense qu'elle a vendu quatre cents exemplaires, ce matin ! Je n'ai même pas eu le temps d'échanger deux mots avec elle. Dommage, il paraît qu'elle parle très bien français...

Entre deux phrases, il continuait de manger avec entrain. Moi, en revanche, j'avais perdu l'appétit et croisé mes couverts dans mon assiette sans finir mon repas.

— Quatre cents exemplaires ! Waouh !

Quatre cents exemplaires, c'était l'équivalent de ce que je vendais en un an. J'étais sur le cul. Comment était-ce possible ? En plus, j'avais lu, par curiosité, le nouveau roman de B.K. Lorie, *Star Fucker*. Je n'avais pas trouvé cela particulièrement bien écrit. Même l'histoire n'avait rien d'exceptionnel. Par jalousie, et blessée dans mon ego, je trouvais ce succès injuste. Comme tout écrivain, j'avais parfois tendance à considérer que ce que j'écrivais était meilleur que le reste.

Le repas se termina. La conversation avec Franck s'avéra très sympathique. C'était un gars bien, modeste et drôle. Il fut temps de retourner à nos places. Mais avant de regagner mon stand, je me rendis aux toilettes. Là, dans l'encadrement de la porte, je tombai nez à nez avec B.K. Lorie. En plus de son succès, elle avait la beauté pour elle. Élancée, blonde platine, jeune, elle possédait un corps de rêve. Des fesses rebondies mises en valeur par sa petite robe moulante et des seins parfaits mis en avant par un push-up à la limite de la décence. Je la saluai :

— *Hello ! I'm a writer too*, lançai-je en passant la main dans mes cheveux.

Elle me fixa de ses magnifiques yeux gris, puis son regard me détailla de la tête aux pieds. Un balayage rapide mais très méprisant. Elle ne me répondit pas, se contentant d'un haussement de sourcils, pour me signifier que la romancière, c'était elle, et que moi je ne valais pas plus que la bombe de désodorisant à la lavande posée sur les W.-C. J'eus l'impression cruelle et peut-être fondée d'être une moins que rien. De retour à ma table, je regardai tristement ma pile de trente-huit bouquins. Le salon venait de rouvrir au public et le schéma de la matinée se reproduisit. Les lecteurs défilaient devant moi sans même me remarquer, et se dirigeaient vers les stands des stars qui signaient à la pelle. Ma voisine des éditions du *Père Castor* m'acheva :

— Ça n'a pas l'air de trop marcher, pour vous, dites donc... Vous n'avez rien vendu ? se désola-t-elle avec une sincérité feinte.

Elle prit en main un exemplaire de mon dernier roman, lut la quatrième de couverture, l'ouvrit. Elle manipulait le livre comme on regarde les ingrédients d'une boîte de conserve. Puis elle le reposa, avec dédain. Son attitude était lourde de signification. Sans un mot, elle disait tout. « C'est invendable, ce truc ». « La quatrième de couv' ne donne vraiment pas envie ». « La couv' elle-même est pourrie ». « Encore une qui se prend pour un auteur mais qui n'a pas le talent ! ». Je bouillais intérieurement. Pour abréger mon supplice, je lui signalai qu'un visiteur voulait des renseignements sur un des livres qu'elle vendait.

De temps à autre, je regardai les files continues qui zigzaguaient devant les tables des autres écrivains. J'éprouvai alors une multitude de sentiments négatifs, allant de la honte à la colère, en passant par l'amertume. Je pris alors une décision. Mon prochain livre serait un best-seller. S'il ne l'était pas, j'arrêterais d'écrire. Je m'en fis la promesse solennelle.

La journée se termina. L'employée de la librairie partenaire remisa ma pile de trente-huit bouquins dans un carton, en m'adressant un regard réprobateur. À coup sûr, je ne leur avais pas fait gagner d'argent et je ne serais pas invitée l'année suivante. Il fallait que je me reprenne en main. Il fallait changer de braquet. Moi aussi, je voulais connaître la gloire et le bonheur ultime d'être vénérée comme une déesse vivante. C'était à cela que je pensais, de façon obsessionnelle, en rentrant chez moi après le salon, au volant de ma Fiat 500 rouge d'occasion. En sourdine, ma petite enceinte connectée distillait le tube triste à mourir des Verve, *The drugs don't work* :

All this talk of getting old
It's getting me down my love
Like a cat in a bag, waiting to drown

À vingt-cinq ans, ma vie ressemblait à un véritable désastre. J'avais renoncé à une carrière dans l'enseignement qui m'ouvrait grand les bras, pour me consacrer entièrement à l'écriture, la tête pleine de rêves. Depuis trois ans, je vivais donc de mes droits d'auteur et des quelques traductions que je faisais en free-lance. Vivre était un bien grand mot. Sans les aides sociales, j'aurais été bien incapable de payer le loyer de mon minuscule HLM et même de manger. Je survivais, sous perfusion. Sur le plan sentimental, ce n'était guère mieux. Les garçons de mon âge ne m'intéressaient pas. Je les trouvais trop plats, sans consistance, immatures. Mes seules aventures se déroulaient donc souvent avec des trentenaires ou même des quadras qui se faisaient passer pour célibataires, mais ne l'étaient jamais. Écœurée, bafouée, j'avais fini par renoncer à l'amour. Mon cœur et mon corps étaient en jachère depuis un bon moment. Pour me donner un semblant de moral, je ne cessais de me répéter cette banalité, qu'il vaut mieux être seule que mal accompagnée, me résignant à accepter que mon Womanizer devienne mon seul et unique générateur d'orgasmes.

En réalité, à vingt-cinq ans, j'étais une perdante, une vieille fille avant l'âge et une auteure ratée. Je devais réagir. Essayer de rebondir. Tenter le coup, une dernière fois.

Chapitre 3

Paris. 21 mai 2022. Bureau de Franck Schneider.

— Alors comme ça, vous voulez écrire un best-seller ? lança-t-il en me fixant.

— Oui, répondis-je, en détournant le regard.

— Et vous pensez qu'il y a une recette pour ça ? poursuivit-il, en jouant avec un trombone qui était posé sur son bureau.

— Je n'en sais rien. À vous de me le dire...

— Je vais vous étonner, mais il y en a effectivement une. Plusieurs, même...

Je restai silencieuse, pendue à ses lèvres. Mes yeux balayèrent la pièce. Ils se posèrent sur des tableaux un peu kitch qui représentaient des danseuses sévillanes et des paysages espagnols. Ils s'attardèrent ensuite sur une bibliothèque remplie de livres aux couvertures luxueuses. Aucune photo de famille. Rien qui puisse donner une indication sur la vie privée de Schneider. Était-il marié ? Avait-il des enfants ?

Un chien ? C'était impossible à dire et cela le rendait d'autant plus insaisissable.

— Tous les livres qui se vendent peuvent, en fait, être classés en trois catégories. Les vrais romans écrits par des intellectuels, pour des lecteurs qui ont l'impression agréable d'être moins bêtes après les avoir lus. Un Houellebecq, par exemple. Mais à lire ce que vous écrivez, je ne pense pas que vous puissiez entrer dans cette catégorie.

— Je ne pense pas non plus, répondis-je, les yeux rivés sur le trombone qu'il continuait à malaxer.

— Et puis, il faut avoir du charisme, pour cela. Non pas que vous n'en ayez pas, mais vous faites trop « propre sur vous ». Vous n'êtes pas borderline, vous n'êtes pas droguée...

Tête basse, j'acquiesçai d'un signe de la tête, un peu vexée.

— Le feel good, c'est pareil, ce n'est pas pour vous. Le livre politique, non plus. Non, vous, votre truc c'est le polar, c'est ça ? lança-t-il avec une pointe de mépris.

— Oui, répondis-je d'un ton assez sec que je regrettai immédiatement.

— C'est bien ça, le problème. Le polar, ça se vend, mais toutes les places sont déjà prises. Et vous n'êtes pas Chattam, Grangé ou Thilliez ! Vous écrivez des pavés ? Pour vendre du polar, il faut écrire des bouquins de six cents pages...

— Pas vraiment. Je n'ai pas la patience pour ça..., avouai-je.

— C'est fâcheux. Des petits polars, il y en a des milliers qui sortent tous les ans. Il y a presque plus d'auteurs en policier que de lecteurs. Trop de concurrence. Notez que la tendance à écrire des pavés est ridicule. *Ils étaient dix* d'Agatha Christie et les chefs-d'œuvre de Conan Doyle n'avaient rien à voir avec les bottins téléphoniques que publient maintenant les éditeurs. À croire que les lecteurs ont des meubles à caler chez eux ! La romance, vous y avez pensé ? se résigna-t-il à avancer.

— J'y pense, oui. Mais j'aime les intrigues policières.

— L'un n'empêche pas l'autre. Il y a toujours des intrigues à dormir debout dans les bouquins de new romance. Bon, ce qui est sûr, c'est qu'il faudrait que vous écriviez sous un pseudonyme...

— Pourquoi ça ? m'inquiétai-je.

— France Coudert, ce n'est pas vendeur ! Surtout que vous êtes américaine. Vos parents ont eu une drôle d'idée...

Les bras croisés et les mains crispées, je le regardai, la mine déconfite, ne sachant trop quoi dire. Mes parents étaient américains et lorsqu'ils étaient venus s'installer en France, pour le boulot, j'étais née. Alors, ils m'avaient appelée France. Et pour franciser notre nom, Kudrow, ils l'avaient transformé en Coudert.

— Non ; France Coudert, ce n'est pas possible, si vous vous lancez dans la romance. Ce n'est pas sexy. E. L. James, Anna Todd, Audrey Carlan, Elle Kennedy, vous voyez ; ça claque ! Ça fait rêver. Cela donne envie de lire. France Coudert, moi ça me donne juste envie de manger un jambon-beurre. Vous comprenez ? dit-il, de façon très méprisante, cette fois.

J'acquiesçai de nouveau, en me tordant les doigts et en perdant mon regard dans la perspective de l'un des tableaux qui figurait une sorte d'hacienda sur fond de soleil couchant.

— Laissez-moi réfléchir. France Coudert. France Coudert... Initiales FC. Efsy à l'américaine. Efsy ; ça, ça sonne bien, non ? proposa-t-il, un sourire aux coins de ses lèvres charnues.

— Efsy Kudrow ? C'est mon nom de famille, à l'origine. Coudert, c'est une idée de mon père pour faire plus français... poursuivis-je.

— Efsy Kudrow ?

Il répéta plusieurs fois ces mots à haute voix, en regardant le plafond, l'air pas convaincu.

— Non, ça ne claque pas. Quand vous pensez aux États-Unis, quelle est la première image qui vous vient en tête ?

— Je ne sais pas. Washington..., proposai-je au hasard.

— Washington. Washington. Efsy Washington. Voilà, ça, ça me parle. Efsy Washintgon. Oui, c'est excellent, ça !

Je répétai « Efsy Washington », dans ma tête. Cela me paraissait ridicule, mais il semblait si sûr de lui que je n'osai le contredire.

— Vous écrirez sous le pseudonyme d'Efsy Washington.

Chapitre 4

Paris. 12 avril 2022.

En rentrant du salon Libris en folie, j'avais posté quelques photos sur Facebook et un petit résumé de ma journée. Comme toujours, j'avais un peu menti. Je m'étais vantée d'avoir fait de belles rencontres et d'avoir vendu de nombreux livres. Avec le temps, j'avais remarqué que se plaindre sur les réseaux sociaux n'était pas vendeur. En le faisant, on était vite considéré comme un loser et les losers n'intéressent personne. Alors j'avais mis sur mon mur un cliché un peu flou de B.K. Lorie que j'avais commenté. Échaudée par l'attitude de cette dernière, j'avais indiqué « Déçue ! B.K. Lorie est une vraie peste. Lol. Elle dit à peine bonjour. Déçue. » Je n'imaginais pas que mon post aurait un tel effet et m'attirerait les foudres de tous les internautes. En moins d'une heure, j'avais reçu une centaine de commentaires désobligeants et agressifs. « Qui es-tu pour juger B.K. Lorie ? Vends autant de livres qu'elle et après, on en reparlera », « Encore une jalouse ! B.K. Lorie est une star ! Et toi ? Tu es quoi ? Une ratée ! », « Honte à toi de dénigrer notre idole ! », « Pauvre fille !! ». J'avais essayé de supprimer ma publication, mais à cause d'un bug je n'y étais pas parvenue. On me dénigrait, on me mettait plus bas que terre. Et le pire était à venir, lorsque B.K. Lorie elle-même, alors qu'elle ne m'avait jamais acceptée comme amie, posta un pavé en français sur ma page.

Hello mes guerrières,

Je suis ravie de voir que vous me défendez. Il faut excuser madame France Coudert. Être une auteure n'est pas facile. Lors de Libris en folie, il me semble que la pauvre n'a vendu aucun livre. Pour ma part, grâce à vous, j'en ai vendu par centaines. Je peux donc comprendre sa réaction. Pendant le salon, j'ai pourtant voulu discuter avec elle, mais elle n'a pas accepté de me parler. La jalousie, peut-être. Je suis habituée à ce genre de coup bas, mes guerrières. Ça ne vole pas toujours très haut et c'est dommage. Merci pour votre soutien ! B.K. Lorie.

La honte. J'aurais voulu disparaître. D'auteure inconnue, j'étais passée au statut d'auteure détestée par toute la « planète romance ». Même mes quelques lectrices de toujours m'insultaient sur mon mur. En temps normal, lorsque je postais une publication, j'obtenais une trentaine de « j'aime », au maximum. Là, en quelques heures, je venais de récolter plus de mille commentaires incendiaires. J'avais eu le culot de m'attaquer à une icône de la littérature. On ne me le pardonnerait jamais. Lorsque je parvins enfin à supprimer mon post, il était trop tard. Le mal était fait. J'étais la jalouse sans talent qu'il fallait abattre. Claire Pageot, mon éditrice, fut très vite au courant et m'appela, furieuse :

— Mais qu'est-ce qui vous a pris, France !

— Je...

— On ne touche pas à une B.K. Lorie, enfin ! Je viens d'avoir son éditeur ; il est hors de lui ! Il était prêt à vous attaquer en procès pour diffamation ! cria-t-elle, car elle criait plus qu'elle ne parlait.

— Mais j'ai juste voulu exprimer mon ressenti..., balbutiai-je en prenant mon visage dans la main comme pour le cacher.

— C'est une belle connerie ! Tout le monde, dans l'édition, sait que B.K. Lorie est une véritable connasse, mais elle est adulée par les lecteurs et ce sont les lecteurs qui nous font vivre ! Vraiment, qu'est-ce qui vous a pris ?! poursuivit-elle en hurlant.

— Excusez-moi, je...

Ne trouvant pas mes mots, je posai mon téléphone sur le bureau et activai le haut-parleur, de manière à pouvoir poser mes deux mains contre ma nuque. Je baissai la tête et fermai les yeux, avec l'impression cruelle d'être un enfant de quatre ans.

— Que voulez-vous que je fasse de vos excuses ? C'est fait, maintenant, c'est trop tard ! Je vous conseille de vous faire oublier pendant un bon moment ! Déjà que vos ventes n'ont jamais été aussi basses ! Cela ne va rien arranger ! lança-t-elle comme on lance un couteau.

— Mais...

Je bafouillai sans pouvoir terminer ma phrase, le front désormais écrasé sur ma table.

Elle raccrocha. Je me mis à trembler. Des jambes, des mains, de tout mon corps. Mon rythme cardiaque s'accéléra au point que j'eus la sensation d'étouffer. Mon éditrice était furieuse, et j'étais loin d'être une auteure bankable. J'avais donc peur qu'elle mette un terme à notre collaboration, à cause de cet épisode. Que ferais-je alors ? Le monde de l'édition était un microcosme. À l'évidence, plus personne ne voudrait m'éditer. J'ouvris la porte de mon réfrigérateur pour me saisir d'une plaque de Milka aux noisettes. Puis je me laissai tomber dans mon petit canapé. Sur YouTube, je sélectionnai la mélancolique reprise de *Something* par Joe Cocker, dont la voix chaude et rocailleuse remplit l'espace. Le regard perdu dans le vide, je croquai dans un carré de chocolat et je me mis à pleurer toutes les larmes de mon corps. J'étais dévastée.

Je restai comme cela un bon moment, inerte mais toujours tremblante. Soudain, mon esprit se réveilla. Je devais me rebeller. Ma carrière ne pouvait pas s'arrêter comme cela. Je repensai alors à une annonce que j'avais vue sur le site des éditions Ludo et Company. On y proposait aux écrivains en herbe de s'adjoindre les services de Franck Schneider, le « faiseur de stars », celui-là même qui avait découvert B.K. Lorie et tant d'autres. Pour quelques centaines d'euros, il était possible de bénéficier d'entretiens individuels avec celui qu'on surnommait « le Gourou ». Grâce à ses conseils, j'écrirais enfin un best-seller ; j'en étais persuadée, ou plutôt, je me raccrochai à cette idée.

Chapitre 5

Paris. 21 mai 2022. Bureau de Franck Schneider.

Franck Schneider était un homme d'une petite soixantaine d'années. Grand, assez sec, les cheveux mi-longs et grisonnants, des lunettes rondes plantées sur le nez, le visage ovale. Sa peau portait les stigmates d'une acné tardive. Fait du hasard, il ressemblait trait pour trait au portrait-robot vieilli du « Grêlé », un tueur en série des années 1980, et sur lequel j'avais déjà fait des recherches approfondies, dans le cadre de l'écriture de l'un de mes livres. Schneider avait beaucoup de charisme et d'assurance. Il faisait partie de ces gens sur lesquels la vie ne semble pas avoir de prise. Dans son domaine, il excellait. Il était le meilleur. C'est lui qui avait fait sortir de l'ombre la majorité des romanciers célèbres de notre siècle. Sa dernière découverte n'était autre que ma désormais meilleure ennemie, B.K. Lorie. Il avait même fait mieux que la découvrir. D'après ce qu'on disait, il l'avait aidée à écrire son tout premier roman, *Pleasure Game*. Ce livre, avec plusieurs millions d'exemplaires vendus à travers le monde au cours des six premiers mois ayant suivi sa sortie, avait mis la carrière de l'Américaine sur orbite. J'espérais qu'il n'avait pas perdu la main.

— Avoir une bonne histoire – une histoire qui plaît – n'est pas suffisant. Il y a plein d'excellents livres, parfaitement formatés pour séduire un large public, qui ne se vendent pas. Savez-vous vraiment ce qu'il faut pour qu'un roman devienne un best-seller ? questionna-t-il, mystérieux.

— Non.

— Il faut qu'il se soit vendu. C'est tout le paradoxe. Pour qu'un roman se vende, il faut qu'il se soit vendu !

Je le regardai comme un oiseau tombé du nid. Ce qu'il disait semblait n'avoir aucun sens.

— C'est pareil pour tout, mademoiselle...

Il me regarda, me scruta dans le détail. Je croisai les jambes et les bras.

— ... Vos escarpins, par exemple. Vous les avez achetés en magasin ?

— Non, sur Amazon.

— Parfait ! Alors, citez-moi les deux raisons principales pour lesquelles vous les avez choisis, lança-t-il, inquisiteur.

— D'abord, parce qu'ils me plaisaient. Et ensuite, parce que les avis des acheteurs étaient nombreux et tous bons, avouai-je, un peu honteuse.

— Vous voyez ; en fait, vous avez acheté ces chaussures parce qu'elles se sont déjà vendues. Et dites-vous bien que pour un livre, c'est encore pire. Parce qu'il n'y a aucun moyen de savoir s'il va nous plaire, avant de l'avoir lu. La principale raison qui vous pousse à acheter un livre est donc de vous assurer qu'il se vend bien.

Chapitre 6

Paris. 03 juin 2022.

Avant de me lancer dans l'écriture d'un nouveau manuscrit, j'avais pris pour habitude de mener des investigations de terrain. Quand j'écrivais sur un sujet, je voulais connaître ce sujet sur le bout des doigts, m'en imprégner, le vivre. De cela dépendait toute la vraisemblance de l'histoire. C'était aussi une forme de respect envers mes lecteurs. Je ne voulais pas raconter n'importe quoi. Or je ne connaissais rien dans le domaine de la musique électronique. Rien à part les quelques succès commerciaux des Guetta, Avicii ou Calvin Harris. J'avais bien écouté certains morceaux plus « pointus » : *N'to-Trauma* de Worakls, *Walking with elephants* de Ten Walls, *Learning to fly* de Maceo Plex, le volume 6 de *The King of deep* par Gino Panelli. Mais pour pallier mon vrai manque de connaissances, je devais à tout prix trouver le moyen d'entrer en contact avec un vrai D.J. Pour sentir son monde et m'imprégner de l'univers qui l'entoure. C'était toutefois plus facile à dire qu'à faire. Pourtant, le destin s'en mêla, alors que je surfais sur le Net. Et le destin porta, ce jour-là, le nom d'un autre Gino, Gino Camora, un D.J. américain d'origine italienne, en pleine ascension. Sur son site, au milieu de toutes les publications et les podcasts, je découvris une annonce inespérée. Elle venait d'être postée.

Dans le cadre de sa tournée mondiale, Gino Camora recherche une traductrice bilingue (anglais/français). Entretiens via Messenger ce soir à 19 heures (heure française). Dépôt des candidatures à l'adresse suivante : team@ggcamora.com. Candidatures limitées aux 20 premières inscrites. Veuillez indiquer vos coordonnées téléphoniques. À vos claviers. Flora Jones, assistante.

Une aubaine ! Mais il ne fallait pas tarder. L'annonce était en ligne depuis deux minutes et j'imaginais que toutes les groupies avaient déjà dû envoyer leur candidature. Sans réfléchir, j'envoyai un mail à l'adresse indiquée, sous une fausse identité.

Madame Jones,

Je fais suite à votre annonce relative au poste de traductrice bilingue. Je vous prie de trouver, en pièce jointe à ce mail, mon CV. Je vous précise que je possède la double nationalité (franco-américaine) et que je maîtrise à la perfection *l'oral et l'écrit dans les deux langues. Me doutant du nombre impressionnant de candidatures que vous allez recevoir, j'espère que la mienne retiendra votre attention.*

Bien cordialement,

France Briard.

En dessous, j'écrivis la même chose en anglais et je joignis un CV faisant état de mes formations, de mes diplômes et de mes activités de traductrice. J'occultai ma « carrière » de romancière, ayant l'intuition qu'il valait mieux ne pas en parler. J'envoyai, sans trop d'espoir. La journée se passa. À son terme, je ne pensais même plus à cet épisode.

Mais le soir venu, alors que j'étais affalée dans mon canapé devant ma série préférée, à 19 heures pile, mon téléphone sonna. C'était un appel visio en provenance de Miami. Je me redressai, me recoiffai à la va-vite et courus vers le seul mur présentable de mon appartement en bordel. Si c'était l'équipe du D.J. ou le D.J. lui-même, je ne voulais pas qu'il puisse visualiser mon intimité de célibataire endurcie. Bien qu'il fût hors de vue, un peu honteuse, je mis un coup de pied dans mon Womanizer qui traînait sur le sol pour le faire disparaître sous le meuble-télé. Une fois prête, je soufflai un grand coup et je décrochai. Au bout du fil, une femme s'adressa à moi en anglais. Elle avait un accent américain très prononcé.

— Madame Briard ? fit-elle d'un ton assuré.

— Moi-même, répondis-je dans un anglais parfait.

Je la gratifiai d'un sourire éclatant que j'espérais convaincant.

— Je suis Flora Jones, l'assistante de Gino Camora, précisa cette sublime blonde qui semblait sortir d'une production hollywoodienne et dont la beauté n'avait d'égale que l'assurance et la froideur.

— Enchantée.

— De même. Votre profil nous intéresse. Sur la multitude de candidatures reçues, vous n'êtes plus que deux dans la short list. Avez-vous quelques minutes à m'accorder ?

— Bien sûr !

Je peinais à masquer mon excitation. Si je n'avais pas été en visio, j'aurais sauté sur place et levé un bras en l'air en signe de victoire !

— OK, allons-y. Vous êtes célibataire, d'après votre CV ; c'est bien le cas ? demanda-t-elle, un peu inquiète.

Son front parfait se plissa légèrement. Pour la première fois depuis longtemps, j'étais heureuse que ma vie amoureuse soit un désert !

— Oui, dis-je, en essayant de rabattre une mèche de cheveux qui venait de tomber sur mon front.

Mon interlocutrice commençait à se détendre.

— Pas d'enfant ?

— Non.

— Vous êtes mobile ?

— Très. Je travaille en free-lance, comme vous l'avez vu. Donc, je n'ai pas d'attache particulière.

— Vous n'êtes pas journaliste ou écrivain ? Vous aurez une clause de confidentialité dans votre contrat. Nous avons déjà eu le cas. Un journaliste s'était fait embaucher à la sécurité, pour essayer d'avoir du scoop et prendre quelques photos de Gino. Nous l'avons très vite démasqué, me prévint-elle en arquant un sourcil accusateur.

Je secouai la tête avec véhémence pour bien insister :

— Non, non, rassurez-vous, je ne suis ni journaliste ni romancière, mentis-je en renonçant à discipliner ma coiffure et en me mordant la joue.

Elle acquiesça d'un air satisfait et un léger sourire naquit sur ses lèvres brillantes de gloss.

— Parfait. Pouvez-vous poser votre téléphone et vous éloigner pour que je vous voie en pied ? demanda-t-elle le plus sérieusement du monde.

— Euh… pour quoi faire ? répondis-je en balayant du regard la pièce mal rangée.

— La présentation est importante pour ce job. Si vous êtes choisie, vous devrez accompagner Gino dans des lieux très select.

— Ah OK. Attendez…

N'ayant qu'un meuble haut dans mon minuscule studio, je n'avais pas l'embarras du choix. Or ledit meuble se trouvait à l'opposé de la télé. En posant mon téléphone dessus, mon interlocutrice verrait donc forcément tout mon capharnaüm. Qui plus est, mon Womanizer rebelle avait rebondi sur une plinthe et il était de nouveau visible. Je cachai l'écran de mon iPhone avec ma main libre et du pied, éjectai mon jouet de luxe à l'autre bout de la pièce. L'essentiel était sauf. Je ne passerais pas pour une nymphomane aux yeux de miss Jones. Restait le bordel organisé sur mon canapé et la table basse. Je n'avais pas le temps de me mettre à ranger. *Tant pis*, me dis-je en posant mon mobile et en m'éloignant de lui pour me dévoiler en pied.

— Tournez sur vous-même, mademoiselle Briard.

J'avais l'impression d'être une bête de foire. Miss Jones, que je distinguai à peine sur l'écran de l'iPhone, semblait me détailler, comme on le fait avec les vaches au salon de l'agriculture. Je commençai à me demander si Camora cherchait une traductrice ou s'il avait mandaté son assistante pour lui trouver son nouveau flirt.

— OK. Merci, mademoiselle Briard. À partir de quand êtes-vous disponible ?

— Je ne sais pas. Immédiatement, si c'est nécessaire… balbutiai-je.

— Ça l'est. Vous êtes l'élue ! lança-t-elle avec un large sourire dévoilant une dentition parfaite dont seuls les Américains ont le secret.

— Quoi ? Je suis choisie ?

Sous l'effet de la surprise, je me laissai tomber sur mon canapé.

— Oui, vous remplissez tous les critères. Envoyez-moi vos identifiants bancaires par mail. Nous allons vous faire une avance de quatre mille dollars pour que vous puissiez réserver vos billets d'avion. Vol 842 au départ de Paris, samedi, à 7 h 42. Une voiture vous attendra à l'aéroport de Miami, à votre arrivée. Avez-vous des questions, mademoiselle ?

J'étais stupéfaite. Des questions, j'en avais mille, mais prise au dépourvu, j'oubliai de les poser.

— Non, aucune, tout est clair.

— Très bien. À samedi, mademoiselle, conclut-elle en me saluant de la main.

Elle raccrocha. Je restai debout, au milieu de mon studio en bazar, sous le choc. Décidément pas décidé à rester en place, mon Womanizer avait de nouveau rebondi contre le mur et avait repris sa position initiale au centre de la pièce, comme s'il me disait de ne pas l'oublier dans mes bagages.

Chapitre 7

Paris. 21 mai 2022. Bureau de Franck Schneider.

— Mais il y a bien un moment où de premiers acheteurs achètent le livre..., interrogeai-je, perplexe.

— Oui, et il faut qu'ils soient nombreux, dès la sortie, répondit-il sans me regarder et en sortant une boîte de cigares d'un tiroir de son bureau.

— Mais pourquoi ils achèteraient ce livre, en particulier ?

J'avançai mon visage vers lui pour essayer de capter son regard, en vain.

— Parce qu'on le voit partout ! Quand Musso sort un roman, vous ne pouvez pas le louper. Il est partout. Dans les librairies, sur les affiches, dans le métro, sur les bus. Vous allez aux toilettes dans une station-service, vous le croisez sur un présentoir. Musso pourrait écrire une énorme daube qu'il aurait vendu plus d'exemplaires, en deux jours, que vous en toute une vie...

— Oui mais c'est Musso, il a un nom ! m'agaçai-je quelque peu.

— Vous avez raison, vous n'êtes pas Musso. Mais il y a de multiples moyens pour donner de la visibilité à un ouvrage, avant sa sortie. Vous pourriez, par exemple, créer une histoire autour de votre livre. Les lecteurs adorent le mystère. Stock l'a fait pour la rentrée littéraire, en 2019. Tous les coups sont bons ! fit-il, trop mystérieux à mon goût.

— Comment cela ? m'impatientai-je.

Il se gratta le menton, ouvrit sa boîte de cigares et marqua une longue pause avant de répondre :

— Vous pourriez refaire le coup de Sheila.

Il ne me regardait toujours pas et était en train de tripoter un de ses cigares.

— Sheila, la chanteuse ? demandai-je en m'affalant pratiquement sur son bureau pour attirer son attention.

— Oui, elle-même. Vous ne connaissez pas l'histoire ? répondit-il en se saisissant d'un coupe-cigare en argent.

— Non...

— C'était en 1977. Sa carrière était au creux de la vague. Son producteur, Claude Carrère, lorgnait sur la vague disco. Cette année-là, il cosigne une chanson en anglais, *Love me Baby*. Sheila s'emballe et veut la chanter en anglais. Et là, Carrère a une idée géniale. Il décide qu'elle l'enregistrera sous le pseudo de S.B. Devotion, Sheila Black Devotion, en langage codé. En peu de temps, *Love me Baby* enflamme les pistes, entre deux tubes de Donna Summer et Gloria Gaynor. Les programmateurs réclament les S. B. Devotion à un Claude Carrère qui fait dire que son groupe n'est, pour l'heure, pas disponible. Les ventes décollent, à cause du mystère qui entoure le groupe. C'est finalement l'animateur de RTL, André Torrent, qui met le feu aux poudres lorsqu'il diffuse à la suite *L'Arche de Noé* de Sheila puis *Love me Baby*. Le standard de la station radio explose parce que les auditeurs sont certains d'avoir reconnu la voix de Sheila. Et là, tout s'enchaîne. Quatre cent mille exemplaires vendus ! Vous pourriez faire le même coup. Il faut faire le buzz…, poursuivit-il, énigmatique, en coupant le bout d'un de ses barreaux de chaise.

— Comment ? suppliai-je.

Je fixai la danseuse andalouse de l'un de ses tableaux. J'avais renoncé à capter le regard de ce Franck Schneider.

— Il suffirait d'annoncer qu'Efsy Washington est le pseudonyme d'une romancière célèbre et de demander aux lecteurs d'essayer de deviner qui elle est. Ils imagineront d'emblée E.L. James, Anna Todd ou un autre écrivain illustre, derrière ce nom de plume. Si votre éditeur rentre dans le jeu en faisant un peu de tapage médiatique, et s'il prend le risque de lancer un gros tirage, c'est gagné. Votre livre attirera la curiosité et cela déclenchera la première vague des ventes. Celle qui entraînera le tsunami du succès.

Chapitre 8

Miami, Sunset Beach. 05 juin 2022.

Dans l'ascenseur qui menait au rooftop du Carlyle Hotel, je n'en menais pas large. À mon arrivée, à l'aéroport, un gros SUV noir aux vitres teintées avec chauffeur m'attendait. À son bord, à l'arrière, j'avais retrouvé Flora Jones. C'était une très jolie blonde d'une trentaine d'années, dans le genre femme fatale. Durant le trajet, elle m'avait briefée sur ce qu'on attendait de moi. Gino Camora avait pour projet de travailler avec des D.J. français de renommée mondiale, dont David Guetta et Kungs. Par coquetterie, il voulait donc apprendre le français, et l'apprendre très vite. Ma mission serait par conséquent de l'accompagner un peu partout pendant deux mois et de lui parler au maximum dans la langue de Molière. C'était parfait pour ce que j'avais à faire, pour écrire mon roman. J'allais pouvoir m'immerger dans ce monde dont j'ignorais tout. Au trentième étage de l'immeuble qui en comptait quarante, un bruit sourd se fit entendre, de plus en plus présent. Flora me regarda, l'air amusé, et s'adressa à moi, en anglais :

— Les basses...

Ce son étouffé s'intensifia au fur et à mesure que les étages passaient. Lorsque les portes s'ouvrirent, une sorte d'explosion festive se produisit, accompagnée par la lumière éblouissante du soleil. Le rooftop était bondé, rempli de clubbers de jour. Jamais je n'avais vu une telle concentration de mecs torse nu exagérément musclés et de filles aux corps parfaits, dans leur soutif trop petit et leur string extra small. Tournés dans la même direction, tous s'agitaient les bras en l'air, le regard perdu ou les yeux fermés, comme en transe. Aimantés par les platines sur lesquelles Gino Camora exerçait son art. Je le vis de loin une première fois, puis plus distinctement, en m'approchant. Il était plutôt grand et bien bâti. Brun, le visage fin, orné d'une barbe travaillée, taillée en dégradé. C'était un très bel homme. Il dégageait quelque chose de sauvage. Un charisme naturel en forme d'insolence. Vêtu d'un jean slim, d'un simple tee-shirt noir moulant, Stan Smith blanches aux pieds, il cachait ses yeux derrière une paire de Ray-Ban. Tout son corps bougeait au rythme des basses. Avec une grande assurance, il jouait avec les boutons de sa platine, le visage impassible, casque sur les oreilles.

— Il se chauffe, là. Tu aimes l'électro ?

Flora Jones se déhanchait de façon un peu gauche, à côté de moi. Je lui mentis, en me déhanchant à mon tour, de façon mécanique, saccadée, sans aucune grâce.

— J'adore ça !

— Gino est en train de tout ringardiser ! Même *The way back* de Solomun paraît vieillot, à côté. Il amène quelque chose de nouveau !

J'acquiesçai de la tête, en me saisissant d'une coupe de champagne qu'une serveuse topless venait de me tendre. Je n'étais pas dans mon élément. Pour essayer de me désinhiber, je bus la coupe d'une traite, espérant que l'alcool m'aiderait à trouver le rythme. Soudain, Camora aperçut Flora. Il lui adressa un sourire et lui fit signe de la main. Elle me désigna du doigt. Il me regarda me dandiner de façon ridicule et leva le pouce en l'air. Je me sentis idiote, pas à ma place.

— Gino était pressé de vous voir arriver. Il est content. C'est important pour lui de bien parler le français. Ça va lui ouvrir d'autres portes en Europe, dit-elle avec son sourire radieux.

Une superbe fille blonde dansait, à côté des platines. Elle lançait des regards brûlants à Camora. Tout en mixant, il l'enlaça d'un bras et l'embrassa langoureusement sur la bouche.

— C'est sa copine ? fis-je.

Flora éclata de rire, avant de me répondre :

— Sa copine ? Ah non ! C'est juste une fille parmi mille autres qui aimerait lui mettre le grappin dessus ! Gino n'est pas du genre à se poser. Pas tout de suite, du moins. Il aime profiter de la vie, si tu vois ce que je veux dire...

— Il faut dire qu'il est plutôt bel homme, avouai-je.

— Il est canon, tu veux dire ! Et puis la célébrité rend beau ! Elles sont toutes folles de lui !

Je me saisis d'une nouvelle coupe de champagne que j'avalai cul sec. Je commençais à me détendre et je dois admettre que j'appréciais le moment. La musique avait un côté hypnotique. Le rythme des basses semblait calé sur celui de mon cœur. Je me laissai aller, profitant de l'instant, sans me préoccuper de l'image que je pouvais renvoyer. Je me mis à danser de façon plus suggestive, m'imprégnant du tableau sensuel qui m'entourait. Les torses nus des danseurs ruisselant de transpiration. Les fesses fermes et rondes comme des pommes des danseuses qui vibraient au tempo des enceintes. L'insouciance et l'allégresse régnaient, dans une ambiance légère.

Le mix de Gino dura encore presque trois quarts d'heure, au terme desquels il laissa la place à un autre D.J. Camora fendit la foule en liesse et se dirigea vers nous. Au passage, il distribua quelques « check » et des accolades aux clubbers qui avaient apprécié son set. En arrivant à notre niveau, il embrassa Flora, puis me serra dans ses bras comme si je le connaissais depuis toujours et me parla à l'oreille, en anglais. À l'aise, il fut d'emblée très familier.

— Ah, France, enfin ! J'adore ton prénom ! Avec un prénom pareil, tu vas m'apprendre le français en deux temps trois mouvements. Tu as fait bon voyage ? Tu as kiffé mon set ?

— Oui ; c'était top !

Il ôta ses lunettes de soleil pour les poser sur son crâne. Il planta ses magnifiques yeux bleu azur dans les miens et posa sa main sur mon épaule. Mon Dieu qu'il était beau ! Je comprenais pourquoi aucune fille ne lui résistait. Le mot « irrésistible » aurait d'ailleurs pu être inventé pour lui. J'en étais désormais persuadée ; il ferait un magnifique personnage pour mon livre, si je parvenais à bien le décrire.

— Cool ! Tu as pris du champ' ?

Il fit un signe à la serveuse qui accourut avec des coupes. Nous trinquâmes.

— Tchin, France ! J'adore la France ! Le champagne, le vin, les femmes !

Tout en parlant, il s'éloigna, d'une démarche assurée et très classe. Il se dirigea vers un groupe de filles dénudées qui lui sautèrent au cou. Avec elles, au rythme de la musique distillée par son confrère, il disparut dans une sorte d'alcôve surmontée d'une toile tendue. J'interrogeai Flora. Toute information concernant le comportement du D.J. était importante pour moi. Elle m'aiderait à construire le personnage de mon best-seller.

— Que fait-il ? questionnai-je.

— Ah là, il est parti se détendre, éluda-t-elle.

— C'est-à-dire ? insistai-je tout en buvant une gorgée de champagne.

— Se détendre, quoi. Les filles. Les plaisirs artificiels…

— La drogue ?

Elle ne répondit pas, un peu sur la défensive. Son visage se ferma d'un seul coup. Alors je n'insistai pas davantage. Un homme à la mine patibulaire, portant une sacoche en cuir en bandoulière, passa devant nous et se dirigea vers l'alcôve où Camora s'était réfugié. Athlétique, la trentaine, latino, il avait des cheveux noirs plaqués en arrière. Une vilaine cicatrice lui barrait le front.

— Qui est-ce ?

— C'est Marco. Un ami d'enfance de Gino. Tu le verras souvent, il nous suit sur la tournée. Tiens, d'ailleurs, enregistre son numéro et celui de Gino dans ton portable. On ne sait jamais ; tu en auras peut-être besoin.

Je mémorisai les numéros dans mon iPhone. Au même moment, Marco entra dans l'alcôve de laquelle des rires s'échappaient. Il en ressortit moins d'une minute plus tard sans sa sacoche, le pas pressé. Je restai avec Flora. Elle se déhanchait à présent comme une folle. Alors que je la regardai faire dans sa courte robe blanche, ses cheveux blonds plaqués vers l'arrière, balayant la foule de son regard vert émeraude, elle me fit tout de suite penser au personnage de Sharon Stone dans *Basic Instinct*. C'était une très jolie femme. Elle n'avait rien à voir avec les filles un peu vulgaires qui nous entouraient. Quelque chose de classe, de froid et sulfureux à la fois se dégageait d'elle. Elle serait un personnage intéressant pour mon roman. Elle était mystérieuse.

Sur l'instant, repensant aux conseils de Franck Schneider, je me dis qu'elle ferait une merveilleuse garce. Je l'observai, la détaillai. J'emmagasinai un maximum de données sur son comportement et ses manières, comme un peintre en quête d'inspiration regarde un paysage avant de le peindre. J'étais concentrée, dans ma bulle, au point de ne plus entendre la musique, qui semblait désormais lointaine. Soudain, une tape sur mon épaule me sortit de mes rêveries de romancière.

— Aloooors, tu te... te... t'éclates ? Yeeees !!

C'était Gino. Je ne l'avais même pas vu sortir de son alcôve. Il semblait défoncé. Son visage luisait, un peu cireux. Ses yeux étaient exorbités, les pupilles dilatées. Il avait même du mal à parler. Désinhibé, il se jeta sur moi et voulut m'embrasser.

— T'es mignoooone, tooa !

Je le repoussai avec la main. Il n'insista pas, fit quelques pas de danse et s'écroula à genoux, par terre. Aussitôt, Flora accourut avec deux gardes du corps. Les gorilles le relevèrent avec précaution et la jolie blonde prit les choses en main.

— On rentre, il est stone ! Direction l'ascenseur !

Chapitre 9

Paris. 21 mai 2022. Bureau de Franck Schneider.

— Il faut que vous trouviez le juste milieu entre un livre commercial et un roman que les intellectuels pourront apprécier. Un vrai roman de qualité qui pioche les ingrédients du succès dans la new romance et le polar, vous voyez ?

— Pas vraiment…, répliquai-je, absorbée par la danseuse andalouse que je contemplais toujours.

— Il vous faut d'abord des personnages solides et une histoire d'amour qui accroche les fans de romance. Il vous faut une femme plutôt jolie, jeune mais pas trop, qui galère un peu dans la vie. Il faut qu'elle ait une existence plutôt banale. Une fille en qui les lectrices puissent s'identifier sans trop de difficulté. En face, il vous faut un *bad boy* à l'opposé d'elle. Un type arrogant, riche et beau. Un mec à la fois attirant et agaçant. En apparence, le parfait macho, mais qui a des failles, des faiblesses, et qui est au fond un romantique refoulé…

— Je sais, j'ai lu beaucoup de livres de ce genre depuis quelque temps. Un gars comme Grey dans les *Cinquante Nuances* ?

— Voilà ! C'est ça ! Bon, ça ne va pas être simple de trouver le bon personnage. Il y a des milliers de livres, en new romance. Des bons et des moins bons, mais il y en a une telle palanquée que tous les stéréotypes du personnage masculin ont été utilisés. Le riche héritier, le pilote automobile, le chef d'entreprise, le joueur de foot, le motard… Compliqué de trouver un personnage innovant. Tout est pris.

Nos regards se perdirent dans le bureau. Le silence s'installa. Nous réfléchissions. Une idée me vint.

— Un D.J. célèbre ? hasardai-je en passant la main dans mes cheveux.

Les yeux de Franck s'illuminèrent.

— Un D.J. ? Un D.J. ! C'est excellent, ça ! Partez là-dessus ! Et évidemment, vous écrirez à la première personne. Le « Je » est important. Il aide les lectrices à s'identifier au personnage. Pas de vocabulaire compliqué. On n'est pas là pour faire de la grande littérature, mais juste pour raconter une belle histoire qui parle à tout le monde.

Chapitre 10

Golden Beach, Ocean Blvd, villa de Gino Camora. 06 juin 2022.

Flora Jones était partie très tôt, en compagnie de Marco. Seule, installée dans un confortable transat, je fumais une cigarette au bord de la piscine de l'une des luxueuses villas de Gino Camora. Une chaude journée s'annonçait, mais la fraîcheur du matin était encore présente. J'aimais ces moments. Dans les oreilles, les écouteurs sans fil de mon iPhone distillaient en sourdine *Little Bird* des Eels. Pour m'inspirer, pour écrire, il me fallait de la musique. Elle me permettait de créer l'ambiance dans laquelle j'allais faire évoluer mes personnages. Pour ce roman, l'électro s'imposait puisque c'était précisément son thème. Mais il fallait que je contrebalance son rythme infernal par des ballades rock apaisantes. Comme dans la vie, dans un livre, tout était question d'équilibre. Eels était parfait.

Hasard ou pas, un petit oiseau s'était posé pour boire sur le bord de la piscine. Je le regardai, rêveuse, détendue par la voix planante de Mark Oliver Everett. Je portais une petite robe orange et une paire de sandales bleu marine. Le soleil matinal commençait à caresser ma peau qui avait bien besoin d'UV naturels. Soudain, une main se posa sur mon épaule. Je sursautai et me retournai. C'était Gino. Il venait de se lever. La veille, Flora et les deux gardes du corps l'avaient mis au lit, dès notre retour de Sunset Beach. Il s'était écroulé, inconscient, raide défoncé par la drogue qu'il avait consommée. Il avait une meilleure tête ce matin, malgré ses cheveux bruns en bataille. Il était vêtu d'un boxer en soie et d'un simple peignoir blanc entrouvert. Il fit l'effort de s'adresser à moi en français, avec un accent charmant, d'une voix douce mais rauque, cassée par toutes les Marlboro qu'il avait fumées le jour précédent.

— Bonjour, France. Tu as bien dormi ?

— Oui et vous ? répondis-je en me caressant les cheveux sans y prêter attention.

— Tu peux me...

Il buta sur le mot avant de reprendre :

— Toi, tu peux m'appeler tu.

Il avait prononcé cela avec peine et c'était très touchant.

— Je peux vous tutoyer, c'est ça ?

— « Toutoailler », oui c'est ça.

— Tutoyer.

Il s'appliqua, articulant le mot, sans parvenir à le prononcer correctement.

— « Toutoyer ».

Je n'insistai pas, décidant de poursuivre la conversation en anglais :

— On dit « tutoyer », mais je comprends que ça soit compliqué. Le français est une langue très compliquée.

— Ça c'est vrai, mon Dieu ! Mais tu vas m'apprendre..., répondit-il, plus à l'aise.

— Je suis là pour ça.

Je me redressai et pivotai sur mon transat pour lui faire face.

— Pas que pour ça. Tu vas kiffer aussi ; tu vas voir, la tournée, c'est fun.

— Je n'en doute pas. Pour les cours, comment veux-tu que nous fassions ? On cale des heures particulières ou on fait ça au feeling ? demandai-je en plaçant mes mains sur ma poitrine où son regard s'était arrêté.

— Au feeling, France ; je fais tout au feeling.

Il m'adressa un clin d'œil. Ce type semblait être né pour draguer. Il avait ça dans la peau. Tout, en lui n'était que séduction, jusqu'à la façon qu'il avait de replacer ses cheveux en arrière lorsqu'une mèche tombait sur son visage. Il ferait un personnage parfait.

— OK, au feeling ; on débute quand, alors ? poursuivis-je en m'enroulant dans ma serviette pour cacher mes formes.

— Maintenant, tu veux ? J'ai demandé à Jodie de nous amener des jus de fruits et un café. Vous buvez bien du café, le matin, en France ?

— Oui, nous en buvons et j'en ai justement très envie.

— OK, alors allons-y, commençons ! lança-t-il avec un grand sourire.

Il se saisit d'une chaise longue qu'il installa à côté de la mienne.

— Très bien. Nous allons démarrer par les basiques. Votre nom. En français, on dit « Comment t'appelles-tu ? » et on répond « Je m'appelle Gino ».

Il répéta lentement, à la perfection. Je poursuivis :

— Votre job. Si on vous demande « Que faites-vous, dans la vie ? », vous répondrez « Je suis D.J. ».

En élève studieux, il répéta à nouveau.

— C'est parfait ! Tu es très doué ! le félicitai-je en renouant ma serviette récalcitrante autour de ma poitrine.

— Merci. C'est très gentil. Comment dit-on « C'est très gentil » en français ? demanda-t-il en se penchant vers moi.

Je lui donnai la traduction. Il sourit. Au même moment, une dame d'une cinquantaine d'années faisant partie du personnel de maison nous apporta un plateau sur lequel étaient posés les jus d'orange et mon café. Gino exerça son français, en me regardant.

— Merci, Jodie. C'est très gentil, la remercia-t-il.

La dame repartit.

— Je l'ai bien dit ? « C'est très gentil ».

— Parfaitement, Gino. C'était excellent.

Camora parut soudain gêné.

— Tu sais, France, je suis désolé pour ce qui s'est passé hier. Tu ne vas pas avoir une bonne image de moi.

— Ah non, ne t'inquiète pas. Pas de souci, répondis-je, un peu gênée, en détournant les yeux.

— Je sais que je devrais arrêter toutes ces saloperies, poursuivit-il, les yeux brillants.

— La drogue ? questionnai-je en replaçant pour la énième fois ma sortie de bain.

— Oui. Je suis addict… Je ne t'ai pas importunée, au moins ? Je ne me souviens plus de rien, dans ces cas-là, et souvent, je fais des conneries que je regrette après.

— Tu as juste essayé de m'embrasser, rien de grave, le rassurai-je.

Du moins, c'est ce que je pensais.

— Quoi ? J'ai fait ça ? Je suis désolé ! Je ne suis pas comme ça, normalement. Pourras-tu m'excuser ?

— Bien sûr. Ce n'est pas grave…

— Je suis confus, fit-il en regardant ses pieds.

— N'y pense plus et reprenons. « Je suis d'origine américaine ».

Le « cours » se poursuivit pendant une petite heure. Gino faisait beaucoup d'efforts. C'était un élève appliqué. Voir cet homme charismatique, ce tombeur, se concentrer autant avait quelque chose de touchant. À ce moment-là, il n'avait plus rien à voir avec le D.J. star, croqueur de filles faciles et amateur de paradis artificiels. Il semblait être lui. Le « lui » profond. Il ne jouait pas un rôle, et je ressentais une grande sincérité dans ses gestes et ses regards. Je dois l'avouer, cela le rendait aussi encore plus séduisant à mes yeux, et lorsqu'il posa sa main sur la mienne pour me remercier de ma patience, un agréable frisson me parcourut le dos jusqu'à la naissance des fesses. Juste après, j'éprouvai une sensation ambiguë. Un sentiment de remords, parce qu'il ignorait la véritable raison de ma présence à ses côtés, mêlé à une excitation incontrôlée, animale, parce que je le désirais.

— Alors, ça bosse, je vois ?

Flora venait de rentrer. Vêtue d'un tailleur-pantalon blanc, perchée sur sa magnifique paire de Louboutin argentée, iPhone dans la main, elle aurait donné des complexes à n'importe quelle femme. Fier, Camora s'adressa à elle en français, pour lui montrer ses progrès :

— Tu es très belle, Flora !

Elle sourit tout en relevant ses lunettes de soleil sur sa tête, laissant apparaître ses yeux vert émeraude. En remerciement du compliment, elle fit un clin d'œil au D.J.

— Ce soir, n'oublie pas que tu mixes au *Nikki Beach*, le sermonna-t-elle presque.

— Je n'ai pas oublié, Flora. Avec toi, je ne peux rien oublier ! répliqua-t-il, un peu agacé.

— On doit arriver là-bas pour minuit. Je t'ai programmé deux interviews dans la journée. J'ai fait light pour que tu sois en forme, continua-t-elle en faisant claquer ses talons sur le sol comme pour cadencer sa phrase.

— À quelle heure, les interviews ?

— 16 heures. Ça te laissera le temps de te reposer. Et je me suis arrangée pour que les deux rendez-vous s'enchaînent. 16 heures, *Vogue* et 16 h 30, *Bazaar*. Tu feras attention, la nana de *Vogue* aime les potins et le scandale. Reste hyper focus. Ne rentre pas dans son jeu et sois clean. Faudrait pas qu'elle nous plombe avant la tournée européenne.

Elle resta les yeux rivés sur l'écran de son téléphone avec lequel elle gérait le planning de l'artiste.

— OK, je ferai gaffe. D'ailleurs, désolé pour hier. France m'a dit que j'avais un peu débordé.

Flora m'envoya un regard froid, comme si elle me signifiait de me mêler de mes affaires.

— Mais non, Gino. Tu avais besoin de décompresser, c'est tout. France ne sait pas ce que c'est, la pression. Je t'ai fait apporter ta tenue pour le set de ce soir. Elle est dans le dressing ; tu peux aller l'essayer, si tu veux. Le couturier attend dans le hall, dans le cas où il y aurait quelques retouches à faire.

Gino se leva, referma les pans de son peignoir et se dirigea vers la villa après m'avoir gratifié d'un sourire. Flora prit alors sa place sur le transat qui jouxtait le mien.

— France, tu ne pouvais pas savoir, mais il ne faut pas stresser Gino. Il prend beaucoup de pression, avec la tournée. Alors, même lorsqu'il déborde un peu, ne lui fais pas remarquer, OK ? dit-elle.

Son visage était fermé et se pencha sur moi de façon quelque peu menaçante.

— Euh… OK. Excuse-moi, bredouillai-je.

— Pas de souci, il faut juste que tu t'habitues. Pendant la tournée, tu risques de voir des choses qui vont te choquer. N'en parle pas, ou alors, tu m'en parles à moi uniquement, OK ? Pour Gino, ça doit être « *good vibes only* », reprit-elle avec un sourire retrouvé.

— OK.

— Centre-toi sur ta mission. Moi, je m'occupe du reste ; c'est mon job, conclut-elle.

Flora Jones s'alluma une cigarette, avec un air satisfait et un sourire au coin des lèvres. Elle était la parfaite incarnation de Catherine Tramell dans *Basic Instinct* ; c'était bluffant et terriblement intéressant pour mon roman à venir.

Chapitre 11

Paris. 21 mai 2022. Bureau de Franck Schneider.

— Convaincre les intermédiaires est primordial, affirma Schneider en faisant tourner le cigare dont il venait de couper l'extrémité entre son pouce et son index.

— Qui ? demandai-je, les yeux fixés sur son havane.

— Votre éditeur, d'abord, mais cela ne sera pas le plus compliqué. Le point crucial, ce sont les représentants en librairie, et les libraires eux-mêmes. Puis les sites de vente en ligne. Il faut que toute la chaîne n'ait aucun doute sur le succès du livre. Il faut qu'ils y voient une poule aux œufs d'or, dès le départ. Vous avez déjà eu affaire aux « représ » ?

J'avais un souvenir assez clair de ma seule et unique rencontre avec les représentants en librairie. Elle s'était déroulée dans les locaux de *Livre Hebdo*, à Paris. Ils étaient une quinzaine autour de la table, et j'avais eu sept minutes pour « vendre » mon roman. Comme tout auteur, je pensais avoir écrit une petite merveille, et c'est donc pleine d'enthousiasme que j'avais fait l'article, comme on vendrait un aspirateur au *Téléshopping*. Ils m'avaient écoutée, prenant quelques notes. J'étais pleine d'espoir. Au final, mon livre s'était retrouvé dans les rayons de trente-quatre librairies, ce qui était peu. Trop peu.

— Oui, une fois, répondis-je, la tête basse.

— Vous savez, ils voient défiler chaque jour une multitude de maisons d'édition et des dizaines d'auteurs dont ils oublient généralement le nom, le soir venu. Ils sont un peu blasés et c'est bien normal. Ils connaissent la musique. Trop de livres sont mis sur le marché en même temps, et très peu se vendent. Si vous ne vous démarquez pas, ils ne feront pas l'effort de vanter votre bébé auprès des libraires. Il leur faut du sûr. Il faut les comprendre, ils préféreront toujours défendre le dernier Musso qui se vendra de toute façon, plutôt que le livre d'une parfaite inconnue, même s'il est qualitatif.

— Je comprends. Mais comment les convaincre ?

— Il faut qu'ils entrent dans notre stratégie « à la Sheila ». Vous n'irez pas les voir. Votre éditeur s'en chargera. Il leur expliquera que vous êtes une romancière américaine très célèbre et que vous avez écrit votre roman sous pseudonyme. Il leur dira qu'il a l'exclusivité mondiale parce que vous avez décidé de lancer la première édition en français, avant même la sortie aux États-Unis, m'expliqua-t-il tout en se saisissant d'un briquet Zippo de sa main libre.

— Personne ne croira à cela.

— Bien sûr que si. Cette stratégie commerciale est souvent utilisée dans le cinéma. Les avant-premières de nombreux blockbusters ont lieu en France, avant la sortie aux States.

— Si vous le dites. Mais je dois vous avouer que ça me gêne un peu. Toute cette affaire ressemble à une vaste imposture…, poursuivis-je, peu convaincue.

— Je ne vois pas cela comme ça. Quand les représ seront persuadés que vous êtes une E. L. James ou une B.K. Lorie, ils seront certains de tenir une pépite et pressés de la défendre auprès des libraires, convaincus de tenir le futur best-seller entre leurs mains.

— Ah, ne me parlez pas de B.K. Lorie ! pestai-je.

— Pourquoi ? Vous savez que c'est moi qui ai lancé sa carrière ?

— Oui, désolée, fis-je en me rongeant les ongles.

Je lui racontai mon expérience malheureuse avec la romancière star. Il m'écouta en souriant. Je me sentais un peu gênée, car j'étais persuadée qu'il entretenait d'excellents rapports avec elle, dans la mesure où il avait été son mentor. Mais, à ma grande surprise, il n'en était rien.

— Vous avez raison ! C'est une vraie conne prétentieuse et qui n'a, en vérité, aucun talent particulier. Une opportuniste avec un énorme melon à la place du cerveau...

Chapitre 12

Miami. Club Nikki Beach. 06 juin 2022.

Les basses donnaient toute leur puissance. Sur le *dancefloor*, des mecs bodybuildés et des filles hyper sexy se déhanchaient. Le D.J. qui faisait la première partie de Camora mettait une belle ambiance, mais je n'étais pas dedans. Accoudée au bar devant un gin fizz, j'observai cette faune en transpiration et en rut, avec mon œil de romancière, de façon scientifique.

Lorsque Gino arriva aux platines, il fut accueilli par les vivats. Aux premières notes qu'il distilla, la foule entra en transe. Il faut dire qu'il était charismatique et ô combien doué ! Vêtu d'une chemise noire cintrée ouverte sur son torse musclé et bronzé, moulé dans son jean slim usé et troué aux genoux, il faisait onduler son corps, en jouant comme un virtuose avec pads, jog wheels, pitch, crossfader et equalizer de sa table de mixage. Sans que je le veuille, la musique entra en moi. Le rythme de mon cœur se cala sur celui des basses. Je dois l'admettre, j'étais fan, pénétrée par son set. Je fermai les yeux et me laissai complètement aller, me déhanchant, comme si ce son électro avait pris possession de moi.

J'oubliai mon roman.

J'oubliai tout. J'étais bien. J'avais le sentiment de flotter, la sensation que rien ne pouvait m'arriver. D'un naturel réservé et plutôt timide lorsqu'il s'agissait de danser, je ne me préoccupais pas de mon image. La prestation de Camora dura une bonne heure, durant laquelle le temps me sembla suspendu. Puis il quitta ses platines, transpirant, le visage radieux. Il avait mis le feu. Les clubbers scandaient son nom et hurlaient de contentement. Comme convenu, je rejoignis sans tarder l'envers du décor où toute l'équipe l'attendait. En arrivant dans le *backstage*, il adressa un regard satisfait à Flora Jones. Il se saisit d'une serviette blanche marquée à ses initiales pour s'éponger le visage. Il me regarda, leva la main pour checker.

— Check, France ! Cool, non ?

— Très cool ! approuvai-je en passant la main dans mes cheveux trempés par la transpiration.

— Tu as kiffé ? s'enquit-il en plaçant la serviette blanche autour de son cou.

— À fond ! C'était génial !

J'étais sincère. J'avais pris mon pied, sur le *dancefloor*. À ce moment-là, un type en milieu de quarantaine arriva. Bel homme, de taille et de corpulence moyennes, un peu débraillé, mal rasé, les cheveux grisonnants plaqués en arrière avec de la cire, le visage buriné, il s'avança d'un pas décidé vers Camora et le prit à partie. Marco essaya de s'interposer, mais l'individu le repoussa. L'inconnu discuta durant quelques secondes avec Gino, puis il disparut comme il était venu. Sur le visage du D.J., l'euphorie avait laissé place à une expression de terreur. Flora se précipita vers lui. Je tendis l'oreille.

— Ne t'en fais pas, Gino. C'est un tocard, ce flic. Ils n'ont rien contre toi. Reste cool ! dit-elle en faisant un doigt d'honneur dans la direction qu'avait prise l'inconnu.

— Mais putain, quand est-ce qu'il va me laisser tranquille, ce connard ?!

— *Good vibes*, Gino. *Good vibes only* !

— Mais il a l'air d'être persuadé que c'est moi ! C'est flippant ! rétorqua-t-il, les mains tremblantes.

— Tu n'as rien fait ! Enlève-toi ça de la tête, zen ! répéta Flora avec un sourire forcé.

Malgré cette discussion, Camora ne quitta pas son air inquiet. Il voulut rentrer sur-le-champ à la villa, alors qu'il était prévu que nous restions dans le club pour faire la fête. Il envoya même promener Marco qui semblait prendre l'épisode à la rigolade. Dans la voiture qui nous ramenait, une ambiance glaciale s'installa. Personne n'osait parler. Gino était recroquevillé sur lui-même, à l'arrière, les yeux tournés vers l'extérieur, le regard perdu dans le vide. Lorsque nous arrivâmes, il se réfugia dans sa chambre, me laissant seule avec Flora qui paraissait très contrariée. J'osai poser une question :

— Je sais que ce ne sont pas mes affaires, mais peux-tu me dire ce qu'il se passe ?

Elle venait de s'allumer une cigarette et me répondit en tirant sur le filtre de sa blonde et en recrachant sa fumée :

— Le type que tu as vu au *Nikki Beach* s'appelle Jack Ripper. C'est un flic doublé d'un beau connard.

— Un flic ? Mais qu'est-ce qu'il voulait à Gino ?

— C'est un jaloux. Il veut lui nuire, enchaîna-t-elle au milieu de volutes bleutées.

— Mais pourquoi ?

— Il y a deux mois, en after, Gino a couché avec une fille, Lana. Ils ont baisé une bonne partie de la nuit et pris une grosse quantité de cocaïne. Quand Gino s'est levé le lendemain, Lana était morte. Elle s'était cognée sur le coin d'une table basse. L'enquête a conclu à un accident, mais cet abruti de flic est persuadé que Gino a tué cette fille.

— Mais pourquoi il s'acharne comme ça ? questionnai-je, ayant en tête d'utiliser tout cela dans mon futur roman.

Elle hésita avant de répondre, tirant de nouveau sur sa cigarette et tournant le regard vers la piscine éclairée par les spots bleutés.

— Jack Ripper et moi avons été amants. Nous avons vécu une relation intense, basée sur le sexe. Quand je l'ai quitté, il ne l'a pas supporté. Alors son acharnement est sa manière à lui de se venger, avoua-t-elle.

La chance venait encore de me sourire. J'avais découvert des personnages fabuleux et qui collaient très bien aux recommandations de Franck Schneider, ce qui en soi constituait déjà un petit miracle. Mais j'avais désormais mieux que cela. Un meurtre potentiel et un meurtre à caractère sexuel. Les astres étaient avec moi. Je ne pouvais pas rêver mieux.

Chapitre 13

Paris. 21 mai 2022. Bureau de Franck Schneider.

— Les libraires joueront le jeu. Ils entreront dans la stratégie et vous savez pourquoi ? affirma-t-il tout en allumant son cigare avec son Zippo.

D'un signe de la tête, je signifiai que non.

— Ils ne voudront pas louper le coche qu'ils seront persuadés que les sites de vente en ligne vont prendre. D'une manière générale, même s'il existe des exceptions, les libraires ne prennent pas trop de risques. Ils suivent les tendances et on peut les comprendre..., poursuivit-il en recrachant sa fumée par petites bouffées.

Je repensai à un libraire qui m'avait incendiée sur les réseaux sociaux parce que j'avais osé faire la promotion d'un de mes romans en vente sur Amazon. Il m'avait traitée de tous les noms, en me disant que je participais à la mort lente des librairies face au « Satan Internet ». Je m'étais sentie mal, coupable. J'avais fait des excuses publiques sur mon mur. Mais en fin de compte, j'avais constaté que mon livre n'était pas en vente dans cette librairie. J'avais eu envie de répondre à mon accusateur. De lui rappeler qu'un auteur touche, en moyenne, un euro par livre vendu, et qu'au mieux, je pouvais espérer vendre cinq cents exemplaires. De lui rétorquer qu'il aurait pu me donner la chance d'apparaître dans ses rayons, à la place d'un Musso qui se vendra, d'une manière ou d'une autre. Mais je n'avais rien dit.

— … ils suivront.

Chapitre 14

Golden Beach, Ocean Blvd, villa de Gino Camora. 07 juin 2022.

Après avoir quitté Flora Jones, j'avais eu beaucoup de mal à m'endormir. La journée avait été riche en informations. Cette histoire de meurtre présumé m'avait surexcitée. La réalité rattrapait la fiction ; elle la dépassait, même. Au lieu de compter les moutons, j'imaginais mille hypothèses. Mon cerveau était en ébullition. C'était toujours le cas lorsque je me lançais dans un nouveau projet de roman. Le plus gros travail ne consistait pas à écrire, contrairement à ce que la majorité des gens imagine. Il se déroulait bien en amont, lors du recueil des données et de l'établissement du squelette du scénario. Toutes ces opérations s'effectuaient dans ma tête, sans que je prenne la moindre note. Cette phase était très douloureuse. Par sa complexité, elle pouvait être assimilée à la résolution d'un problème mathématique. Je construisais mes personnages, j'imaginais les liens qui pouvaient les unir. Leurs failles. Leurs qualités. Puis j'élaborais l'intrigue et ses rebondissements, en essayant de faire tenir tout cela dans un plan logique. Cette maturation pouvait durer des mois. Sans que je touche au clavier de mon PC. Sans que j'écrive le moindre mot. Mais lorsqu'elle était terminée, tout était évident. Le manuscrit s'écrivait presque tout seul. Les phrases et les chapitres s'enchaînaient sans trop d'efforts. J'en étais encore loin. J'avais des ingrédients de qualité, mais pas tous, et encore moins la recette. J'avais donc l'esprit occupé, en fumant ma cigarette au bord de la piscine, comme le matin précédent.

— Tu es matinale, France.

Gino Camora se trouvait dans un transat, à quelques mètres de moi. Je ne l'avais pas remarqué. Il se releva d'un bond, avec un grand sourire et les yeux pétillants, ce qui tranchait avec l'état dépressif dans lequel il s'était couché la veille, après la soirée et sa rencontre avec ce flic dans le club. Il ne portait qu'un slip de bain noir ultra moulant, qui dévoilait le moindre détail de son anatomie.

— Oui..., balbutiai-je, gênée, les yeux aimantés par son entrecuisse.

— Comment dit-on maillot de bain, en français ?

Je traduisis. Il répéta consciencieusement :

— Maillot de bain. As-tu ton maillot de bain, France ? demanda-t-il en faisant rouler ses pectoraux.

— Oui, j'en ai un... Pourquoi ?

Je me mordis la lèvre sans le vouloir.

Il poursuivit en anglais :

— Alors, va le passer et rejoins-moi ici.

— Euh... je n'aime pas me baigner, s'il s'agit de cela, répondis-je sans réussir à détourner mon regard de son slip.

— Qui te parle de te baigner ? Fais-moi confiance, c'est cool.

Sans trop chercher à comprendre, l'esprit occupé par mon futur roman et l'anatomie du bel apollon, j'allai enfiler le deux-pièces jaune fluo que j'avais emporté dans mes valises. Je me regardai dans le miroir de l'armoire du dressing. Cette culotte avait décidément des airs de string. Je me souvins me l'être dit, en l'achetant. Pudique, j'enfilai un paréo par-dessus pour cacher mes fesses, et je revins au bord de la piscine. Gino était là, vêtu cette fois d'un simple short de bain blanc qui faisait ressortir son bronzage impeccable. Il avait réellement une plastique superbe. Ses muscles étaient saillants, des mollets aux abdos, en passant par le torse et les biceps. Ce type aurait pu être mannequin, sans aucun problème. Les magazines se l'arrachaient pour leur couverture, ce qui n'était pas étonnant. Face à lui, je me sentis un peu gênée. Comme tout le monde, j'aimais plaire et je ne me sentais pas à la hauteur. J'avais l'impression d'être une vilaine godiche, à côté de ce bel étalon au sourire Ultra Brite. Lui était très à l'aise.

— Cool, tu es prête ! Par contre, tu peux laisser ça ici, tu n'en auras pas besoin, fit-il en se saisissant du tissu de mon paréo qu'il envoya valser sur un transat.

J'eus soudain la cruelle impression d'avoir les fesses à l'air. Il me détailla des pieds à la tête sans aucune gêne, et finit par hocher la tête d'un air appréciateur.

— Parfait ! Il est fun, ton maillot, j'adore ! Suis-moi !

À grandes enjambées, il ouvrit le portillon qui menait à la plage et se mit à marcher dans le sable vers l'océan. Je le suivis, au petit trot. Nous marchâmes comme cela, l'un derrière l'autre, pendant une bonne centaine de mètres, jusqu'à arriver à la hauteur d'un type qui se tenait dans l'eau à côté d'un jet-ski flambant neuf. Gino connaissait le gars.

— Merci, Tony ! On te le ramène dans une heure !

Je venais de comprendre pourquoi Camora m'avait demandé de passer un maillot de bain. *Ce mec est trop bizarre*, me dis-je. Comment pouvait-il avoir l'idée de m'emmener faire du jet-ski alors que la veille il s'était couché moribond, dévasté par sa rencontre avec Jack Ripper ? Ce changement d'attitude était improbable et pourtant, il monta sur l'engin avec un grand sourire aux lèvres.

— Monte devant, France, tu auras plus de sensations ! m'indiqua-t-il en tapotant sur le siège de l'engin.

— Mais... mais je ne sais pas conduire ça ! Ça me fait peur..., répondis-je, blême et tremblant comme une feuille.

J'étais pétrifiée. Depuis l'âge de huit ans, j'avais une véritable phobie de l'eau. Depuis que ma grande sœur, Nathalie, s'était noyée, sous mes yeux, sur une plage de Saint-Tropez, alors que nous étions en vacances avec nos parents. Cet accident, ce drame, m'avait longtemps traumatisée. Bien sûr, j'avais suivi des thérapies multiples. Au fur et à mesure, j'avais fait mon deuil, j'avais accepté ce qu'il s'était passé. Mais j'avais gardé cette peur au fond de moi. Rassurée par le gilet de sauvetage et par le fait de rester au-dessus des flots, j'essayai de prendre sur moi.

— C'est moi qui vais conduire. Je vais passer les bras autour de toi. Ça ne te dérange pas, au moins ?

Il éclata de rire, sûr de lui. Je répondis avec un sourire forcé, essayant de masquer mon trouble.

— Non, pas de souci !

Pour tout dire, en plus de la peur que je ressentais, j'étais carrément gênée. Il allait voir mes fesses et pire, il allait me toucher. De façon très gauche, j'enjambai l'engin et m'assis sur le siège. Mes pieds effleurèrent l'eau, ce qui me glaça le sang. Nous étions tout au bord de la plage, je ne risquais rien, mais ma phobie n'avait rien de rationnel. Gino se plaça derrière moi, collant ses abdos et ses pectoraux à mon dos. Puis il tourna la clé et démarra le jet.

— Allez, on y va ! *Let's go* ! lança-t-il, fanfaron.

Il démarra en trombe. Je m'accrochai où je pouvais. Je n'avais jamais fait de jet-ski de toute ma vie. L'impression de vitesse était incroyable. Il s'amusa à prendre des virages serrés et à sauter par-dessus les vagues. En quelques secondes, fait incroyable, je dois l'admettre, j'avais oublié ma peur pour me concentrer sur mes sensations. J'étais soudain comme une gamine à la fête foraine. Je hurlais. Je riais. Lorsqu'il décélérait, je sentais son corps musclé se plaquer contre le mien. Ses bras solides m'entouraient et me rassuraient. Je n'avais pas peur, j'étais bien. Il s'éloigna de la ville, longeant la côte à toute vitesse. Les immeubles, hôtels et villas d'Hollywood Beach défilaient sous mes yeux ébahis. Au niveau du *Dania Beach Ocean Club*, Gino amorça un virage vers une plage de sable blanc et coupa le moteur. En pleine conurbation de Miami, ce lieu était tout improbable, mais « improbable » n'a jamais fait partie du vocabulaire aux États-Unis. C'était un cordon préservé constitué de sable et d'arbres situé entre l'océan Atlantique et la Stranahan River. L'eau cristalline n'avait rien à envier à celle des Caraïbes. À l'arrêt, le jet-ski se mit à tanguer et me rappela que nous étions sur l'eau. J'avais de nouveau peur, mais j'essayai de ne pas le montrer.

— J'en ai marre de cette vie, tu sais, France ! déclara-t-il soudain d'une voix grave.

Son souffle chaud me caressait la nuque.

— Qu'est-ce que tu veux dire ?

— J'en ai marre de tout ça. Les clubs. La drogue. Les femmes. J'ai envie de tout arrêter.

Je me contorsionnai pour tenter de voir son visage. J'y parvins avec une souplesse toute relative.

— Mais tu es une star. Tout le monde rêve de ça. Je ne comprends pas, répondis-je avec sincérité.

— Je sais ; c'est difficile à comprendre. J'ai tout ce que je veux, en convint-il.

Ses yeux étaient brillants comme s'il allait pleurer.

Il marqua une pause. Je sentais son corps contre mon dos. Je percevais même les battements de son cœur. J'étais troublée, je dois l'avouer. J'éprouvais une attirance certaine pour ce type. Une attirance mêlée à un sentiment de honte. J'avais l'impression d'être une des héroïnes débiles de B.K. Lorie, incapables de contrôler leurs hormones lorsqu'un parfait connard tout en muscles leur montrait ses failles. Il reprit :

— J'ai tout ce que je veux, mais je ne suis pas heureux. J'ai envie de simplicité. J'ai envie d'être sain. D'être fidèle à la femme que j'aime. De pouvoir aller faire mes courses incognito, comme tout le monde, continua-t-il avec des trémolos dans la voix.

De mieux en mieux ; on tombait carrément dans le pathos. Ce gars était le stéréotype de l'acteur de série B ou du héros d'un must-have de la new romance. J'entrai dans son jeu, pour voir jusqu'où il allait pousser le bouchon.

— Tu n'as jamais rencontré une fille avec qui tu as eu envie de tout recommencer ?

— Si, peut-être..., admit-il à demi-mot.

— Et ? insistai-je.

— Nos carrières ne nous permettent pas de nous voir souvent. Ce n'est pas simple...

— Elle fait quoi, dans la vie, sans indiscrétion ?

— Elle est romancière, lâcha-t-il dans un souffle.

— Roman... cière ? bégayai-je, pensant qu'il avait découvert le pot aux roses et que c'était de moi qu'il parlait.

— Oui, c'est B.K. Lorie ; tu connais ?

B.K. Lorie ! Je m'attendais à tout, mais pas à cela. Je tombai sur le cul. Cette peste allait donc me poursuivre toute ma vie ?

— Oui, je connais. Qui ne la connaît pas ! dis-je d'un ton sec mal maîtrisé.

— On s'est rencontrés l'année dernière, au cours d'un gala de charité. On a discuté un bon moment. On s'est plu. Et depuis, on est plus ou moins en couple. En couple libre... Cette fille est...

Il chercha ses mots. Je voulus ponctuer sa phrase par « conne », mais je me ravisai.

— Incroyable ?

— Oui, c'est ça ! Incroyable. On doit se voir à Ibiza. J'ai hâte. Pour elle, je vais arrêter l'héroïne et la coke.

— Ça ne va pas plaire à Marco..., continuai-je en me retournant et en levant les yeux au ciel.

— Ah... Tu as remarqué que Marco était mon dealer ? s'inquiéta-t-il.

— Dur de ne pas s'en apercevoir..., ripostai-je, boudeuse.

— Je m'en fous de Marco. B.K. lui a déjà dit ce qu'elle pensait de lui et moi, j'ai envie d'être clean.

— Tu as souvent des trous de mémoire comme l'autre soir ? m'informai-je en essayant de me recentrer sur mon roman à venir.

— Oui. Je déconne et je le sais. C'est comme avec cette fille...

Il voulait parler de la jeune femme retrouvée sans vie chez lui, j'en étais certaine. J'essayai de lui tirer les vers du nez.

— Quelle fille ?

— Lana.

— La fille qui est morte ?

— Je vois que Flora t'a mise au courant. Elle t'a expliqué ? poursuivit-il d'un ton méfiant.

— Oui, après la visite de ce flic au *Nikki Beach*. Elle m'a dit que c'était un accident.

— Oui... Je n'ai aucun souvenir de cette soirée, admit-il, oubliant de tourner sa langue dans sa bouche avant de parler.

— Comment es-tu certain que sa mort est accidentelle, alors ?

Je me retournai vers lui pour planter mes yeux dans les siens. Je m'aperçus avec stupéfaction qu'il pleurait. Il avait besoin de se confier, à l'évidence.

— Je... Ben... Je n'en sais rien, et c'est ce qui me ronge. Ce flic a peut-être raison. J'ai peut-être tué cette fille. J'ai parfois des réactions bizarres, sous l'emprise de la drogue, et j'étais perturbé à ce moment-là.

— Tu n'es pas un tueur, mais quelqu'un d'autre a pu rentrer chez toi ! Pourquoi étais-tu perturbé ?

— Avec Lana, j'essayais d'oublier B.K. J'essayais, mais je n'y arrivais pas. Alors je m'en voulais et je lui en voulais à elle, dit-il en essuyant les larmes qui coulaient sur ses joues.

Ce type est insaisissable. Pourquoi me balance-t-il tout cela alors que nous nous connaissons à peine ? m'interrogeai-je.

— L'enquête a conclu à un accident ?

— Oui. Mais ce Ripper a l'air tellement sûr de lui...

Il regarda sa montre.

— Déjà 9 heures. On va devoir y aller ; j'ai une interview suivie d'un set à la villa, dans trente minutes. Tu vois ; je n'ai aucune liberté, et c'est ça dont j'ai le plus besoin.

Il tourna la clé de contact du jet-ski et nous repartîmes à toute vitesse, ponctuant notre route de folles gerbes d'eau.

Chapitre 15

Paris. 21 mai 2022. Bureau de Franck Schneider.

— Il faudra que votre éditeur garde votre véritable identité secrète pendant cinq ou six mois après la sortie du livre, déclara-t-il, énigmatique comme toujours, en tirant sur son cigare.

— Je ne pourrai pas faire de dédicaces ? m'inquiétai-je, moi qui adorais rencontrer mes lecteurs.

— Non. Aucun intérêt, le livre se vendra tout seul. Persuadés qu'il a été écrit par une star, les gens l'achèteront, attirés par le mystère qui l'entoure. Pendant ces cinq ou six mois, vous allez en vendre des caisses et des caisses. Il sera alors temps de dévoiler votre identité, rétorqua-t-il en recrachant sa fumée à l'odeur nauséabonde dans ma direction.

— Les lecteurs vont être déçus ! protestai-je en toussant.

— Pas du tout. Vous savez pourquoi ?

— Non.

— Parce que vous serez devenue l'auteure d'un best-seller, et donc une star. En réalité, votre éditeur et vous n'aurez pas menti. Le nom de France Coudert sera connu dans le monde entier. Et là, vous pourrez négocier la vente de vos droits à l'international, affirma-t-il en regardant l'extrémité fumante de son barreau de chaise.

— Je vous trouve bien optimiste..., tempérai-je.

Je balayai l'espace de la main pour chasser le nuage que j'avais devant les yeux.

— Vous avez oublié que j'ai lancé la carrière de B.K. Lorie ?

— Euh... non... Alors vous avez probablement raison, admis-je.

— Vous savez, être une star ne veut rien dire. Cette conne y est bien arrivée. Cela n'a rien de rationnel. Ce sont les lecteurs qui décrètent que vous êtes une star ou pas. C'est le succès qui amène le succès.

Il marqua une pause et reprit :

— Savez-vous ce qui est dommage ?

Je le regardai, sans répondre, interrogative.

— Que vous ne soyez pas un homme ! Vous imaginez le buzz ? Efsy Washington est en fait un homme ! Ça serait le coup littéraire du siècle !

— Je ne vais quand même pas me faire opérer ! m'indignai-je.

Il se mit à rire.

— Non, bien sûr, vous n'allez pas changer de sexe. En parlant de sexe, comme je vous l'ai déjà dit, il faudra que votre roman soit chargé d'érotisme, et même un peu plus, fit-il en tapant du doigt sur son bureau et en se raclant la gorge.

— Euh... je n'ai pas l'habitude d'écrire dans ce style...

— Il faudra vous y habituer. Ça fait vendre, aujourd'hui. Je dirais même que ça a toujours fait vendre. Regardez les *San Antonio* ! Frédéric Dard avait compris, bien avant l'heure, que le sexe était un des ingrédients du succès. Avec ça, il a attiré tous les hommes vers ses livres. Moi-même, j'en ai acheté une sacrée palanquée ! Plus récemment, les *Cinquante nuances* ont convaincu les femmes. Vous, vous devrez convaincre les hommes et les femmes. Il faudra trouver le juste dosage entre un érotisme suggéré, une tension sexuelle qui touchera les femmes, et quelque chose de plus « bestial », pour prendre les hommes dans vos filets, précisa-t-il en accompagnant ses mots de gestes de la main à la manière d'un chef d'orchestre.

— Très bien. En revanche, je reviens sur les dédicaces. Je pense que cela va être très frustrant pour moi, pendant les six mois. Ne nous le cachons pas : si j'écris, c'est aussi pour aller à la rencontre de mes lecteurs.

Il se gratta la tête, réfléchit pendant un petit moment, et trouva la solution. Il avait réponse à tout.

— Si cela vous tient vraiment à cœur, vous pourrez aller à la rencontre de vos lecteurs...

— Comment ? le coupai-je en retrouvant un semblant de sourire.

— Votre éditeur dira que vous avez traduit le roman en français. Vous irez sur les salons en tant que traductrice. Comme ça, vous pourrez mesurer votre succès sur le terrain, sans que personne ne puisse se douter que vous vous cachez derrière cette vaste supercherie. Jouissif au plus haut point, non ?

Je ne pus qu'acquiescer, imaginant déjà la scène, me voyant répondre aux questions indiscrètes des lecteurs désireux de connaître la véritable identité de l'auteure. Visualisant une immense file d'attente devant mon stand.

Chapitre 16

Golden Beach, Ocean Blvd, villa de Gino Camora. 07 juin 2022.

B.K. Lorie était devenue une obsession, pour moi. Depuis ma bêtise sur les réseaux sociaux, en quelques posts, elle avait détruit ma maigre réputation. Je la détestais. J'avais tout fait pour l'oublier, pour la sortir de ma tête. Mais le destin l'avait remise sur mon chemin, en la personne de Gino Camora. Pourquoi diable ce type avait-il eu besoin de sortir avec cette peste ? Par jalousie, en rentrant de notre escapade en jet-ski, sur la terrasse de la villa, je fus tentée d'aller voir ce qu'elle postait sur les réseaux sociaux. Ce jour-là, elle avait mis en ligne, en anglais, une sorte de billet d'humeur, sur un ton faussement détaché :

Quand écriras-tu un vrai roman ? C'est la question qu'on me pose souvent. Dans les salons, dans les librairies, sur les réseaux sociaux, elle revient sans cesse. Et jusqu'à présent, je ne savais pas quoi répondre à cela. Au début, cela me vexait beaucoup, moi, l'auteure « à succès ». Une romance ne serait donc pas un « vrai » roman ? Parce que trop populaire ? Parce que pas assez profond ? Les vrais romans seraient donc réservés à une minorité d'intellectuels, à une élite ? L'idée m'a révoltée pendant longtemps. Elle m'a révoltée et elle m'a blessée. Parce qu'un auteur, quoi qu'il puisse en dire, écrit pour être lu et pour être reconnu par ses pairs. Combien de fois ai-je entendu des romanciers dire avec fausse modestie « écrire est ma thérapie » ou « écrire est un loisir ». C'est faux ; sachez-le ! Un auteur publié espère vendre beaucoup de livres. Mais il écrit aussi pour avoir une reconnaissance du lectorat et du milieu littéraire. Sinon, il ne chercherait pas à être publié. Dans ce contexte, entendre « quand écriras-tu un vrai roman ? » revient, pour un cuisinier, à la fin du dessert, à un « c'était bon, mais on mange quand ? ». Dénigrant ! Révoltant ! Révoltée, je l'étais. Je l'ai été pendant longtemps. Et puis, comme seuls les imbéciles ne changent pas d'avis, j'ai cherché à comprendre. J'ai lu des livres que l'on m'a conseillés comme étant de « vrais » romans. J'ai beaucoup lu, et dans toutes ces pages, j'ai enfin trouvé la réponse à la question qu'on m'a si souvent posée : Quand écriras-tu un vrai roman ? Cette réponse est la suivante : bientôt. Parce que maintenant, je pense savoir ce qu'est un vrai roman. C'est un livre dans lequel on offre bien plus au lecteur qu'une histoire bien écrite et bien ficelée. Un livre dans lequel on se donne, sans autocensure, où on touche l'âme au plus profond, où on ne triche pas, où la mort devient un peu moins inacceptable pour le lecteur, parce qu'il se sent soudain intelligent et en communion avec l'auteur qui touche au divin. Pour cela, pour écrire un vrai roman dont chaque mot a un sens, il faut, je le pense, avoir tout gagné ou ne plus rien avoir à perdre. Il faut être en parfaite sécurité affective, financière et familiale, ou au contraire être démuni. L'entre-deux ne fonctionne pas. Aujourd'hui, je vous le dis, mes ami(e)s, je pense être prête. B.K.

Sur le fond, elle avait raison. J'avais vécu, à de nombreuses reprises, ce qu'elle expliquait, dans des salons dit « de littérature blanche ».

Là, les auteurs de polar ou de romance étaient considérés comme des écrivaillons. Pas comme des romanciers. Ces genres étaient toujours assimilés à des sous-genres. Ils étaient à la littérature ce que les œufs de lompe sont au caviar. Sur le fond, B.K. Lorie avait donc raison, mais je savais qu'elle ne pensait pas un mot de ce qu'elle disait. Son ego était tel que je ne pouvais pas imaginer une seule seconde qu'elle ne se considère pas comme une romancière de génie. Tout était faux en elle. Son personnage, sa modestie et même ses coups de gueule. Je regardai les dernières photos qu'elle avait mises en ligne. Elle était vraiment belle, cette conne. Que ce soit sur les tapis rouges, habillée en Prada ou en Saint-Laurent ou dans un simple maillot de bain H&M sur une plage de Malibu. Pas étonnant que mon beau D.J. soit tombé amoureux d'elle. Elle avait tout. Le talent, le succès et la beauté. Je ne voulais pas l'admettre, mais j'étais jalouse. Très très jalouse.

Je me déconnectai et allumai une cigarette en laissant mon regard se perdre dans le bleu du ciel. J'avais la curieuse sensation de me trouver dans un rêve. Ou un cauchemar. Certes, je disposais de tous les éléments pour écrire une bonne histoire, mais tout ceci me perturbait. J'avais le sentiment étrange de faire partie de ma propre intrigue. D'être l'un des personnages de mon futur roman, comme si une force supérieure me manipulait de là-haut. Et cela me faisait peur. Un peu plus loin, je voyais Gino. Il était en compagnie d'une journaliste, en interview. En même temps, du personnel s'agitait, ramenant le matériel du D.J. au bord de la piscine et procédant aux branchements de la table de mixage.

— Après l'interview, il enchaîne sur une pool party ; ça va être cool !

Je n'avais pas vu Flora Jones arriver dans mon dos. Elle était vêtue d'un tailleur-pantalon noir. Ses cheveux étaient plaqués en arrière, à l'aide de cire. Elle était sublime.

— À 10 heures du matin ?

— Il n'y a pas d'heure pour les clubbers, France. Ils font tellement la fête en continu qu'ils ne savent même plus distinguer le jour et la nuit !

Elle se mit à rire. D'un rire élégant. Puis elle alla dire quelques mots à la journaliste. Je constatai que de jeunes gens arrivaient par grappes, filtrés à l'entrée de la villa par une horde de vigiles baraqués et tout de blanc vêtus. Au bout de trente minutes, ils furent une cinquantaine autour de la piscine. Gino, dont l'interview venait de se terminer, prit place derrière ses platines et se mit à mixer ce qui me sembla être de la deep house, tout en douceur, appropriée à l'heure matinale. Les clubbers se mirent à danser lascivement. Certains avaient sauté dans l'eau et se livraient à une forme peu commune d'aquagym. Je m'approchai de la table de mixage. Me voyant, Camora m'invita à venir à ses côtés. Tout en mixant, son corps épousant à merveille le rythme de la musique, le casque en travers, un écouteur sur une oreille, il s'adressa à moi avec un sourire radieux :

— Là, c'est cool, France, pas de pression. J'aime ce genre de moment. Pas de contrat à la clé ; je kiffe !

Je lui souris.

— Je suis impressionnée par le nombre de boutons qu'il y a sur cette platine. Ça doit être super compliqué à utiliser.

— Ah non, c'est simple ; tu veux que je te montre ?

— Euh… je veux bien…, répondis-je.

J'avais dans l'idée d'utiliser ces éléments techniques dans mon roman.

— Avec ça, tu peux faire de la house, de la techno, du dubstep, de la drum and bass et beaucoup d'autres styles de musiques. Là, je suis en drum and bass. Tu vois, le tempo tourne autour de 174 bpm. Le mix simple consiste à mettre deux morceaux, voire plus, au même tempo, et de les mélanger.

— Tu utilises toujours des vinyles ? m'intéressai-je en désignant un tas de 33 tours.

— J'aime bien, oui. Le vinyle classique ou le vinyle encodé pour jouer des mp3, FLAC ou WAV sur un disque, ce qui est en fait une sorte de maquette vierge. Ça a été une vraie révolution, même si les puristes préfèrent le vinyle. En plus, il existe maintenant les contrôleurs et la technologie DVS pour pouvoir bénéficier de la synchronisation, qui permet de mixer au même tempo, détailla-t-il de façon très sérieuse, comme si j'étais une spécialiste.

Je me mis à rire.

— Excuse-moi, mais c'est un peu du charabia, pour moi. Le matériel coûte cher ?

— Oh putain, oui ! Je n'ose même pas te dire le prix ! Ça, c'est le Graal. Ce sont des Technics MK2. Ce sont les seules platines avec un système d'aimant et non pas à courroie. Elles permettent de bien lancer le disque et de le freiner ou accélérer plus facilement. Elles sont de plus en plus chères. Les platines à courroie ne permettent pas de lancer le disque correctement, ni de le caler, poursuivit-il, toujours aussi sérieux.

— Ça, c'est quoi ?

— C'est le crossfader. Ça permet de basculer d'une platine à l'autre. Mixer consiste à mélanger les deux platines, lorsque les disques sont calés au bon endroit et au bon tempo.

Tout en m'expliquant, il touchait aux éléments de la platine, pour illustrer son propos. Je dois l'avouer, j'étais passionnée par ce qu'il me racontait, même si je ne comprenais pas tout. J'étais fascinée par son aisance.

— On joue pas mal avec les basses, médium et aigus pour faire entrer un disque en douceur, et non pas basculer de manière brutale. Grâce au casque, on ajuste tout d'abord le pitch, qui permet de choisir la vitesse d'une platine. Il faut ensuite modifier le pitch de la platine mutée dans le casque, pour trouver le bon tempo. Le lancement du deuxième disque se fait souvent sur le premier temps, qui est en général une grosse caisse. On peut se caler sur quatre temps, même si ce n'est pas aussi simple, en réalité. Il faut prendre en compte les longueurs des mélodies qui, elles aussi, doivent être synchronisées dans les mesures. Huit, seize, trente-deux, voire soixante-quatre mesures.

— Et ça, ça sert à quoi ? fis-je en me rapprochant de lui au point de le toucher.

— Ce sont les contrôleurs. Ils permettent de mixer, sans se préoccuper du calage. De nombreuses fonctions existent, comme le lancement de samples, l'harmonisation des notes avec le Pitch 'n time pour Serato DJ, Serato Flip et d'autres plugins. Ce sont les plus simples à utiliser. Mais attention, il faut respecter les mélodies, donc les mesures. Les points CUE vont permettre de passer d'un titre à l'autre, ce qui est un gros avantage sur le vinyle, qui demande beaucoup plus d'expérience et de technique pour un « passe-passe » parfait. Il faut savoir que la synchronisation automatique demande un peu de travail en amont, pour que tous les morceaux soient bien calés. Et ça, c'est la synchro, la synch. Elle permet de caler automatiquement le tempo, selon la grille rythmique de chaque musique. C'est un gain de temps considérable quand on joue, même si en réalité il faut souvent recaler en amont les morceaux. Tu veux essayer ? dit-il en pointant les platines de l'index.

— Quoi, moi ?

— Ben oui !

— Mais je n'y connais rien ! Ça va être un désastre ! affirmai-je en secouant les deux mains en signe de négation.

— Mais non, laisse-toi guider par la musique... et puis, je suis là..., tenta-t-il de me rassurer.

Il se décala pour me laisser la place. À ce moment précis, nos regards se croisèrent et il se produisit quelque chose d'indescriptible. D'irrationnel. Un flash comme il n'en arrive que dans les films. Je me trouvai bête, ridicule. Depuis toujours, je savais que les coups de foudre n'existaient pas, mais j'étais en train d'en vivre un – du moins, j'en eus l'impression. Brutal, violent, soudain. Et je ne sais pour quelle raison étrange, j'eus le sentiment que ce flash était réciproque. Les yeux de Camora ne mentaient pas. Il paraissait gêné. Il avait été frappé aussi. Sans réfléchir, je pris sa place derrière les platines. Il se positionna derrière moi, son corps collé au mien, bougeant au rythme des bpm. Il plaça le casque sur mes oreilles. J'étais ailleurs. J'avais l'impression de planer, d'être pénétrée par la musique, de ne faire qu'une avec elle. Il plaça ses mains sur les miennes pour les guider vers les commandes de la table de mixage. Je n'en revenais pas : j'étais en train de mixer, devant une foule de clubbers en transe. Bien sûr, Gino orientait tous mes mouvements. Mais je pouvais percevoir la moindre note dans mon organisme et anticiper la suivante, comme si les enchaînements relevaient de l'évidence. À un moment, il plaça le plat de sa main dans le creux de mes reins. Dans l'instant, une onde de désir me submergea. J'avais envie de lui. Très envie. Et lui aussi, je le savais. Il reprit le contrôle des platines et termina son mix. Un autre D.J. qui faisait partie du public le remplaça.

— Tu viens ?

Gino venait de prononcer ces deux mots avec beaucoup d'autorité et d'assurance. Ils étaient lourds de sens. Un sens que nous comprenions tous les deux. Ils étaient, de façon tacite, suivis de « nous allons faire l'amour ». Que devais-je répondre ? Ce n'était pas mon genre de céder ainsi à mes instincts primaires. Je n'avais jamais fait ça. Pas comme ça. En même temps, j'étais à Miami, à des milliers de kilomètres de la France, et j'en crevais d'envie. J'hésitai. Il le vit et ne me laissa pas le choix. Il me prit par la main et me tira derrière lui. Je me laissai faire, ne marquant aucune résistance, le suivant de façon très docile. Nous passâmes devant les yeux réprobateurs de Flora Jones, qui savait très bien ce que nous allions entreprendre. Elle avait dû voir cette scène tant de fois. Camora sautait sur tout ce qui bougeait, elle me l'avait bien dit. C'est à ce moment précis que j'eus un déclic. Je ne voulais pas être une ligne de plus sur la liste de ses innombrables conquêtes. Je ne voulais pas être l'une de ces pauvres filles. Je tirai mon bras vers l'arrière, pour me dégager de son emprise. Il se retourna.

— France ? dit-il, inquiet.

— Désolée, Gino. Je ne peux pas, répondis-je en plaçant les mains devant moi.

— Tu ne peux pas ou tu ne veux pas ?

— Je ne peux pas.

Je lus une très grande déception sur son visage. Il n'insista pas. Au lieu de cela, il se dirigea vers le grand parking de la villa, monta dans l'une de ses Ferrari et démarra en trombe. Moi, je mis mon casque sur mes oreilles et sélectionnai *Last Nite* des Strokes, dont les paroles me parurent particulièrement adaptées à cet instant :

Last night, she said
"Oh, baby, I feel so down
Oh, it turns me off
When I feel left out"
So I, I turned 'round
Oh, baby, don't care no more
I know this for sure
I'm walking out that door
Well, I've been in town for just about fifteen oh minutes now
And baby, I feel so down

Chapitre 17

Paris. 21 mai 2022. Bureau de Franck Schneider.

— Il faut que les lecteurs aient l'impression d'avoir participé à la création de votre roman, asséna-t-il en écrasant enfin ce qu'il restait de son cigare dans un large cendrier en albâtre.

— En écrivant au fur et à mesure sur un blog ? répliquai-je.

— Non, vous vous feriez démasquer. Il ne faut pas sous-estimer les lecteurs. Il y a des petits doués en informatique, parmi eux. Non, il faut parler de votre processus d'écriture, dans le livre lui-même. Expliquer, dans votre roman, comment vous avez construit un best-seller. Les lecteurs adorent ça. Pour eux, la vie d'un écrivain fait rêver…

— Je vois plus ou moins ce que vous voulez dire. Un peu comme dans *La Vérité sur l'affaire Harry Quebert* ?

J'avais en mémoire le livre de Joël Dicker que j'avais dévoré.

— Exactement ! Vous pourriez même parler de nos conversations, cela mettrait un peu de réalité dans la fiction. Les gens aiment ça. Ils ont besoin de se mettre dans la peau d'un écrivain. Vous avez vu à combien d'exemplaires Dicker a vendu son livre !

— Oui, mais il pourrait m'accuser d'avoir plagié, de faire du « *easy reading* », non ?! m'inquiétai-je.

— Lui-même a été accusé d'avoir plagié *La Tache* de Philip Roth et vous savez où a été son génie, dans l'histoire ? fit-il en levant son index et les yeux vers le plafond.

Je le regardai, étonnée, restant muette.

— Son génie a été de l'admettre dans l'*Affaire Harry Quebert,* à travers son héros, Marcus Goldman. Cela a coupé court à toutes les discussions et ne l'a pas empêché de vendre ses droits dans trente pays différents ! Vous ferez la même chose : vous admettrez, dans votre roman, vous être inspirée de l'artifice de Dicker, décréta-t-il, sûr de lui.

Chapitre 18

Golden Beach, Ocean Blvd, villa de Gino Camora. 08 juin 2022.

Je n'avais pas revu Gino depuis la veille et son départ précipité au volant de sa Ferrari. Il n'était pas réapparu. Miss Jones s'était absentée, me laissant seule dans la villa avec le personnel de maison. J'en profitai pour commencer à écrire le plan de mon roman. En maillot de bain deux-pièces, je m'installai au bord de la piscine sur un transat, mon ordinateur portable sur les genoux. J'avais un début de squelette et surtout mes personnages en tête. Le *bad boy* ne pouvait être que Camora, avec ses multiples conquêtes et son côté beau gosse bourré de failles. Dans mon esprit, la garce avait, pour le moment, deux visages. Celui de Flora et celui de B.K. Lorie. J'hésitais encore et j'envisageais de mélanger les deux femmes, de les fusionner pour en faire une héroïne unique. Mon personnage principal féminin pouvait être moi, même si cela ne me plaisait guère. Cerise sur le gâteau, j'avais une victime et une « vraie victime », Lana, la jeune fille retrouvée morte chez le D.J.

Voilà qui devrait satisfaire Franck Schneider, me dis-je.

J'avais également un dealer et un flic charismatique. Bref, il y avait de la matière. Avec beaucoup d'excitation, je tapai tous ces éléments sur mon clavier, dans le désordre, juste pour ne rien oublier, lorsque mon attention fut détournée de mon écran par un bruit de pas. Je relevai la tête. L'inspecteur Jack Ripper se tenait là, devant moi. Barbe de trois jours, cheveux mi-longs plaqués en arrière à la cire, il était vêtu d'un costume beige en lin froissé et d'une chemise noire. Je ne l'avais pas remarqué avant, mais il avait de faux airs de Michael Douglas dans son rôle de Nick Curran. Les similitudes avec *Basic Instinct* étaient somme toute troublantes ; si troublantes que je notai dans un coin de ma tête de ne pas en parler dans mon roman, pour ne pas être accusée de plagiat ou de facilité.

— Vous êtes qui, vous ? dit-il sur un ton faussement détaché.

— Une traductrice. Je travaille pour monsieur Camora, répondis-je en me recroquevillant sur mon transat.

— Il est où ? poursuivit-il, sur un ton sec.

— Je ne sais pas.

— Et miss Jones ?

— Aucune idée. Je ne les ai pas vus, aujourd'hui, fis-je en refermant mon ordinateur portable.

Il s'alluma une cigarette, une Lucky Strike, d'après le paquet. Tout en tirant sur le filtre de sa clope, il me détailla. Il avait un air vicieux, quelque chose de malsain dans le regard. Je me sentis mal à l'aise. Je me redressai sur mon transat et plaquai mon ordinateur sur ma poitrine pour cacher mes seins. Il recracha la fumée.

— Vous êtes plutôt mignonne..., affirma-t-il en faisant trois pas vers moi.

Gênée, je ne répondis pas.

— Vous devriez vous méfier, vous êtes tout à fait son style de fille.

— Me méfier de qui ? questionnai-je en plissant les yeux.

— De Camora, évidemment.

— Pourquoi devrais-je me méfier de lui ?

Il se baissa et s'approcha à quelques centimètres de mon visage. Son haleine sentait le tabac et le whisky.

— Vous n'êtes pas au courant ? Vous étiez au *Nikki Beach*, pourtant, il me semble. Ils ne vous ont rien dit ?

— Si, ils m'ont expliqué que vous soupçonniez Camora du meurtre d'une jeune fille...

— Je ne le soupçonne pas, je suis persuadé de sa culpabilité. Ça fait une sacrée nuance. Il a tué cette fille.

Je me levai du transat et enfilai mon peignoir. Ce type me fichait la trouille. Au premier abord, il était attirant et charismatique, mais dérangeant. Une part de lui sentait le soufre.

— Écoutez ; c'est mon employeur..., esquivai-je.

— Je sais. Mais votre employeur est un assassin. Un drogué doublé d'un psychopathe. Il vous a parlé de l'accident de sa petite amie, aussi ? enchaîna-t-il, toujours collé à mon visage.

— Non. Quelle petite amie ? De quoi parlez-vous ?

Je lâchai mon ordinateur qui tomba sur mes cuisses.

— Il y a deux ans. Il sortait avec une fille prénommée Jessie. Eh bien, Jessie a fait le grand saut, depuis le quatorzième étage d'un immeuble dans lequel ils résidaient à New York. Jessie, Lana..., ça fait beaucoup, non ?

— Je ne savais pas. Mais pourquoi me dites-vous tout ça ? demandai-je en me relevant et en faisant mine de partir.

— Je vous mets en garde, mademoiselle. Les jolies filles qui tournent autour de lui ont une fâcheuse tendance à disparaître prématurément, et je ne voudrais pas que cela vous arrive...

Prenant mon ordinateur sous le bras, je le contournai, bien décidée à me réfugier dans la maison.

— Ne vous inquiétez pas, Inspecteur, je ferai attention à moi.

Je me dirigeai vers la villa. Alors il me héla :

— Quand vous verrez Camora, dites-lui que je veux le voir !

— OK, je lui dirai.

— Notez mon numéro, dans le cas où vous auriez quelque chose à me dire, ou si vous vous sentez en danger.

Les mains tremblantes, j'enregistrai dans mon iPhone le numéro de portable qu'il me dicta.

— À bientôt, je pense, mademoiselle.

Il s'éloigna en sifflotant et en terminant sa cigarette. Je rentrai dans l'immense séjour blanc et regardai par la fenêtre. Je voulais m'assurer que le flic parte. Prenant tout son temps, il monta enfin dans sa vieille Ford Mustang et démarra, en jetant un coup d'œil vers moi, son mégot pendu à ses lèvres. Sa visite impromptue m'avait bouleversée. D'un seul coup, je me sentis en danger. Je me laissai tomber sur le canapé en cuir, les yeux rivés sur la baie vitrée. Je restai comme cela, pendant de longues minutes, incapable de bouger, pétrifiée par ce que j'avais entendu et par ces instants de promiscuité malsaine vécus de manière forcée avec ce flic. Et s'il disait vrai ? Si Gino était un assassin ? Pourquoi le D.J. ne m'avait-il pas parlé de sa petite amie défenestrée à New York ? Je n'avais qu'une envie : faire mes valises et rentrer à Paris. J'étais à deux doigts de le faire, mais je pensai soudain à l'intérêt de ma situation. Je me trouvais au cœur d'une affaire incroyable et j'étais romancière. Je n'avais pas le droit de laisser tomber, pour ma carrière. Sinon, je le regretterais toute ma vie. L'occasion était trop belle de m'inspirer de cette histoire pour écrire le roman de toute une vie. Le roman qui change toute une vie ! Peu à peu, je retrouvai mes esprits. Je repensai à ce que Flora Jones m'avait expliqué, au fait que l'inspecteur agissait de la sorte par jalousie. C'était tout à fait plausible et pas plus étonnant que ça, compte tenu du comportement qu'il avait eu avec moi. Cet homme ne paraissait vraiment pas équilibré.

M'étant « autorassurée », je me rendis dans ma chambre pour poursuivre l'écriture de mes notes. Allongée sur mon lit, sur le ventre, mon ordinateur posé devant moi, je cherchai l'inspiration. En vain. Je contemplai mon écran, mais les idées ne venaient pas. À dire vrai, mon esprit était occupé par autre chose. Par des pensées très animales. Étaient-ce les émotions générées par la visite de ce flic, et la décompression qui allait avec ? Était-ce le souvenir du moment passé avec Gino derrière les platines, la veille ? Je ne savais trop l'expliquer, mais j'avais une grosse envie de me faire du bien. Je plaçai mes EarPods sur mes oreilles et lançai le tube *Señorita* de Camila Cabello et Shawn Mendes. Ce titre latino et son clip sensuel avaient le don de m'émoustiller. J'avais apporté, dans ma valise, mon Womanizer. Sans honte, habituée à l'onanisme depuis plusieurs mois, je le pris en main, avant de me défaire de mon peignoir et de mon maillot de bain. Je le fis remonter entre mes cuisses jusqu'à mon intimité déjà moite. L'objet se lubrifia rapidement de ma cyprine. Je le mis en marche. Ses vibrations me chatouillèrent d'abord, au niveau du bouton, mais très vite, la sensation devint agréable. Les yeux fermés, sur le dos, les jambes bien écartées, tenant mon vibromasseur de luxe de la main droite, je laissai mon esprit divaguer. Mes pensées se fixèrent sur Camora. Je l'imaginais là, la tête plongée entre mes cuisses, en train de me lécher. Mon autre main se mit à caresser mes seins, les palpant, jouant avec mes tétons durcis de désir. Dans mon imagination, Gino se redressa. Son corps glissa sur le mien. Il m'embrassa, en prenant tout son temps. Puis son sexe entra en moi, comme ce doigt que j'enfonçai maintenant dans mon orifice en demande. Je me mordis les lèvres. J'imaginais le beau D.J. aller et venir de plus en plus fort, avec beaucoup d'amplitude, de plus en plus vite, cognant au fond de moi, à chaque coup de reins, avec sa queue puissante. En même temps, au même rythme que dans mes lubriques pensées, je cadençais les mouvements de mon jouet vibrant et bruyant.

Mon excitation était telle que je n'allais pas tarder à jouir. Ce fut à ce moment précis, juste avant l'orgasme, que j'ouvris les yeux et que je la vis. Flora Jones était là, dans l'encadrement de la baie vitrée de ma chambre. Elle me regardait. Elle avait soulevé jusqu'à sa taille la mini-jupe blanche qu'elle portait, et se masturbait. Saisie, je jetai mon Womanizer par terre et couvris mon corps avec mon peignoir. J'étais rouge de honte, alors qu'elle resta impassible. J'arrachai le casque de mes oreilles.

— Il n'y a pas de honte à se donner du plaisir, France.

Elle rabaissa sa mini-jupe et porta le doigt avec lequel elle s'était masturbée à la bouche pour ponctuer sa phrase en le suçant. J'étais incapable de parler. Choquée. Elle alluma une cigarette et m'adressa quelques mots, d'une voix grave et assurée, avant de disparaître :

— En tout cas, le moment fut très agréable pour moi...

Elle s'éloigna, perchée sur ses talons hauts, en roulant des fesses.

Chapitre 19

Paris. 21 mai 2022. Bureau de Franck Schneider.

— Maintenant que la stratégie est en place, il vous faut une histoire et vos personnages. L'histoire est presque secondaire. Les personnages doivent être au centre. Le personnage masculin, nous l'avons : ce sera votre D.J. Il reste à trouver les autres. L'héroïne, d'abord. Elle doit être différente des autres filles, c'est comme ça qu'elle gagnera le cœur du héros. Elle est, en général, peu populaire et se critique souvent elle-même. Elle n'a pas confiance en elle. Mais elle est toujours féminine et prévenante, et c'est sa douceur qui calmera le cœur meurtri du *bad boy*, fit-il sur un ton professoral.

Je notai sur mon carnet, écoutant de façon très studieuse et ne pouvant m'empêcher de me projeter dans le personnage qu'il était en train de me décrire. Cette héroïne me ressemblait beaucoup.

— La garce, ensuite. Séductrice, superficielle et idiote, elle est la rivale, en amour, de l'héroïne. Vous devrez la décrire par ses qualités physiques uniquement. Elle doit être une vraie peste qui ne recule devant aucun coup bas pour arriver à ses fins. Son amour pour le héros ne doit pas être sincère. Pour elle, il n'est qu'un accessoire qui assure sa propre popularité.

Je continuais à noter, imaginant parfaitement B.K. Lorie dans le rôle de la garce.

— Et, enfin, le gentil garçon. Il doit être tout le contraire du *bad boy*. C'est un type doux. Il est aussi amoureux de l'héroïne et à trois, ils formeront un triangle amoureux. À la fin, le gentil garçon est souvent délaissé, au profit de son rival. C'est comme ça, les lectrices n'aiment pas les gentils garçons. Mais ce n'est pas un personnage primordial. Vous pourriez vous en passer.

— L'héroïne doit être pure et innocente ? C'est obligatoire ?

— Elle doit, en réalité, être peu expérimentée. C'est une oie blanche. Elle ne couche que par amour. On exige d'elle un comportement sexuel exemplaire, selon les conventions sociales. Elle doit être fidèle, monogame et ne se réserver qu'à un seul garçon. Ce dernier, le *bad boy*, est un tombeur, en revanche. Il peut séduire toutes les filles, sans être inquiété pour sa réputation. Il faut trouver un juste équilibre, pour l'héroïne. Si elle est trop réservée, ça ne marche pas. Elle ne doit pas être frigide. Par contre, elle ne doit pas apparaître comme une « salope ». Tout est question de dosage. Le lieu aussi sera important. Il faut faire rêver les lecteurs et les lectrices. Il n'est pas envisageable de positionner votre action à Berlin ou Roubaix, par exemple. Il faut que l'ambiance soit solaire. Pognon, sexe et soleil. Vous devez vendre du rêve.

Chapitre 20

Golden Beach, Ocean Blvd, villa de Gino Camora. 08 juin 2022.

— Je t'ai choquée, tout à l'heure ? Si c'est le cas, je te prie de m'excuser, France.

Flora Jones s'était changée. Elle se changeait tout le temps. Toutes ses tenues étaient magnifiques et sexy en diable. Là, elle avait enfilé un pantalon en lin kaki, un tee-shirt blanc et une paire de Louboutin dorée. Par transparence, je constatai qu'elle ne portait pas de sous-vêtements, comme je l'avais déjà remarqué à de multiples reprises. Elle ne semblait pas du tout gênée. Elle me parlait de façon décomplexée, très calme, alors que moi, je ne savais plus où me mettre, en balayant plusieurs fois du regard le séjour où je me trouvais. J'étais honteuse de m'être donnée en spectacle en me masturbant. Je ne savais pas quoi lui répondre et d'ailleurs, je ne répondis pas. Mais elle insista :

— J'aime les jolies femmes, tu sais ? Et tu es une très jolie femme. J'aime le sexe, sous toutes ses formes...

— Je... Oui, je vois. Mais... euh..., bégayai-je.

— Tu n'es pas bi ? s'étonna-t-elle, comme si le fait de l'être était une évidence.

— Euh... non.

Voyant ma gêne et mon trouble, elle se mit à rire.

— Mais ce n'est pas grave. Tout le monde ne peut pas être bi. Déstresse, France, et oublions cet épisode.

Voyant qu'elle prenait cela à la légère, ma honte s'estompa un peu.

— Oui, je préfère. Si ça peut rester entre nous...

— Bien sûr ! Je ne vais pas aller crier sur tous les toits que je me suis fait du bien en te regardant te toucher ! Pour qui me prends-tu ?

Elle riait toujours. Ce qui constituait, pour moi, une humiliation suprême, semblait être pour elle d'une banalité déconcertante.

— Merci, Flora.

— Merci, pourquoi ? En tout cas, si un jour tu veux expérimenter une relation avec une femme, ne le fais avec personne d'autre que moi !

— Euh... oui, promis, répondis-je comme l'aurait fait une petite fille.

Je faisais les cent pas dans la pièce.

— Tu as eu des nouvelles de Gino ? changea-t-elle soudain de conversation, en se laissant tomber dans le canapé king size.

— Non, nous devions nous voir ce matin pour une leçon de français, mais il n'est pas venu...

— Il boude. Il est comme moi, il déteste qu'on lui résiste.

— Comment ça ?

De nouveau, elle se remit à rire, tout en passant la main dans ses cheveux.

— J'ai bien remarqué votre petit manège, hier, derrière les platines. Comme tu n'as pas voulu coucher avec lui, il est parti. Il tire la gueule ; ça ne lui arrive jamais. Tu peux te vanter d'avoir mis un vent à Gino Camora !

Ce n'était pas ma journée ! De nouveau, la honte m'envahit. Je ne m'étais pas trompée, la veille : elle avait tout vu et tout compris. Elle enchaîna :

— Il ne te plaît pas ?

Je répondis du tac-au-tac, en me mordant les lèvres et en regrettant tout de suite mes paroles, après les avoir prononcées :

— Si, beaucoup !

— Alors pourquoi avoir refusé de te donner à lui, je ne comprends pas ? s'étonna-t-elle.

— Je ne suis pas comme ça...

— Comment ça, « pas comme ça » ?

— Je ne couche pas avec un homme sur un coup de tête.

D'un seul coup, son visage devint plus dur, tout comme le ton de sa voix :

— Pourquoi ? Parce que cela ferait de toi une salope ? Tu penses que je suis une salope ?

— Non, pas du tout, c'est juste que je ne suis pas comme ça..., essayai-je de me justifier en perdant mon regard vers l'extérieur, au-delà de l'immense baie vitrée.

Me fixant pendant quelques instants avec un air sérieux, elle éclata d'un nouveau rire.

— Je te mets en boîte, France ! Tout le monde sait que je suis une salope, et ça me convient très bien. Oui, je suis une salope et je suis fière de l'être ! Bon, arrêtons de parler de sexe. Ta valise est prête pour ce soir ?

— Pourquoi ; nous partons ? interrogeai-je en me retournant vers elle.

— Oui, à Ibiza. Je ne te l'ai pas dit ?

— Gino m'en a parlé, mais je ne savais pas que c'était si tôt.

— Gino plane en permanence. Si je n'étais pas là, je ne sais pas ce qu'il ferait ! se désola-t-elle en se relevant du canapé avec beaucoup d'élégance.

— À quelle heure partons-nous ?

— Le jet nous attend à 18 heures. Nous quitterons la villa une heure avant, précisa-t-elle en s'apprêtant à sortir du séjour.

— Bon... Euh... OK. Au fait, j'ai eu de la visite, tout à l'heure. Ce flic... Avec tout ça, j'avais oublié de t'en parler.

— Ripper ? s'inquiéta-t-elle en s'arrêtant net.

— Oui.

— Qu'est-ce qu'il voulait encore ? Il t'a dit qu'il était persuadé que Gino avait tué Lana, je parie ?

Son visage avait changé, ses traits s'étaient durcis d'un seul coup.

— Oui, mais pas que. Il m'a aussi parlé de Jessie...

— Jessie était dépressive. Elle a sauté du quatorzième étage de l'immeuble où elle habitait avec Gino. Elle n'a pas été assassinée !

— Il voudrait que Gino le contacte...

Elle m'interrompit en hurlant :

— Surtout pas ! Gino est fragile, même s'il n'en donne pas l'impression. Ne lui en parle surtout pas ! Ibiza est important pour lui. Il doit être au top et ne penser qu'à la musique et à ses performances ! Qu'il aille se faire foutre, ce connard de flic ! *Fuck* !

Devant l'agacement de Flora, je n'insistai pas. Rageuse, elle quitta la maison d'un pas militaire en faisant claquer ses talons, et je rejoignis ma chambre. Mes valises, que je n'avais pas vidées depuis mon arrivée, furent vite faites. Gino n'ayant toujours pas réapparu et l'inspiration ne venant pas, je me trouvai quelque peu désœuvrée. En pareil cas, j'avais pour habitude de me connecter à Facebook, ce que je fis. Comme une idiote, la veille, j'avais posté une photo de moi en compagnie de Camora, derrière les platines, dans l'objectif évident de « me la péter », me disant, à tort, que seuls mes amis la verraient. J'avais commenté le cliché d'un « Avec mon ami D.J., Gino Camora ». Je constatai d'abord avec satisfaction que j'avais plus de cent notifications, ce qui ne m'arrivait jamais. Fière, je me précipitai sur mon mur. Là, je m'aperçus que B.K. Lorie venait d'y déposer une publication incendiaire à mon encontre.

Quand une petite romancière se prend pour Cendrillon, ça donne ça. Une photo pitoyable d'une usurpatrice qui, je le rappelle, s'en est prise à moi de façon très virulente. Boycottez-la, mes guerrières !

J'étais choquée. Plus que choquée, même. Pourtant, je compris mon erreur. B.K. était la maîtresse de Gino et je n'avais rien trouvé de mieux que de m'afficher sur Facebook avec son amant. Comment avais-je pu oublier qu'elle lisait mes publications ?! Elle avait réagi par jalousie. Ce post était désastreux pour moi. D'abord parce qu'il pouvait signer la fin de ma carrière de romancière, du moins sous mon nom propre. Mon éditrice ne me pardonnerait jamais de m'être mis, une nouvelle fois, la star à dos. Et surtout parce qu'elle risquait de parler de moi à Camora, maintenant qu'elle pensait que je le connaissais. Or je n'avais pas dit à ce dernier que j'étais romancière, pour qu'il ne se doute pas qu'il était une sorte de cobaye pour moi. Je devais réagir. J'eus alors l'idée de m'excuser auprès de cette peste. Constatant qu'elle était connectée, je lui envoyai un message en anglais, via Messenger. Chaque mot écrit me coûta beaucoup car je la détestais, mais je n'avais pas d'autre choix pour me sortir de cette impasse.

Chère B.K.,

J'ai lu votre post sur mon mur et je vous prie de m'excuser. Je vous admire depuis toujours et je ne sais pas ce qui m'a pris lorsque j'ai posté cette maudite publication vous concernant, il y a quelque temps. J'aurais dû m'excuser ! Concernant la photo avec le D.J. Gino Camora, je l'ai juste croisé à l'occasion d'une soirée, et vous avez raison, je ne le connais pas plus que cela. J'ai juste voulu me faire mousser un peu. Je suis rouge de honte. J'espère que vous pourrez me pardonner. Avec tout mon respect. France.

Contre toute attente, elle me répondit dans l'instant.

Tu mens ! De mieux en mieux ! Je sais très bien que tu travailles pour Gino. J'ai mes sources !

Un frisson me parcourut. Comment diable savait-elle cela ? Par qui avait-elle appris que je travaillais pour le D.J ? Par Gino lui-même ? Par Flora ? Par quelqu'un d'autre ? Je ne savais pas quoi répondre. Elle envoya aussitôt un deuxième message.

Je sais que tu es du voyage pour Ibiza. J'y serai aussi. Voyons-nous sur place. Nous réglerons nos comptes, en tête à tête. Je loge à la villa Éloise. *Retrouve-moi là-bas, après votre arrivée, à 15 heures, si tu veux enterrer la hache de guerre.*

Je refermai mon PC portable. J'étais dévastée. Dès que Flora apprendrait que j'étais romancière et que je lui avais donné une fausse identité, je me ferais virer sur-le-champ. Lors de notre entretien d'embauche téléphonique, elle m'avait demandé si j'étais journaliste ou écrivain, et je lui avais menti. Elle allait l'apprendre à coup sûr, par l'intermédiaire de cette salope de B.K. Lorie. Quelle imbécile avais-je été en postant cette photo ! J'avais agi comme une gamine, sans réfléchir. Je m'allongeai sur mon lit, impuissante. À cet instant précis, on frappa à ma porte. Je me levai et ouvris. C'était Gino.

— France, je voulais m'excuser.

Très perturbée, je lui répondis, à moitié absente :

— T'excuser de quoi ?

— De mon comportement. D'avoir disparu.

— Il ne faut pas. Tu fais ce que tu veux..., dis-je d'un ton sec.

— Flora t'a dit que nous partions ce soir pour Ibiza ?

— Oui.

— OK, je te laisse tranquille. À plus tard. Oublie tout ce qui s'est passé hier. Je suis désolé.

Le visage triste, il tourna les talons et je refermai la porte. Cette histoire me dépassait et devenait complètement folle. Je ne pouvais pas garder tout cela pour moi. J'avais besoin de me confier à quelqu'un. Je décidai d'appeler Franck Schneider, pour prendre conseil. Il décrocha à la première sonnerie. Je lui racontai toute l'histoire, avec un rythme de parole effréné. Il m'écouta sans dire un mot. Mon monologue dura un bon quart d'heure, au terme duquel je me tus, attendant ses réactions. Il se mit à rire.

— Mais c'est formidable tout ça, France ! C'est même génial ! Inespéré !

— Vous trouvez, vous ?!

— Mais oui ! Je comprends que vous puissiez être choquée par tout ce qui vous arrive, mais c'est miraculeux ! Vous rendez-vous compte que votre roman est en train de s'écrire tout seul ?

— Je ne pense plus du tout à mon roman, là ! Sauf votre respect, je suis dans une belle merde ! répondis-je en me rongeant les ongles.

— C'est le choc, c'est normal. Mais faites l'effort de vous poser quelques instants pour réfléchir. Vous avez tous les ingrédients ! Vous avez votre *bad boy*. Ce Gino Camora est parfait. Vous avez vos garces. Cette Flora et B.K. Lorie battraient n'importe qui au casting. Et vous avez votre héroïne ! Vous-même ! Il y a du sexe, il y a des morts ; tout ceci est parfait !

— Ouais, vous avez raison mais, pour le moment, je ne vois pas du tout les choses comme ça ; je suis en panique ! Que feriez-vous ? Vous iriez voir B.K. Lorie ?

— Bien sûr que oui !

— Mais elle va me dénoncer !

— En quoi est-ce grave ? Si votre Gino apprend que vous êtes romancière, vous n'êtes pas obligée de lui dire que vous vous inspirez de lui pour votre prochain roman.

— Mais Flora m'a demandé si je l'étais et j'ai dit que non. Que va-t-il se passer, si elle apprend que j'ai menti ?

— Il ne se passera rien, ne vous inquiétez pas ! Je mettrais ma main à couper que Camora en pince pour vous. Et l'amour triomphe de tout, non ? Même si vous aviez tué quelqu'un, je suis persuadé qu'il vous excuserait. Ne sous-estimez jamais l'amour, France…

— J'admire votre optimisme. C'est un coureur de jupons ; ce type est incapable d'aimer. Il voulait juste me sauter, tempérai-je, les yeux dans le vide.

— Où devez-vous voir B.K. ?

— Demain, à la villa Éloise, à Ibiza.

— Allez-y et expliquez-vous avec elle, faites-moi confiance. Soyez juste sur vos gardes, B.K. a parfois tendance à être violente. Je l'ai déjà vue se battre ! Mais vous savez vous défendre, non ?

— Ça c'est clair, et au point où j'en suis, si elle me cherche, je n'hésiterai pas à lui mettre mon poing dans la figure !

On frappa à ma porte ; c'était Flora. Je baissai le ton.

— Je vais devoir vous laisser, Franck.

— OK. Tenez-moi au courant de la suite. Tout cela est excitant au plus haut point.

Chapitre 21

Paris. 21 mai 2022. Bureau de Franck Schneider.

— Une fois le livre sorti, votre éditeur devra assurer une forte présence sur les réseaux sociaux, comme vous ne pourrez pas y être. Tous les gros vendeurs y sont. C'est là, en partie, le secret de leur réussite. E.L. James a été la première. Anna Todd, Abbi Glines, Kylie Scott et plus récemment B.K. Lorie ont suivi. Elles s'adressent à leurs lectrices comme à des copines. Votre éditeur devra donc communiquer pour vous. Les blogueuses ont un rôle primordial pour promouvoir les livres, car elles sont très suivies, et leur avis compte beaucoup. Les lectrices sont devenues des prescriptrices directes, par le fait qu'elles partagent leurs lectures, leurs avis, écrivent des chroniques. Et elles se font confiance, entre elles, pour les recommandations. Il faut en tenir compte et utiliser cette tendance. Votre éditrice fera mousser le livre auprès d'Anabela Fornerod, de Loley Read, des booktubeuses Margot, Justine, Mélusine Huguet. Bref, toutes celles qui font et défont les réputations des auteurs, conclut-il sans me regarder, fixant une de ses toiles andalouses.

— Vous croyez qu'elles mordront à l'hameçon ? répondis-je en me tortillant sur ma chaise avec une envie d'uriner que je n'osais pas manifester.

— Je n'ai aucun doute là-dessus. Il faudra également mettre à contribution les chroniqueurs télé. Damien Thévenot, Gérard Collard. Il faudra qu'ils soient persuadés de tenir un scoop. Collard pourrait même faire un bandeau pour le livre. Un truc du type « Le livre événement ! Un phénomène ! » Il a énormément d'influence. Cela fera décoller les ventes dès le départ. Votre éditeur devra aussi casser un peu sa tirelire en faisant de la pub, dans le métro, par exemple, et sur les radios. Les panneaux géants, ça marche toujours. S'il flaire le gros coup, il n'hésitera pas à le faire, car il y aura un gros retour sur investissement. Là-dessus, vous avez de la chance. D'après ce que j'ai vu, vous avez un éditeur qui a les moyens. Je suis persuadé qu'il acceptera de tenter le coup de poker.

Il se gratta le menton et poursuivit, enthousiaste :

— J'y pense : si vous partez sur un D.J. comme personnage masculin, il y aurait un gros coup à faire...

— Quoi ? fis-je en croisant les jambes, ne tenant plus.

— Trouver un vrai D.J. qui accepte de faire une bande-son pour le lancement du livre. Une sorte de *soundtrack* qui accompagne un teaser. Bussi l'a fait pour son roman. *J'ai dû rêver trop fort*, avec Thibault Cauvin. C'est tendance. En fait, tout ce qui va entourer le bouquin sera aussi important que ce que vous allez écrire. Il faut en faire un véritable produit marketing.

Nous étions en fin d'après-midi.

— Je vais devoir vous laisser, j'ai un rendez-vous, mentis-je pour écourter la conversation.

— Très bien. Nous en avions terminé pour aujourd'hui, de toute façon. Je vais sortir avec vous, j'ai une course à faire.

Avec soulagement, je passai enfin par les toilettes. Puis nous sortîmes de l'appartement. Schneider verrouilla sa porte et souleva son paillasson pour cacher sa clé juste en dessous.

— Vous mettez toujours votre clé sous votre paillasson ? m'étonnai-je.

— Toujours ! Deux jeux de clés. C'est une manie. Mais ne le dites à personne !

— Vous n'avez pas peur des cambrioleurs ?

— Bien sûr que si, mais la vie est une somme de risques. Et je considère que celui-ci est acceptable.

— Et au moins, vous savez comment rentrer chez moi, comme cela ! Si un jour je ne donne plus signe de vie parce que j'ai fait une attaque dans mon appartement, vous serez en mesure d'ouvrir la porte.

— Votre famille se sera inquiétée avant !

— Je n'ai ni famille ni amis, mademoiselle Coudert. Ce sera donc à vous que reviendra la lourde tâche de découvrir mon cadavre en pleine décomposition. Je m'en excuse par avance, répondit-il, pris d'un fou rire.

Chapitre 22

Ibiza. 09 juin 2022.

L'ambiance à bord du jet privé de Camora, lors du vol entre Miami et Ibiza, avait été pesante. Gino s'était installé à l'opposé de moi, dans le Falcon, à côté de Marco, comme pour éviter d'avoir à me parler. Il avait passé le voyage défoncé. Flora, elle, n'avait pas levé le nez de sa tablette, parcourant les réseaux sociaux, pour annoncer les sets à venir dans les meilleurs clubs de l'île des Baléares. Dans un silence glacial, ne pouvant pas travailler sur mon roman, je n'avais donc eu d'autre choix que de regarder la dernière saison de *Stranger Things*, mes écouteurs sur les oreilles.

L'arrivée dans la villa du D.J. fut tout aussi froide. Marco disparut aussitôt, au volant d'un des bolides garés sur le perron. Miss Jones me fit visiter les lieux. C'était magnifique, encore plus beau qu'à Miami. De toute ma vie, je n'avais jamais vu autant de luxe s'étaler sous mes yeux. La propriété disposait d'une douzaine de chambres, toutes dotées d'une salle de bains. Elle possédait une salle de cinéma, une discothèque, un espace de remise en forme et trois spas. La décoration était épurée. Tout était blanc, à part quelques éléments de décoration. Les murs, les sols, les meubles étaient immaculés et donnaient une sensation de pureté indéfinissable. Le clou du spectacle était la piscine à débordement. Immense, agrémentée de cols de cygne, elle surplombait la mer, du haut d'une petite falaise. Je notai tous ces détails, dans un coin de ma tête, pour essayer de les reproduire dans mon roman. Flora m'indiqua ma chambre. Elle devait faire près de cinquante mètres carrés. Au milieu trônait un immense lit rond.

— Le dressing est là. Installe-toi sans te presser. Je dois partir tout de suite. J'ai rendez-vous avec le patron de l'*Amnesia* où Gino mixe ce soir. Tu as quartier libre, si tu veux découvrir l'île. Tiens, voilà les clés de l'Abarth que tu as vue à l'entrée. Sois juste à la villa à 22 heures. Un chauffeur viendra te récupérer, pour te ramener au Club. Gino aura besoin de toi. Guetta est là, ce soir. Tu devras traduire leur discussion, en vue de leur future collaboration. C'est important. OK ?

— OK, pas de souci. Et Gino ? fis-je en posant ma valise sur le lit.

— Il va dormir. Il est défoncé, comme tu as dû le constater ; il faut qu'il récupère. On a besoin de lui en super forme, ce soir.

Mon visage dut trahir, bien malgré moi, une forme de tristesse qu'elle perçut.

— Tu n'as pas l'air en forme, je me trompe ? s'inquiéta-t-elle.

— Pas trop, non.

— C'est parce qu'il tire la gueule ?

— Un peu, oui..., mentis-je, toujours perturbée par le message de cette peste de B.K.

— Tu es *in love* ? dit-elle dans un rire.

— Non. Enfin, je ne sais pas, c'est bizarre...

— Mets une tenue sexy, ce soir, dans ce cas. Ouvre-lui la porte..., me conseilla-t-elle en faisant glisser les mains le long de son corps à la manière d'une pin-up.

— Je verrai.

— Je ne l'ai jamais vu comme ça. Fonce, si tu le veux.

— Je le connais à peine, me défendis-je en commençant à étaler mon linge sur le lit.

— Tu te poses trop de questions ! Vis ! Enfin, à toi de voir. Bon allez, je file. Croise les doigts. Cette journée est capitale.

Forçant un sourire, je croisai les doigts pour lui témoigner mon soutien. Surexcitée, elle quitta la chambre, perchée sur ses talons hauts. Il était déjà 14 heures. Une heure plus tard, je devais rencontrer B.K. Lorie. Devais-je me rendre à ce rendez-vous ? Je me posais toujours la question. Cela me faisait peur, mais en même temps, je repensai à ce que Franck Schneider m'avait dit. Il avait peut-être raison : je ne risquais pas grand-chose, et il fallait bien crever l'abcès. Allongée sur mon lit, le regard perdu au plafond, après moult hésitations, je me décidai à y aller. Je pris une douche express, enfilai un jogging, une paire de Stan Smith, et je me retrouvai très vite au volant de l'Abarth 500 dont Flora m'avait laissé le jeu de clés. Dans le GPS, je rentrai l'adresse de la villa Éloise où la rencontre devait avoir lieu. La route qui menait à la luxueuse propriété était sinueuse et je pris beaucoup de plaisir à enchaîner les lacets. À la radio, le titre *Thunderstruck* d'AC/DC était diffusé. Son rythme diabolique était de circonstance.

Rode down the highway
Broke the limit, we hit the town
Went through to Texas, yeah Texas, and we had some fun
We met some girls
Some dancers who gave a good time
Broke all the rules
Played all the fools

Mon bolide n'avait rien à voir avec ma vieille Fiat 500, même s'il en partageait une partie de l'ADN. Les accélérations étaient jouissives et sonores. J'éprouvai une joie incroyable à conduire et je me mis à rêver de pouvoir m'acheter, un jour, un tel petit bijou, si le succès littéraire était enfin au rendez-vous.

Yeah, yeah, they, they, they blew our minds
And I was shaking at the knees
Could I come again please?
Yeah, them ladies were too kind
You've been
Thunderstruck

J'arrivai devant le grand portail de la villa de la star. Après être descendue de la voiture, je sonnai à l'interphone. Un homme me répondit en anglais :

— Oui, c'est pour quoi ?

— J'ai rendez-vous avec mademoiselle B.K. Lorie.

— Qui dois-je annoncer ? poursuivit-il.

— France Coudert.

— Ah oui. Madame m'a prévenu de votre venue. Je vous ouvre. Avancez-vous jusqu'au perron, avec votre véhicule.

Une large allée goudronnée serpentait entre les palmiers jusqu'à la magnifique villa. Sur le perron, l'homme de l'interphone m'attendait. À son allure, je compris qu'il était anglais et pas américain. La soixantaine, grand, les cheveux roux, il avait la bouche pincée et les gestes précieux caractéristiques des sujets de sa Majesté.

— Madame est descendue à la plage. Elle vous y attend.

Du doigt, avec une forme certaine de dédain probablement lié à ma tenue négligée, il me désigna un petit chemin.

— Prenez par là. Un petit escalier descend à flanc de falaise et vous mènera à la plage.

Je le remerciai et m'engageai dans le chemin puis dans l'escalier abrupt. Avec beaucoup de précautions, pour éviter la chute, je descendis vers la crique. Au bout d'une dizaine de minutes, j'arrivai sur la petite plage. Du regard, je cherchais B.K. Je la vis, allongée sur une serviette, à l'ombre d'un rocher. Je m'approchai. Elle semblait dormir, alors je m'annonçai, pour ne pas lui faire peur :

— B.K ?

Elle ne réagit pas ; je m'approchai donc davantage. Sa position était étrange, pour une sieste. Son corps n'était pas aligné, il semblait désarticulé. J'insistai :

— B.K ?

Comme elle n'avait aucune réaction, je me penchai vers elle. J'eus soudain un drôle de pressentiment. Un gros morceau de bois flotté traînait sur le sable. Je m'en saisis. J'hésitai un instant, puis, à l'aide du bâton, j'exerçai une pression sur son épaule pour la réveiller.

— B.K ?

Elle n'eut aucune réaction. Je tournai alors les yeux vers son cou et là, je vis une trace rouge au niveau de sa gorge. Instinctivement, je la secouai avec le bâton. Elle ne bougea pas. Elle ne bougeait plus. Elle ne respirait plus. Elle était morte.

Je fis un bond en arrière, horrifiée. Dans l'instant, les idées se bousculèrent dans ma tête. J'avais avec elle un sérieux différend, qui s'était étalé sur tous les réseaux sociaux. Nous étions sur une plage déserte. Le majordome anglais m'avait vu rejoindre cette plage. Et j'avais maintenant un cadavre devant moi. La mort n'était à l'évidence pas d'origine naturelle. Elle avait été assassinée et je faisais la coupable idéale. Mes jambes se mirent à flageoler, mon souffle devint plus court et la sueur perla sur mon front. L'affolement me gagnait. Un téléphone portable traînait par terre, à côté de la romancière. Dans la précipitation, je le ramassai, pensant qu'il s'agissait du mien qui venait de tomber de ma poche.

Incapable de réfléchir, je m'éloignai du corps et courus vers l'escalier escarpé. Le cerveau vide, je me mis à gravir les marches quatre à quatre. Une fois en haut, essoufflée, je fonçai vers ma voiture et démarrai. Je jetai sur le siège passager le mobile trouvé sur la plage. Par miracle, je ne croisai pas l'homme qui m'avait accueillie et, par chance, le portail s'ouvrit de façon automatique. Je quittai les lieux le plus vite possible, à bord de mon bolide, en trombe, fuyant l'horreur, comme pour me convaincre qu'il s'agissait d'un mauvais rêve.

Chapitre 23

Paris. 22 mai 2022. Bureau de Franck Schneider.

— Pour vous démarquer, il faudra que votre intrigue policière choque par sa simplicité. Ne cherchez pas à imaginer un scénario génial et tordu. Il faut que ça sonne vrai. Et comme vous ne le savez peut-être pas, le meurtre parfait est d'une banalité déconcertante. Ça ferait d'ailleurs un superbe titre de roman.

Il répéta, tout en allumant un de ses gros cigares :

— *Le meurtre parfait est d'une banalité déconcertante.* Ça sonne vraiment bien... Bref, vous ne devrez pas vous faire des nœuds au crâne.

— Comment ça ? l'interrogeai-je en essayant de me dégager du nuage de fumée nauséabonde qui venait de se former.

— Les auteurs de polar passent leur temps à imaginer des tueurs en série dotés d'une intelligence remarquable, de véritables génies capables de concevoir des plans diaboliques pour ne pas se faire pincer, mais la réalité est tout autre. De nombreux meurtres parfaits sont commis, un peu partout dans le monde, tous les jours. Pour preuve, regardez le nombre d'affaires non élucidées et les listes de personnes disparues. Et vous savez pourquoi ? fit-il en recrachant sa fumée.

— Non.

— Parce que les tueurs ne sont pas des surdoués qui se regardent le nombril. Seuls les criminels ayant un ego surdimensionné et les véritables abrutis se font arrêter. Certains serial killers, par exemple, laissent une signature subtile derrière eux, car inconsciemment ils veulent se faire pincer pour qu'on reconnaisse leur génie. Ceux-là sont peu nombreux, mais les auteurs puisent de ce côté-là, parce que ça passionne les foules. Ça passionne, mais les ressorts commencent à s'user. Les romanciers ont du mal à se renouveler. Dans la vraie vie, les meurtriers sont des individus lambda comme vous et moi, et ils n'ont aucune envie de finir en tôle. Ils n'ont rien de passionnant et c'est ce qui les rend terriblement effrayants. Aucun d'eux n'a son ADN enregistré dans les fichiers de la police. Ils tuent parce qu'ils ont un mobile ou juste parce qu'ils aiment tuer. Ce ne sont pas des génies, ce ne sont pas des débiles non plus, et on ne les retrouve jamais, pour la bonne raison qu'ils n'ont pas la curieuse idée de signer leur crime. Votre intrigue devra s'inspirer de cela, et vous l'assumerez en prévenant le lecteur.

Chapitre 24

Ibiza. 09 juin 2022.

J'avais roulé le plus vite possible pour rentrer à la villa, pour fuir l'impensable, dans l'objectif désespéré d'effacer ce qui s'était produit. Je ne pensais à rien. J'en étais bien incapable : j'étais un véritable zombie. Sous le choc, j'agis sans réfléchir, par pur instinct. Dans un état d'affolement extrême, je pénétrai dans le living. Gino était là, assis dans l'immense canapé de cuir blanc. Il était toujours un peu stone, mais semblait avoir récupéré ses esprits.

— Ah, France, te voilà ! Je t'ai cherché partout...

Découvrant en moi une force insoupçonnée, je parvins à lui répondre, la voix tremblante. Je trouvai même les ressources pour mentir :

— Je suis allée faire un tour en voiture pour découvrir un peu l'île, sur les conseils de Flora.

— Ça n'a pas l'air d'aller ? Tu es toute pâle et tu trembles. On dirait que tu as vu un mort ! dit-il, alors qu'il était lui-même blême à cause de la drogue.

— J'ai failli avoir un accident. Un type m'a grillé la priorité. Je me suis vue mourir, inventai-je, tremblante.

— Quel connard ! Tu as noté son numéro de plaque ?

— Non, je n'ai pas eu le temps.

— Tu n'as rien ? Assieds-toi ! Tu veux quelque chose ? proposa-t-il d'une voix apaisante.

— Un verre d'eau. Non, pas d'eau. Sers-moi plutôt un scotch.

Je me surpris à répondre cela, et m'écroulai sur le canapé, mes jambes ne me tenant plus.

— Glace ?

— Oui.

— Mets-toi là, je t'apporte ça tout de suite, fit-il.

Puis il se dirigea à toute vitesse vers la cuisine, comme si ma vie dépendait du temps qu'il mettrait à m'apporter mon verre.

Tout mon corps tremblait. J'essayai de retrouver mes esprits, sans y parvenir. J'avais l'impression de flotter, totalement déconnectée de la réalité. Le sentiment de naviguer dans un univers parallèle. Gino revint très vite.

— Tiens, ton scotch, dit-il, essoufflé.

— Merci, répondis-je en tâchant de ne pas renverser le verre qu'il me tendit.

Gino s'installa à côté de moi. Il n'était toujours pas complètement clean. Il portait un simple jean et un tee-shirt blanc. Il était pieds nus.

— Tu trembles toujours, France ! Détends-toi, conseilla-t-il en me frictionnant le dos pour me consoler.

Je bus une gorgée. La main avec laquelle je tenais mon sotch tremblait à tel point qu'elle faisait tinter les glaçons dans le verre, ce qui produisait un petit bruit désagréable. Je ne pouvais pas m'empêcher de penser que la fille dont Gino était amoureux venait de mourir assassinée, et que je ne pouvais même pas lui dire. Sa main glissa dans mon cou pour me masser la nuque. Je fermai les yeux en essayant de faire le vide.

— Ça va aller, calme-toi.

Le doux contact de ses doigts sur ma nuque m'apaisa peu à peu. Comment pouvais-je trouver cette sensation agréable, en pareille circonstance ? Je l'ignorais. Sa main remonta dans mes cheveux, à la base du crâne où il planta ses doigts pour me malaxer le cuir chevelu. Je bus une nouvelle gorgée, plus grande celle-là.

— Ça me fait du bien, ce que tu me fais...

— Ne pense à rien. Juste à te détendre.

Il porta son autre main sous ma poitrine, massant mon plexus solaire avec son pouce, de façon circulaire. Je fermai de nouveau les yeux. Je me laissai aller, pour me concentrer sur ce que je ressentais. Seconde après seconde, mon corps prenait l'avantage sur mon esprit embrumé, comme si mon cerveau avait besoin de déconnecter, d'effacer les terribles informations qu'il avait enregistrées sur cette maudite plage. Gino me prit mon verre des mains et le posa sur la table basse.

— Garde les yeux fermés, susurra-t-il.

Il reprit sa position initiale et son massage. Sa main remonta sur ma poitrine, entre mes seins. Là, de la paume, il exerça une pression assez forte. J'adorai cela. Mes nerfs se relâchaient, petit à petit. Je me laissai faire. Je sentis son souffle dans mon cou. Il avait approché son visage du mien. Nos joues s'effleurèrent. Je soupirai. Il chuchota :

— Tu vois, ça va déjà mieux...

Les commissures de nos lèvres entrèrent en contact. J'entrouvris la bouche. Ma raison essaya de reprendre le dessus.

— Gino, je...

Je ne pus finir ma phrase. Nos lèvres se touchèrent. Avec beaucoup de délicatesse, sa langue pénétra dans ma bouche jusqu'à se lier à la mienne. Ma raison abdiqua. Nous nous embrassâmes. Mon corps et mon désir avaient pris le contrôle. Je m'abandonnai. Je me débarrassai de mes baskets. Sa main glissa sous mon pantalon de jogging. Sans que je m'y oppose, il massa mon sexe à travers l'étoffe humide de mon string. Je mouillais.

— Garde les yeux fermés, répéta-t-il.

Il se redressa. Avec des gestes lents et assurés, il me déshabilla, m'ôta mes vêtements un par un. Il fit glisser mon string trempé le long de mes jambes, effleurant mes chevilles au passage, ce qui me fit frissonner. J'étais désormais nue, offerte. Aux bruits de tissus, j'entendis qu'il se déshabillait aussi. Le temps d'une seconde, j'ouvris les yeux pour distinguer son corps musclé, ses abdos sculptés, son long sexe lisse et épais en érection.

— Je t'ai dit de garder les yeux fermés, France. Ne pense à rien.

J'obéis à ce qui ressemblait à un ordre bienveillant. Il commença alors à m'embrasser les pieds, les chevilles puis les cuisses. De tendres baisers qui me rendirent folle de désir. J'avais envie de lui. J'avais oublié tout le reste. Je n'étais plus qu'un animal, une chatte en chaleur. Ses lèvres entrèrent en contact avec mon sexe. Soudain, je sentis sa langue me pénétrer lentement. Je gémis.

— Hummmm.

Sa langue remonta ma fente jusqu'à mon bouton. Il le titilla un moment. Puis sa bouche épousa la forme de mon sexe et il commença à me lécher. J'écartai les cuisses au maximum et je pris sa tête entre mes mains. Il enfonça deux doigts dans mon orifice, tout en m'aspirant le clitoris. Jamais je n'avais ressenti autant de désir. J'étais excitée au point que l'orgasme ne tarderait pas à arriver, s'il continuait ainsi. J'avais envie qu'il me prenne. Qu'il me baise.

— Viens ! Prends-moi !

Son corps glissa sur le mien. Je sentis le contact de sa peau, de ses muscles dessinés à la perfection. Il suça un moment mes tétons dressés, me caressa les seins. Puis il continua à remonter vers ma tête. Il m'embrassa et, dans le même temps, je sentis son sexe me pénétrer, centimètre par centimètre. Sa queue était dure comme du bois, si large et si longue. Pourtant, elle entra avec une grande facilité ; je mouillais tellement. Je pris ses fesses en main pour l'attirer encore plus au fond de moi, pour la prendre jusqu'à la garde.

— Baise-moi ! Baise-moi, Gino !

Il ne se fit pas prier davantage. Il commença à donner de puissants coups de reins, avec beaucoup d'amplitude. Son sexe frappait au fond de moi et ressortait à chaque va-et-vient. Je sentis une vague de plaisir monter puis m'envahir, jusqu'à l'orgasme.

— Je jouis ! Hum, je jouis !

En même temps que je jouis, il s'immobilisa en moi. Je sentis sa queue se tendre encore davantage et son sperme chaud se déverser par salves dans mon vagin pris de spasmes orgasmiques. Tandis qu'il éjaculait, il poussa un cri rauque et libérateur, un feulement de fauve. L'orgasme passé, il m'embrassa avec tendresse et me prit dans ses bras. À ce moment-là, l'effet euphorique des molécules chimiques ayant cessé, je fus prise d'une angoisse. Tout me revint en pleine figure. Le cadavre, ma présence sur les lieux du crime, ma culpabilité évidente lorsque l'enquête serait déclenchée. J'essayai de ne pas montrer mon trouble à Gino. Le téléphone fixe de la villa sonna. Il se leva pour décrocher. À l'autre bout du fil, je distinguai la voix de Flora. Elle était en furie. Mon amant raccrocha et se tourna vers moi.

— Je suis à la bourre. Je dois rejoindre Flora à l'*Amnesia*. Je dois filer. Ça va aller, toi ? Ça t'a détendue ? fit-il en enfilant à la hâte son jean et son tee-shirt.

Je forçai un sourire tendre.

— Oui, c'était très bon. Vas-y, fonce ! répondis-je en remettant mon string, pas mécontente qu'il parte.

— Tu me rejoins ce soir au club, n'oublie pas !

— Je serai là, ne t'inquiète pas.

— Tu sais ce que j'aimerais ?

— Dis-moi.

— Que tu viennes en talons hauts, en robe, sans rien dessous, précisa-t-il d'une voix langoureuse, le regard pétillant de vice.

— Pourquoi pas...

Il me sourit. Puis il quitta la pièce et disparut au volant de l'un de ses bolides. Je restai seule avec mon angoisse. Tout en terminant de me rhabiller, je me mis à pleurer. Je ne savais pas quoi faire. Devais-je me livrer à la police pour leur expliquer toute l'histoire ? Devais-je attendre que l'on vienne m'arrêter ? J'avais besoin d'aide, mais je n'avais personne à qui me confier. Personne, à part peut-être Schneider. Je décidai de l'appeler, en espérant pouvoir lui faire confiance. Je composai le numéro de son bureau. Il ne répondit pas. J'appelai alors sur son portable. Il décrocha.

— France, comment allez-vous ?

— Pas bien du tout..., bredouillai-je, les mots noyés dans mes larmes.

En pleurant, je lui expliquai toute l'histoire. Il m'écouta, sans un mot, comme à son habitude. À mon grand soulagement, il me crut tout de suite et chercha à m'aider.

— Là, j'avoue que vous êtes dans l'embarras. Vous avez touché le corps ?

— Non. Enfin, si, avec un bâton de bois.

— Donc, vous n'avez laissé aucune empreinte sur le cadavre ? Vous en êtes bien sûre ?

— Oui, j'en suis certaine. J'avais un pressentiment, je ne voulais pas la toucher.

— C'est une très bonne chose. Bon, avec vos altercations avec B.K. sur le Net, et le majordome comme témoin de votre rencontre, cela ne règle pas votre problème, mais ça le simplifie quand même !

— Comment ça ? fis-je.

Je ne parvenais pas à empêcher mes jambes de trembler.

— Vous allez être la suspecte idéale, c'est un fait. Vous allez être arrêtée, tôt ou tard…, annonça-t-il de façon très froide, sans affect.

En écoutant, je pleurais toujours.

— Lorsque vous serez arrêtée, vous allez expliquer aux flics que vous étiez en froid. De toute façon, vous ne pourrez pas le nier. Ils auront vos échanges sur les réseaux sociaux pour preuves. Vous n'allez pas nier non plus que vous aviez rendez-vous. Le majordome vous a vue, cela ne servirait à rien. Vous expliquerez que vous êtes descendue sur cette plage pour y retrouver B.K. Mais vous allez leur dire que vous ne l'avez pas trouvée. Qu'elle n'était pas là.

— Ils ne me croiront jamais ! m'écriai-je en ravalant un sanglot.

— Non, ils ne vont pas vous croire, mais ils n'auront rien de concret pour prouver que vous mentez. Ils vont essayer de vous faire craquer. Ne cédez pas. Niez, niez, niez de toutes vos forces, avec le plus d'aplomb possible. Vos empreintes ne sont pas sur le corps. Ils n'ont rien. Faute de preuves, ils seront obligés de vous libérer, asséna-t-il d'un ton assuré.

— Vous croyez ? balbutiai-je.

— J'en suis certain. Niez tout en bloc. Vous n'avez jamais trouvé B.K. sur cette foutue plage. Quoi qu'ils puissent vous dire, quoi qu'ils puissent faire, ne sortez pas de cette version ! Et puis…

Je repensai soudain au téléphone portable qui était resté dans la voiture. Celui que j'avais emporté avec moi dans l'affolement, en pensant qu'il m'appartenait. Mais cela ne pouvait pas être le mien, puisque le mien, je le tenais dans la main, à ce moment précis, et je l'avais sorti de mon sac. Avec effroi, je réalisai que l'autre mobile appartenait donc à B.K ! Je ne pouvais pas garder cela pour moi. Je coupai la parole à Schneider pour lui dire. Il répondit du tac au tac :

— C'est une belle connerie que vous avez faite ! Mais vous avez de la chance. Je connais très bien B.K. Elle n'a pas d'abonnement à son nom. Elle est complètement parano avec ça. Elle a peur de se faire pirater ses comptes. De ce fait, elle n'utilise que des téléphones à carte. Les flics ne devraient donc pas remonter cette piste. Mais le mieux serait quand même de vous débarrasser de ce portable. Balancez-le discrètement dans la mer, dès que vous pourrez.

— OK.

— Faites-moi confiance, faites ce que je vous dis ; ça va aller. Et surtout, essayez de vivre comme si rien ne s'était passé. Ne montrez pas que vous êtes perturbée. Allez rejoindre votre D.J. ce soir, comme prévu. Dansez, riez. Vous devez être forte. Vous n'avez tué personne, vous n'êtes pas une menteuse. Vous allez juste ruser pour sauver votre peau. Tout est clair pour vous ? Vous allez être forte ?

— Je vais essayer.

Je séchai une dernière larme qui coulait sur ma joue.

— Parfait. Tenez-moi au courant. Ah oui, chose très importante : lorsqu'ils vous auront identifiée comme suspecte, ils vont tracer votre téléphone, pour vous retrouver. Ensuite, ils risquent de vous mettre sur écoutes. Donc, après cet appel, ne m'appelez plus avec votre iPhone. Essayez de trouver un téléphone public et appelez-moi sur mon fixe. Pas sur mon portable, car ils risquent de me mettre sous surveillance aussi, après avoir vu que vous m'avez appelé.

— Très bien, acquiesçai-je d'une voix enfin audible.

— Il ne faut pas que nous discutions trop longtemps. Ils sont peut-être déjà sur votre piste. Je vais raccrocher. Soyez forte. Vous verrez, ce ne sera bientôt qu'un mauvais souvenir et une formidable source d'inspiration pour votre roman. Pensez à cela. Accrochez-vous à du positif ! me motiva-t-il.

Il raccrocha. Je n'étais pas complètement rassurée, mais j'avais envie de lui faire confiance.

Chapitre 25

Paris. 22 mai 2022. Bureau de Franck Schneider.

— Ce livre doit être un O.L.N.I. Un objet littéraire non identifié. Il faut que le lecteur de base l'achète et que les élites y voient quelque chose de génial parce que sortant de l'ordinaire. Il faut qu'il puisse prétendre à un prix littéraire S.N.C.F. et au Goncourt. Vous comprenez ? fit-il en tapant de l'index sur sa table de bureau en bois massif.

— Au Goncourt ? Vous plaisantez ! répondis-je en hochant la tête en signe de négation.

— Non, pas du tout. Les intellectuels sont comme tout le monde, ils aiment ce qui est innovant et dérangeant. En vérité, les intellectuels s'emmerdent. Ils donnent généralement des prix à des romanciers pistonnés qui font chier tout le monde, qui écrivent des livres que personne ne lit, car ils ne sont pas accessibles au grand public. Pourtant, ils se vendent parce que ça fait toujours bien de les avoir dans une bibliothèque. Entre nous, ils seraient plus utiles pour caler un meuble ou allumer la cheminée. Bref, les intellos, il va falloir leur bouger le cul, piquer leur curiosité, les violer un peu. Pour cela, vous et votre éditeur devrez trouver des cautions morales dans les milieux parisiens et aussi chez les amateurs de littérature populaire.

— Des cautions ?

— Oui, des bandeaux sur la couv' ou un texte sur la quatrième de couverture signée par deux personnalités. Tout le monde le fait, maintenant. Vous n'avez jamais remarqué ? Des textes courts et percutants. Du genre « Glaçant ! », « Irrésistible ! ». Il y a une forme d'entraide entre les auteurs qui, dans la grande majorité des cas, n'ont même pas ouvert le livre de leur confrère !

Il sortit un nouveau gros cigare d'une boîte en bois. Il en perça l'extrémité avec une allumette. Il porta le barreau de chaise à ses lèvres et se saisit de son briquet Zippo. Ses gestes étaient lents et assurés.

— La fumée ne vous dérange pas ? demanda-t-il pour la première fois, alors qu'il ne s'en était jamais inquiété avant.

Je n'osai lui répondre que si. Je détestais l'odeur du cigare, même en étant fumeuse.

— Pas du tout.

Il ouvrit le clapet de son Zippo et tourna la molette. Une large flamme se forma. Il tira sur son cubain. Dans l'instant, des volutes nocives envahirent le petit bureau. Il pointa vers moi l'extrémité fumante de son cigare avant de poursuivre :

— Il faudra des personnes de confiance que vous connaissez personnellement ou que votre éditeur connaît. Un Gérard Collard, par exemple.

— J'ai rencontré Franck Thilliez, fanfaronnai-je, pas peu fière.

J'étais entourée d'un épais smog.

— Parfait ! Thilliez sera très bien pour les lecteurs de polar et de romance. C'est un type droit, en plus, et un scientifique de formation.

Si vous le mettez dans la confidence, ça l'amusera de participer à l'expérience, juste pour voir ce que ça peut donner. Et pour les intellos ?

— Je ne vois pas.

— J'ai un ami qui connaît très bien Houellebecq. Nous creuserons de ce côté. Il faudra des textes dont on ne puisse pas vous reprocher qu'ils constituent un mensonge.

— Mais tout ne sera qu'un vaste mensonge ! Une fumisterie !

— Justement, non. Tout devra être vérifiable et annoncé dans votre roman. C'est là que le coup sera génial. À aucun moment, on ne pourra vous reprocher d'avoir menti sur la marchandise. Si Thilliez écrit sur un bandeau « Vous serez bluffés ! » et si Houellebecq note « Un coup de génie ! », pourra-t-on vous le reprocher ? Tromper sans mentir, gardez cela en tête...

Je réfléchis un instant. Il avait raison. Ce type était diabolique.

Chapitre 26

Ibiza. 09 juin 2022.

Suivant à la lettre les conseils de Franck Schneider, j'essayai de faire comme si rien ne s'était passé. Son sang-froid m'avait apaisée et avait réveillé en moi des ressources insoupçonnées. En fait, ses mots m'avaient convaincue de me vider l'esprit. Je devais me dépêcher, j'avais pris du retard. J'enfilai une petite robe rouge moulante sans rien dessous, comme Gino me l'avait demandé, et ma paire d'escarpins noirs au talon de douze. Je me préparai, au son d'un filet d'électro dont les basses rythmaient mes mouvements. La musique me calmait. Je devais rejoindre mon amant à 22 heures à l'*Amnesia*, avant son set. C'était une soirée importante pour lui. Tout le gratin people serait là, et il partageait les platines avec David Guetta. Je ne voulais pas le décevoir. Je devais le soutenir, malgré tout ce qui m'arrivait. Je me regardai dans l'immense miroir en pied du dressing. J'étais prête et plutôt sûre de mon charme, pour une fois.

À l'extérieur, le chauffeur m'attendait, à côté de la porte ouverte de la Bentley Continental turquoise. Je sortis de la villa. À ce moment précis, des sirènes retentirent. Je distinguai les reflets bleutés des gyrophares qui zébraient la palmeraie. Une voiture de flics stoppa sur le perron. Deux officiers de la *Guardia Civil* en sortirent et s'avancèrent vers moi. Avant que j'aie eu le temps de comprendre quoi que ce soit, je me retrouvai menottée. Ils me poussèrent à l'arrière d'une voiture qui démarra en trombe tandis que le soleil disparaissait dans la Grande Bleue. J'essayai de rester le plus calme possible. Schneider m'avait dit que j'allais être arrêtée ; ce n'était donc pas une surprise. Je ne pensais juste pas que cela arriverait aussi tôt.

— Qu'est-ce qu'on me reproche ?

Ne maîtrisant pas l'espagnol, je m'adressai aux deux flics en anglais. Un seul des deux le parlait.

— On va tout vous expliquer au poste ! rétorqua-t-il d'un ton très sec.

Sachant à quoi m'attendre, j'étais relativement sereine. Du moins, je me convainquis de l'être, lorsque soudain, je repensai au téléphone portable de B.K. Après ma conversation téléphonique avec Schneider, j'avais complètement oublié de le récupérer sur le siège passager de la voiture. Bien sûr, il m'avait dit que la romancière n'utilisait que des téléphones à carte, mais il y avait quand même une probabilité pour que ce mobile soit traçable. Quelle idiote je faisais ! Un sentiment glaçant m'envahit. Je ne devais pas le laisser me submerger. Franck l'avait dit. Je devais faire face au danger, accepter les risques et ne pas changer ma stratégie, quels que soient les aléas. *De toute façon, il est trop tard*, me dis-je.

— Descendez de voiture ! ordonna le policier.

Le commandant Pérez de la *Guardia Civil* n'était pas du genre commode. Il aboyait plus qu'il ne parlait. La quarantaine, il était de petite taille, moustachu, le visage dur ponctué par des yeux noirs perçants. Son collègue était plus jeune et s'effaçait tout à fait derrière lui. Nous entrâmes dans le poste de police. Là, ils me menèrent dans une salle sans âme dont la peinture grise des murs était défraîchie. Au centre trônaient une vieille table en bois dont le plateau était couvert de taches sombres, et des chaises disposées de part et d'autre de cette table. Ils me firent asseoir.

— Connaissez-vous la romancière B.K. Lorie ? demanda Pérez sans préambule.

— Oui, bien sûr. Je devais d'ailleurs la rencontrer aujourd'hui, répondis-je avec un aplomb qui m'étonna moi-même.

L'officier parut déstabilisé. J'imagine qu'il devait s'attendre à ce que je lui cache ma rencontre avec la victime. Cela me donna encore un peu plus confiance dans la stratégie de Schneider. Pérez mit un petit temps avant de poursuivre :

— Comment s'est passée cette rencontre ?

— Elle n'a pas eu lieu. J'avais rendez-vous avec elle à 15 heures, à la villa Éloise. J'y suis allée et j'ai été reçue par le majordome de B.K. Il m'a dit qu'elle se trouvait à la plage. Je m'y suis rendue et je n'y ai trouvé personne. Elle n'était pas là, et comme j'avais des choses à faire, je suis repartie, en me disant qu'elle avait oublié le rendez-vous. Mais pourquoi toutes ces questions ? Pourquoi ces menottes ? Vous pouvez m'expliquer ce qui se passe ?

— Ne vous foutez pas de moi ! Le cadavre de B.K. Lorie a été retrouvé sur cette plage et vous le savez très bien, puisque c'est vous qui l'avez tuée ! s'agaça-t-il en accompagnant ses mots de grands gestes des bras.

J'essayai de paraître la plus surprise possible, comme me l'avait conseillé Schneider. Je pris un air bouleversé.

— Quoi ? B.K. est morte ? Non !

— Ne jouez pas avec nous ! rétorqua-t-il, le visage crispé.

— Jouer avec vous ? répondis-je en fronçant les sourcils.

— Nous savons que vous étiez en froid avec elle.

— Oui, c'est vrai. Mais rien de bien méchant. Nous devions justement nous rencontrer pour mettre les choses au point et nous réconcilier. J'admire B.K. Jamais je n'aurais pu lui faire du mal.

— Le majordome dit qu'il vous a vue repartir à toute vitesse, après que vous êtes remontée de la plage. Il dit que vous n'aviez pas l'air dans votre état normal, affirma-t-il sans parvenir à retrouver son calme.

— Je vous l'ai dit, j'étais pressée. Je devais rejoindre Gino Camora, le D.J. Je travaille pour lui, ajoutai-je en haussant un peu la voix.

— Nous le savons.

— Vous pensez que si j'avais voulu m'en prendre à B.K., je l'aurais fait à son domicile, après avoir été vue par le majordome ? Il faudrait être idiote ! dis-je en haussant les épaules.

— Le ton a très bien pu monter dans la conversation. Et puis vous en êtes venues aux mains. Elle s'en est peut-être prise à vous et vous avez dû vous défendre. Dites-nous comment ça s'est passé. Si vous êtes coopérative, nous pourrons vous aider.

— Mais que voulez-vous que je vous dise ? Je ne l'ai pas trouvée, sur cette plage...

Le flic tapa violemment sur la table. Il hurla :

— Ça suffit, mademoiselle Coudert ! Maintenant, vous allez tout nous dire !

Je repensai aux conseils de Franck Schneider. Ne pas céder et tout nier en bloc, même lorsque la pression atteindrait son paroxysme.

— Je ne peux rien vous dire de plus.

— Avec quoi l'avez-vous étranglée ?

— Elle a été étranglée ?

— Avec quoi l'avez-vous étranglée ? Répondez !

— Je n'ai rien fait, je vous le jure !

Le flic continua à me « cuisiner » pendant presque deux heures. Inlassablement, je lui répondis la même version : je n'avais pas trouvé B.K. sur cette maudite plage. Le stress atteignit son apogée lors d'une question, en apparence anodine :

— Et le téléphone ? Vous lui avez volé ?

Je me mis à réfléchir très vite. Les policiers avaient tracé mon portable puisqu'ils étaient venus m'arrêter, à la villa de Gino. Si le téléphone de B.K. était identifiable, ils auraient donc pu le tracer aussi et le découvrir là où je l'avais abandonné, dans la voiture. S'ils ne l'avaient pas fait, c'était qu'ils bluffaient.

— Quel téléphone portable ? Puisque je vous dis que je n'ai pas vu B.K…

— On n'a pas retrouvé de téléphone sur la scène de crime. Qui peut croire qu'une telle star se rende à la plage sans son portable ?!

— Je n'en sais rien, moi, répliquai-je avec un soulagement indicible.

Alors que le commandant Pérez essayait de me faire craquer, on frappa à la porte de la salle. Un homme en costume entra. Il se présenta et s'adressa à l'officier, assez sèchement, en espagnol. L'autre lui répondit, agacé. Je ne compris rien de leur conversation, qui fut assez longue. À son terme, le flic se leva, se dirigea vers moi et m'enleva les menottes.

— C'est bon, vous pouvez y aller. Mais je vous préviens, nous vous avons à l'œil et vous avez interdiction de quitter l'île.

Je sortis de la pièce. L'homme au costume m'attendait dans le couloir. En anglais, il m'expliqua ce qu'il s'était passé :

— Je me présente ; Massimo Calderón. Je suis l'avocat de monsieur Camora, pour ses affaires espagnoles.

— Il sait que j'ai été arrêtée ? m'inquiétai-je en massant mes poignets endoloris.

— Oui, le chauffeur a prévenu Miss Jones. Elle m'a tout de suite mandaté pour vous faire sortir de garde à vue. Ici, les gardes à vue peuvent durer jusqu'à soixante-douze heures, mais ils n'ont rien contre vous ; ils ne pouvaient pas vous garder plus longtemps sans cause, fit-il.

Il ajusta sa cravate et contrôla sa coiffure dans le reflet de la vitre d'une des fenêtres du poste de police.

— Merci beaucoup. Ce policier vous a expliqué ? C'est une histoire de fou ! Je n'ai rien fait.

— Je n'en doute pas. Mais une question : votre nom de famille est Briard ou Coudert ? fit-il en fronçant les sourcils.

Prise au dépourvu, je mentis :

— Les deux. Enfin, Briard est le nom de naissance de ma mère.

— Ah OK, je ne comprenais plus. Miss Jones m'a mandaté pour sortir une France Briard de garde à vue, pas une France Coudert. Vous avez de la chance ; comme vous êtes française et que miss Jones m'avait fait une description de vous, je vous ai quand même retrouvée, dit-il en nettoyant une tache sur l'une de ses chaussures vernies à l'aide d'un mouchoir blanc en soie.

— Merci encore, répondis-je, soulagée de m'en tirer à bon compte.

— Le chauffeur vous attend à l'extérieur. Ne perdez pas de temps. Monsieur Camora me fait vous dire qu'il vous attend à l'*Amnesia*.

Je sortis du poste de police et je montai à l'arrière de la Bentley Continental qui démarra en trombe. Le chauffeur me salua. Je lui répondis et, tout de suite après, je fondis en larmes. J'avais tenu le coup lors de l'interrogatoire, mais la pression avait été telle que mes nerfs lâchaient, d'un seul coup. À notre arrivée devant l'*Amnesia*, l'un des clubs les plus réputés d'Ibiza, je me remaquillai rapidement pour ne rien laisser paraître. J'entrai dans la boîte. Flora était là, juste à côté du vestiaire. Elle semblait m'attendre, un magnum à la main.

— Ils t'ont laissée sortir, c'est bon ? fit-elle avant de boire cul sec la coupe de champagne qu'elle tenait dans la main.

— Oui. Merci ! répondis-je en tirant sur ma petite robe rouge qui avait tourné sur elle-même.

— Qu'est-ce qu'ils te voulaient ? demanda-t-elle en même temps qu'elle se servait un nouveau verre de Ruinart.

— B.K. Lorie est morte, l'informai-je.

Je m'assurai avec les mains qu'on ne pouvait pas voir mes fesses nues, mal à l'aise à l'idée de ne pas porter de culotte.

— Quoi ?! Tu es sûre, elle est morte ? poursuivit-elle en manquant de s'étrangler avec la gorgée qu'elle venait d'avaler.

— Oui, elle était ici, à Ibiza.

— Je sais, Gino devait la voir demain. Mais quel rapport avec toi ?

Les basses sourdes résonnaient dans ma poitrine. Je n'avais aucune envie de subir un nouvel interrogatoire, mais je devais m'y soumettre.

— Il se trouve que je la connais et que je devais la voir, cet après-midi. Les flics ont donc voulu m'interroger.

— Quoi ? Tu connais B.K. Lorie ? s'étonna-t-elle, les yeux ronds.

— Oui.

— Mais tu ne me l'avais pas signalé ! Tu sais qu'elle sortait avec Gino ? continua-t-elle en posant son verre pour me saisir le bras.

— Oui, il m'a mise au courant. Mais je ne lui ai pas dit que je la connaissais, avouai-je.

— Putain, quelle merde ! Gino est en *backstage*, il t'attend avec David. Ne lui dis surtout pas que B.K. est morte ! Pas maintenant ! Il doit mixer dans une demi-heure, fit-elle en abandonnant son magnum sur le comptoir du vestiaire.

— Mais il va forcément le savoir, m'inquiétai-je en tirant de nouveau sur ma robe qui avait tendance à remonter.

— Oui, mais ce n'est pas le moment ! Garde ça pour toi !

— Mais je lui dis quoi, pour mon arrestation ?

— Tu n'as qu'à prétexter que c'est parce que tu as roulé trop vite avec l'Abarth, cet après-midi... Invente ce que tu veux, mais motus, pour B.K.

— Je... Bon, OK.

— Suis-moi !

Précédée par deux gorilles, Flora Jones se lança dans la foule, d'un pas décidé. Je la suivis. L'ambiance était déjà folle, dans ce club, encore plus que ce que j'avais vu à Miami. Tous les clubbers dansaient, à moitié nus, les bras levés. Pour la plupart, ils avaient des verres à la main et les yeux vitreux, ayant consommé toute sorte d'excitants et substances illicites. Les bits de la musique distillée par un D.J. black rythmaient l'ensemble. Le son était fort. Enivrant. Se frayant tant bien que mal un passage, Flora n'hésitait pas à bousculer les danseurs, pour avancer plus vite. Ceux qui s'en offusquaient recevaient en retour un regard noir de la part des gardes du corps, ce qui calmait toute velléité. Nous arrivâmes devant une petite porte noire qui jouxtait l'immense scène. Elle était gardée par trois molosses en costume. Ils nous l'ouvrirent et nous laissèrent passer. Nous accédâmes au *backstage*. Les lieux grouillaient d'une autre faune. Des maquilleuses, de jolies filles aux allures de mannequins, des ingénieurs du son et des artistes se disputaient l'espace, dans une sorte de frénésie générale. Camora se tenait debout, à côté d'un bar, au fond de la grande pièce feutrée, avec David Guetta à ses côtés. J'hallucinais. J'allais rencontrer le roi des D.J., celui dont la musique m'avait tant de fois fait danser en discothèque. J'avais en tête son tube planétaire, *Titanium*, avec la voix envoûtante de Sia. Intimidée, je saluai Gino, ne sachant pas trop si je devais lui faire la bise ou lui serrer la main. Il répondit pour moi à cette question en m'embrassant à pleine bouche. Il s'adressa à l'autre star en français :

— David, voici France. C'est ma traductrice, et c'est aussi ma copine.

Guetta lui répondit en anglais, un large sourire aux lèvres, ce qui me fit me poser la question de ma réelle utilité.

— Tu joins l'utile à l'agréable ; c'est cool !

Camora poursuivit dans la langue de Shakespeare :

— Pour notre collaboration, je veux maîtriser le français ; c'est pour ça que je l'ai engagée.

— C'est une bonne chose pour la promotion en France. Les Français ont du mal avec les langues étrangères.

Un peu potiche, je regardais les deux D.J. vedettes discuter entre eux de leurs projets. J'avais la tête ailleurs. Je pensais à B.K. Lorie, à son assassinat, à ma situation. J'avais des remords d'avoir menti à la police. Dire la vérité aurait peut-être permis de faire avancer l'enquête, d'une manière ou d'une autre. Par ailleurs, je n'étais pas sortie d'affaire. J'avais senti le commandant de la *Guardia Civil* persuadé de ma culpabilité. Il ne lâcherait pas le morceau aussi facilement. Au bout d'une dizaine de minutes, David Guetta s'éclipsa, solaire. Il était attendu aux platines. Derrière le mur, on entendit la foule hurler à l'annonce de son set. Gino me prit dans ses bras. Il m'embrassa avec beaucoup de fougue.

— Comment tu vas ? Pourquoi les flics t'ont arrêtée ?

— Un excès de vitesse. Ils ont fait un peu de zèle, d'après l'avocat. Et en plus, ils se sont trompés de personne, mentis-je en croisant les doigts derrière mon dos.

Il me serra davantage, comme pour me consoler.

— Oh, merde, ce n'est pas ta journée ! Ça va aller ?

— Oui, ne t'inquiète pas. Tu es prêt pour ton set ? dis-je en passant ma main dans son dos.

— Plus que prêt ! Je vais tout déchirer pour toi ! Je vais te dédier mon mix !

— Cool ! Merci ! répondis-je avec un sourire forcé.

— Je dois passer au maquillage. Pose-toi, prends un verre et détends-toi, OK ?

— OK.

— À tout à l'heure.

Se tenant à l'écart et ayant vu que Gino était en pleine forme, Flora leva le pouce, dans ma direction, pour me féliciter. On me félicitait pour avoir menti et je détestais cela. Je me dirigeai vers le bar où je commandai un mojito, dans l'espoir de noyer un peu mon émotion.

Chapitre 27

Paris. 23 mai 2022. Bureau de Franck Schneider.

— J'y pense, ce qui pourrait être bigrement vendeur, ça serait que la fiction rejoigne la réalité, dans votre roman, fit-il en basculant la tête en arrière de façon très théâtrale.

— C'est-à-dire ?

— Il y aura deux intrigues dans le livre, ça, nous le savons. Il y aura votre histoire avec le D.J. sur fond de romance. Ça, c'est la fiction. Il y aura aussi vos explications sur votre processus d'écriture pour parvenir à produire un best-seller, et derrière cela, la curiosité des lecteurs qui essaieront de deviner, par tous les moyens, qui vous êtes. En soi, c'est déjà pas mal. Mais le top du top serait qu'il y ait un mort. Un vrai mort.

— Un mort ? sursautai-je en me redressant sur ma chaise.

— Oui. Que l'une des personnalités dont vous allez vous inspirer meure, dans la vraie vie, dans des conditions analogues à celle du roman...

— Quoi ? Vous me conseillez de tuer quelqu'un ? Vous êtes fou ! m'indignai-je en tapant ma tempe avec mon index.

Il se mit à rire.

— Je ne vous demande pas de tuer quelqu'un, je vous dis juste, sur le ton de l'humour, que si le hasard faisait que l'un des personnages mourait réellement, le carton serait assuré. Bref, je délire. Revenons-en à nos moutons. Il faudra que votre assassin soit insoupçonnable. Il faudra, de toute façon, un véritable rebondissement, à la fin. Les lecteurs sont de plus en plus habitués aux intrigues tordues. Ils découvrent l'identité du tueur avant la fin des livres, et ils se vantent, sur les réseaux sociaux, d'avoir résolu l'énigme. Ça, ça n'est pas possible, si vous voulez que votre roman devienne un best-seller. Cela nuirait aux ventes. Non. Vous devrez frapper fort, être inventive, semer quelques indices, mais pas trop. Il faut que le lecteur se dise, à la toute fin : « Ah oui, quand même ! Je me suis bien fait avoir ! Je n'ai rien vu venir ! » Et il faudra aussi qu'en remontant les pages à rebours, il se fasse la réflexion qu'il y avait pourtant assez d'indices pour deviner qui était le coupable. Il vous faudra un mobile clair et plausible. Il n'y a pas trente-six solutions, pour cela. Le mobile ne peut être que le sexe, l'argent, le vice, la vengeance ou la jalousie.

— Vous m'aiderez ? minaudai-je en faisant tourner une mèche de cheveux avec mes doigts.

— Bien sûr ! Je vous offrirai un dénouement exceptionnel et inédit. La fin de votre roman doit tenir du chef-d'œuvre !

Chapitre 28

Ibiza. Nuit du 09 au 10 juin 2022.

Le set de Gino fut magique. Sa discussion avec Guetta semblait l'avoir transcendé. Un large sourire au coin des lèvres, avec un dynamisme presque surhumain, il avait mis une ambiance de folie dans l'*Amnesia*. Après avoir bu mon mojito, j'avais rejoint le *dancefloor* pour voir son mix. Compte tenu du contexte, je n'avais pas le cœur à la fête et je m'étais donc trouvée en décalage total avec l'allégresse générale. Plusieurs fois, Camora avait pointé le doigt vers moi. Je lui avais répondu par un sourire forcé, essayant de faire fi de la situation. À la fin de sa prestation, je l'avais retrouvé en *backstage* où, pris par l'euphorie, il s'était tout de suite montré entreprenant, me signifiant sans détour qu'il avait envie de moi. Avec douceur, je l'avais repoussé, prétextant être perturbée par tout ce qui m'était arrivé dans la journée. Faisant preuve de compréhension et espérant peut-être que je change d'avis, il m'avait proposé de rentrer à la villa, laissant Flora avec Marco poursuivre leur soirée. À l'arrière de la Bentley, je posai ma tête contre son épaule. Il transpirait encore mais il sentait bon. J'aimais son odeur. Il m'enlaça de son bras. J'aurais voulu lui parler, mais je n'y parvins pas. J'étais perdue et il y avait de quoi. J'étais en train de vivre une aventure avec le mec d'une fille qui venait d'être assassinée. Il m'embrassa sur le front, avec une grande douceur.

— Après une bonne nuit de sommeil, ça va aller mieux, France.

Je ne répondis pas. Le chauffeur nous déposa sur le perron de la maison. Gino passa sa main autour de ma taille, pour m'aider à gravir les marches du petit escalier. Puis, sans allumer, il me guida vers la chambre, à travers le dédale de couloirs. Nous nous déshabillâmes. Il s'allongea, complètement nu, au-dessus des draps. Je me plaçai à ses côtés, le corps tourné vers lui. Il me prit dans ses bras, me caressant le dos avec beaucoup de tendresse pour m'apaiser. Je ne pouvais plus continuer à lui mentir. Soudain, je trouvai la force de parler :

— Je n'ai pas été arrêtée pour excès de vitesse, Gino. Je suis soupçonnée du meurtre de B.K. Lorie. B.K. est morte. Elle a été assassinée, lâchai-je comme un coup de tonnerre.

— Quoi ?! B.K. est morte ? Mais je l'ai eue, tout à l'heure, au téléphone..., répondit-il en se redressant d'un bond dans le lit.

— Tu l'as eue au téléphone ? À quelle heure ? questionnai-je en tournant la tête vers lui.

— Vers 14 heures, je pense. Je n'arrivais pas à dormir. Je l'ai appelée pour rompre avec elle.

— Pour rompre ? m'étonnai-je.

— Oui. J'étais un peu stone, quand je l'ai appelée. J'espère que je n'ai pas été trop brusque. J'espère qu'elle n'a pas fait de connerie. Tu es sûre qu'elle a été assassinée ? Elle ne s'est pas suicidée ? fit-il en se prenant la tête entre les mains.

— Certaine. Elle a été étranglée, confirmai-je.

— Putain, c'est horrible ! dit-il en tapant du poing sur le matelas.

— Oui. Mais pourquoi as-tu voulu rompre avec elle ? insistai-je en me rapprochant de lui.

— Parce que je me suis aperçu que je ne l'aimais pas.

— Mais tu m'as dit que tu étais amoureux d'elle ! Je ne comprends plus rien...

— Je ne t'ai pas dit que j'étais amoureux. On était en couple, c'est tout.

— Mais enfin, tu m'as dit que tu avais hâte de la voir ici ! répondis-je en allumant la lampe de chevet pour constater qu'il avait les larmes aux yeux.

— Tu n'as pas compris ? demanda-t-il dans un sanglot ravalé.

Je plaçai ma main sur sa joue que je massai avec délicatesse pour le consoler.

— Compris quoi ? poursuivis-je.

Il resta silencieux pendant quelques secondes et se blottit contre moi. Je le pris dans mes bras, collant ma tête à la sienne, tempe contre tempe. Je percevais son souffle court et les battements de son cœur qui résonnaient dans ma poitrine. Je sentais ses larmes couler sur ma peau. Il s'écarta et planta ses yeux brillants dans les miens, et reprit la parole avec des trémolos dans la voix :

— Je ressens quelque chose pour toi, France !

Je m'attendais à tout, mais pas à cette déclaration. Mon pouls s'accéléra d'un seul coup.

— Quoi ? m'entendis-je dire.

— J'ai regardé la traduction sur internet. En français, on dit « coup de foudre ». J'ai eu un « coup de foudre », continua-t-il avec son accent unique.

Tout se bousculait dans ma tête. J'eus du mal à trouver mes mots, qui finirent par arriver, maladroits :

— Je... Mais... Mais ce n'est pas possible ! Pas en si peu de temps ! Comment peux-tu me dire ça alors qu'elle vient de mourir !

— Sa mort me rend triste, c'est un fait ; elle a compté pour moi. Je croyais l'aimer, mais ça n'a rien à voir avec ce que je ressens pour toi. Je sais que c'est très rapide, mais ça ne s'explique pas..., se justifia-t-il en me tenant la main.

— ...

— Tu n'éprouves pas la même chose ? Je ne te plais pas ?

— Si bien sûr, tu me plais ; tu es un très beau mec, mais...

— Tu n'as pas eu le coup de foudre ? s'inquiéta-t-il en séchant une dernière larme sur sa joue.

— Je n'en sais rien. Je suis bouleversée par toute cette histoire, je suis incapable de penser.

— Oublie ça, France. Je m'excuse. OK ? dit-il en me serrant fort contre lui.

— ...

— Mais pourquoi les flics te soupçonnent ? chuchota-t-il en me caressant la nuque.

— Je ne t'ai pas tout dit..., avouai-je en me dégageant de son étreinte pour le regarder dans les yeux.

— C'est-à-dire ?

— Je ne m'appelle pas France Briard, mais France Coudert. Et je ne suis pas traductrice, je suis romancière..., me confessai-je en baissant la tête.

— Romancière ? fit-il, les yeux écarquillés.

— Oui. Et je n'étais pas en très bons termes avec B.K. Nous nous sommes clashées sur les réseaux sociaux.

— Mais pourquoi tu nous as menti sur ton identité ? demanda-t-il en secouant les bras en signe de déception et de stupeur.

— Lors de l'entretien d'embauche, Flora a bien insisté sur le fait qu'elle ne voulait pas de journaliste ni de romancière pour ce poste.

Alors j'ai menti, essayai-je de me justifier en attrapant sa main qui se déroba sous la mienne.

— Je sais. Elle a peur que quelqu'un fasse des révélations sur mes addictions. Elle est très méfiante. Ce n'est pas ton but, rassure-moi ? dit-il en haussant le ton.

— Non, pas du tout. À la base, je voulais juste connaître le milieu de la nuit et de l'électro, pour inspirer mon prochain roman. Ce poste était une occasion en or.

— Ça m'emmerde quand même que tu aies menti.

— Je ne voulais pas te nuire, je te promets, et puis surtout, je n'aurais jamais cru qu'on coucherait ensemble. Je m'en veux, crois-moi. Et là, je suis complètement dépassée par les événements...

Il ne répondit pas. Au lieu de cela, il me serra contre lui et m'embrassa. Était-ce le soulagement de lui avoir dit la vérité ou le danger côtoyé dans la journée, je n'en sais rien, mais une excitation folle, incontrôlée et soudaine monta en moi. J'eus, d'un seul coup, très envie de lui. Jamais je n'oserais raconter cela dans un roman, par peur d'être accusée d'invraisemblance. Pour le commun des mortels, il serait en effet inconcevable de penser au sexe alors que l'on vient de voir un cadavre et que, par-dessus le marché, on est accusé du meurtre de la personne concernée. Pourtant, le désir est une chose étrange et intimement liée au risque et à la mort. Les Grecs et Freud l'avaient bien compris, avec Eros et Thanatos. Pulsion sexuelle et pulsion de mort ne peuvent être envisagées séparément : elles œuvrent toujours ensemble, en une sorte d'amalgame. Elles sont indissociables. Je pris l'initiative, en faisant glisser ma main entre les cuisses de Gino pour me saisir de son sexe et le masser. Il venait d'apprendre le décès de B.K. et je craignis donc qu'il ne fût pas réceptif à mes avances. Mais il ne protesta pas. Aussitôt, il se mit à bander. Ses doigts glissèrent dans mon intimité. J'étais trempée. Je n'avais pas envie de faire l'amour. J'avais envie que ça soit intense, bref et sauvage.

— Baise-moi, Gino !

Sans doute surpris par ma soudaine vulgarité, mais pas plus perturbé que cela, il se redressa et vint se placer entre mes cuisses, sur moi. Tenant sa queue en main, il la glissa entre les lèvres de mon sexe jusqu'à l'entrée de mon orifice et me pénétra d'un coup. Je pris ses fesses entre mes mains, plantant mes ongles dans sa chair, pour le stimuler et lui faire comprendre ce que je voulais. Il commença alors à donner des coups de reins puissants et amples, faisant frapper son chibre au fond de mon vagin. *Crescendo*, il accéléra le rythme. Je sentais ses testicules battre sur mon anus à chaque aller-retour. Il me défonçait et c'était ce dont j'avais envie, à cet instant. Mon excitation était telle que je jouis très vite, perdant le contrôle de mon corps, qui se mit à trembler et à vibrer de plaisir. Je hurlai mon bonheur. Il accéléra encore, jusqu'à l'orgasme. Il resta immobile un instant, puis se laissa tomber sur le côté. Je l'embrassai tendrement.

Chapitre 29

Paris. 23 mai 2022. Bureau de Franck Schneider.

— Le titre et la date de la sortie seront très importants. Vous y avez pensé ? demanda-t-il, affalé dans son confortable fauteuil.

— Pas du tout..., répondis-je en me disant que cette date n'avait aucune importance si mon roman avait la chance d'être publié.

— La sortie, c'est évident : il faudra qu'elle coïncide avec la rentrée littéraire, si vous voulez viser des prix. Si la pub est bien assurée en amont, votre éditeur va se régaler, car votre livre sera LE roman que tout le monde attend. Pour le titre, tant qu'à être dans la provocation, j'ai bien une idée, fit-il en levant les yeux vers le plafond, un sourire aux lèvres.

— Laquelle ?

— *Best-seller* ! lança-t-il en s'accrochant à son bureau pour se redresser.

— *Best-seller* ? C'est osé !

— Oui, c'est culotté ! Mais toute cette supercherie est culottée, non ? *Best-seller* ! Ça n'a jamais été fait, ça interpelle, ça provoque et ça annonce la couleur. Au passage, sur les moteurs de recherche, quand le lecteur lambda tapera « best-seller » pour s'acheter un bouquin, il tombera en priorité sur votre livre. C'est un détail, c'est tout bête, mais cela provoquera quelques ventes ! Chaque vente compte. Et puis, si par malheur le livre ne se vend pas comme nous l'espérons, vous pourrez quand même vous vanter d'avoir écrit un best-seller.

Il se mit à rire, fier de sa blague.

— Vous êtes sûr ? avançai-je avec beaucoup de sérieux.

— Certain ! Le titre sera *Best-seller* et vous pousserez le bouchon en sous-titrant « Numéro un des ventes », pour enfoncer le clou ! Vous devez bomber le torse, être fière et ne pas avoir peur de l'arrogance, tant qu'elle est maîtrisée et justifiée par le talent.

Cette fois, il éclata de rire.

— Ça passe ou ça casse. *Best-seller* sera un best-seller, ou bien il restera connu comme étant le plus merveilleux bide de l'histoire de la littérature ! Vous êtes prête à le faire ?

— Je pense, oui...

— Alors, que la chance soit avec vous, France ! conclut-il en se laissant retomber dans son fauteuil.

Chapitre 30

Ibiza. 10 juin 2022.

Je me réveillai la première. Après l'orgasme, Gino s'était endormi très vite. Cela m'avait surprise, car j'avais imaginé qu'il serait très perturbé par la mort de B.K. Moi, je n'y étais pas parvenue. J'avais passé une très mauvaise nuit, ne cessant de ressasser ce que j'avais vécu. Le meurtre. Ma situation. Mon absence d'alibis. Mon comportement inhabituel au lit. Mes sentiments ambigus pour Camora. Il m'attirait beaucoup, mais, je ne sais pour quelle raison, il me faisait aussi un peu peur. Tout cela n'avait cessé de m'occuper l'esprit, m'empêchant de trouver le sommeil. Il était à peine 7 heures. En silence, je me levai, avec une idée en tête : récupérer le portable de B.K. Lorie dans la voiture où je l'avais abandonné, la veille. Tout le monde dormait encore dans la villa. J'enfilai mes Stan Smith et je sortis en prenant soin de ne réveiller personne.

J'ouvris l'Abarth. Avec soulagement, je vis que le téléphone de la victime était toujours posé sur le siège passager. Je m'en emparai.

Franck Schneider m'avait conseillé de m'en débarrasser au plus vite. Mais, avant cela, naïvement inspirée par les séries télé américaines, j'eus l'idée de consulter les appels et messages que la romancière avait reçus. Le clavier n'étant pas bloqué par un code, l'opération se révéla, par miracle, aisée. La messagerie avait été vidée, mais pas l'historique des communications. Dans les vingt-quatre heures qui avaient précédé l'assassinat, cinq numéros apparaissaient. Je les enregistrai dans mon iPhone. Je mémorisai également celui du téléphone à carte prépayée. Il était facile à retenir : +34 666 333 222. Puis je refermai la voiture, contournai la piscine à débordement et, du haut de la falaise qui surplombait la Méditerranée, je balançai le portable de B.K., le plus loin possible dans la mer. À pas feutrés, je rentrai dans la maison et retournai me coucher aux côtés de Gino. Épuisée, je me laissai enfin emporter par le sommeil.

Lorsque j'ouvris les yeux, deux heures plus tard, Camora était là, assis sur le rebord du lit, douché et habillé. Avec ses mocassins souples aux pieds, dans son pantalon en lin blanc et son polo rouge, il était magnifique et sentait si bon. Il me regardait avec bienveillance. Sur la table de nuit, je vis un jus d'orange, un croissant et un café fumant posés sur un plateau. Il m'avait amené le petit déjeuner. J'avais toujours trouvé ringard que les femmes puissent accorder autant d'importance à ce genre de détail à l'eau de rose. Pourtant, je devais bien admettre que cette petite attention me fit plaisir.

— Tu as bien dormi, bébé ?

Je me mis à rire.

— Bébé ? Tu vas un peu vite en besogne !

— Tu n'aimes pas que je t'appelle bébé ? dit-il en faisant semblant d'être fâché.

— Ce n'est pas ça, mais en général, ce sont les couples qui se donnent des petits noms comme ceux-là…, arguai-je en penchant la tête sur le côté.

— Et on n'est pas un couple ? fit-il, avec le plus grand sérieux, cette fois.

Je mourais d'envie de lui dire que oui, nous étions un couple, mais j'avais si peur d'être déçue, comme tant de fois, que je ne répondis pas, en même temps que mon sourire disparaissait de mon visage. Alors, Gino insista, la mine contrariée :

— C'est à cause de la drogue ? Tu ne veux pas sortir avec un junkie.

— Je ne sais pas. Disons que nous n'avons pas le même mode de vie…

— Ce n'est pas une réponse. Dis-le-moi franchement : la drogue, ça te bloque ? s'agaça-t-il.

— OK. Oui, ça me gêne. Parce que quand tu es défoncé, tu n'es pas le même homme. Tu m'as dit toi-même que tu ne savais plus ce que tu faisais, dans ces cas-là. Moi, je n'ai pas envie de ça. J'ai besoin d'un mec équilibré et qui sait ce qu'il veut.

— Je sais ce que je veux. Toi, affirma-t-il en pointant son index vers moi.

— Tu es sûr de cela ? poursuivis-je avec une voix douce mais assurée.

— Parfaitement sûr !

Il planta son regard dans le mien. Son air était grave.

— Regarde-moi dans les yeux, France.

Il leva la main droite et poursuivit, sur un ton solennel :

— À partir de maintenant, tu ne me verras plus jamais défoncé. Je ne toucherai plus à la drogue. Je te le jure !

— Comme ça ? D'un coup ? Tu es certain d'y parvenir ? Tu sais, je suis fumeuse et j'ai déjà essayé plusieurs fois d'arrêter. Ce n'est pas évident, répliquai-je en nuançant son optimisme.

— Pour toi, je serais capable de tout ! Tu me crois ? demanda-t-il, les larmes aux yeux, presque suppliant.

— Je… Euh… oui, balbutiai-je.

— Dans ce cas, tu es OK pour qu'on essaie de construire quelque chose tous les deux ?

J'en crevais d'envie, mais toujours sur la défensive, je tempérai mon propos, en essayant de masquer ma joie :

— Cela me semble un peu prématuré, mais pourquoi pas. En y allant doucement...

— OK, on prendra le temps qu'il faut.

Il se mit à sourire, avant de continuer, craquant à souhait :

— Donc, je peux t'appeler « bébé » ?

À mon tour, je souris.

— Oui, tu peux, fis-je en posant ma main sur son épaule.

— Cool ! Reprenons où nous en étions alors : tu as bien dormi, bébé ?

Il était hilare.

— Oui et toi ?

— J'ai fait quelques cauchemars, avec ce qui est arrivé à B.K., mais ta présence et ta chaleur m'ont apaisé. Je dois m'absenter trois petites heures, ce matin. J'ai rendez-vous avec un sponsor.

— Tu y vas avec Flora ?

Il rit de nouveau.

— Non, pas besoin, c'est un ami. Flora dort encore. Je pense qu'elle a dû rentrer tard et qu'elle a eu une nuit agitée. Elle n'a pas dû dormir seule, à mon avis. Prends ton petit déjeuner tranquillement, je reviens vite.

— OK.

Il m'embrassa. À dire vrai, je n'étais pas mécontente qu'il parte, car je devais avoir une sale tête, avec la mauvaise nuit que j'avais passée, et surtout, j'avais des choses à faire en secret. Je voulais essayer d'identifier les personnes qui avaient appelé B.K. dans les heures qui avaient précédé sa mort. Dès que Gino eut franchi la porte, je me connectai donc au Net, depuis mon iPhone. Sur un site d'annuaire inversé, je rentrai les numéros que j'avais enregistrés. Par malheur, ils n'étaient pas répertoriés. J'eus alors l'idée de comparer ces numéros à mon propre répertoire, et là, j'eus la plus grande des surprises. Sur les cinq, quatre faisaient partie de mes contacts.

Le premier appartenait à Gino, ce que je savais déjà.

Le deuxième, à Flora, ce qui m'étonna beaucoup.

Le troisième était celui de Marco, ce que je trouvai encore plus curieux.

Et le quatrième correspondait à celui de l'inspecteur Jack Ripper.

Le cinquième numéro restait un mystère.

J'étais stupéfaite par ce que je venais de découvrir. Pourquoi diable miss Jones, le dealer du D.J. et le flic antipathique de Miami avaient-ils appelé B.K. Lorie ? Dans ma carrière de romancière, j'avais imaginé des centaines de scénarios abracadabrantesques. J'essayai donc de me poser un peu pour réfléchir.

Le policier américain avait pu appeler la victime pour la mettre en garde contre Gino, étant, à coup sûr, au courant de leur relation et de sa présence à Ibiza. Il l'avait fait avec moi, cela n'avait rien d'illogique. Flora était proche de Gino. Elle connaissait donc l'auteure, avec une quasi-certitude, et il était tout à fait vraisemblable qu'elles aient pu sympathiser. Je notai, toutefois, qu'elle ne m'avait pas parlé de cet appel, à l'*Amnesia*. Restait Marco. Lui n'était pas en bons termes avec la star de la littérature. Elle voulait que Camora décroche de la drogue, or c'était le fonds de commerce du dealer. Qui plus est, ce dernier avait très vite disparu, à notre arrivée de Miami. Je me souvenais l'avoir vu monter dans une des Ferrari garées devant la propriété et démarrer en trombe. Il avait donc pu arriver à la villa Éloise avant moi et y assassiner B.K., pour résoudre son problème de façon définitive. Dans un de mes romans, il aurait fait le suspect idéal.

Mon sang se glaça. Je tenais des informations de premier ordre qui auraient pu éclairer l'enquête de la *Guardia Civil*, mais ayant menti et ayant fait disparaître le portable de la victime, je n'avais personne à qui en parler. À qui pouvais-je faire confiance ? Perturbée par ce que je venais de découvrir et de déduire, tremblante, je bus une gorgée de jus d'orange. J'avais peur et cela n'allait pas s'arranger, car, à ce moment précis, j'entendis des gémissements et des cris de douleur provenant de l'intérieur de la villa, comme si quelqu'un était en train de se faire tabasser. Je faillis faire tomber mon verre. Par instinct de survie, je me mis à agir très vite. Je m'habillai, sans faire de bruit. J'enfilai une petite robe jaune, ne prenant pas le temps de mettre de sous-vêtements. Dans la chambre de Gino traînait une batte de base-ball. Je m'en saisis, avec l'intention de sortir en douce de la propriété pour appeler la police, s'il se passait bien quelque chose. Je me mis à marcher à pas de loup, dans le long couloir menant à la porte d'entrée. Alors que j'avançai, les plaintes redoublèrent d'intensité. Elles semblaient trouver leur source dans la chambre de Flora. Malgré la trouille absolue qui m'animait, je jetai un œil dans l'encadrement de sa porte entrouverte. Je vis alors miss Jones à quatre pattes sur son lit. Derrière elle, un homme bien bâti la prenait sans ménagement, en lui donnant des claques sur les fesses d'une rare intensité. Sa peau était même rougie par les coups. Je pensai d'abord à un viol et envisageai d'intervenir, mais Flora hurla :

— Baise-moi, espèce de salopard !

Je compris, dès lors, qu'elle n'était pas en train de se faire violer mais de prendre son pied. À cet instant, son amant tourna la tête vers la porte, pendant une fraction de seconde qui fut suffisante pour que je le reconnaisse. Il s'agissait de l'inspecteur Jack Ripper. Affolée, je lâchai ma batte et pris mes jambes à mon cou.

Chapitre 31

Paris. 24 mai 2022. Bureau de Franck Schneider.

— Sans indiscrétion, pourquoi voulez-vous écrire un best-seller ? demanda-t-il.

Il venait d'arroser une plante verte qu'il avait baptisé Georgette et qui trônait dans un magnifique pot en terre cuite posé à côté de sa table de bureau.

— Pour pouvoir vivre décemment de l'écriture ? admis-je avec beaucoup d'honnêteté.

— Uniquement pour cela ? Si c'est le cas, ça ne marchera pas..., fit-il en se débarrassant de l'arrosoir en métal qu'il posa sur une desserte.

— Pourquoi ?

— Ce que vous exprimez est une conséquence du succès, mais pas une source de motivation suffisante pour que le succès soit au rendez-vous. Sinon, tout le monde vendrait des livres à la pelle. Tout le monde veut être riche ! poursuivit-il en me regardant droit dans les yeux.

— Je ne comprends pas.

— Vous devez tout mettre de vous, dans ce livre. L'écrire avec vos tripes. Vous devez vous mettre en danger, prendre tous les risques. Si vous le faites, vous créerez une œuvre unique dont le succès commercial ne sera qu'une conséquence. Vous comprenez ? précisa-t-il d'un ton assuré.

— Je crois. Je n'en suis pas certaine…

— Le temps voulu, vous le sentirez. Vous sentirez que vous écrivez un roman pas comme les autres. Sinon, ce sera un échec, je peux d'ores et déjà vous l'annoncer.

Il reprit le petit arrosoir en main, se leva et se dirigea vers une petite étagère positionnée derrière moi et sur laquelle était posé un bonzaï. Il tâta la terre où ce dernier était planté, hésita de longues secondes, faillit l'arroser mais se ravisa. Je le regardais, amusée par son indécision.

— Je peux vous poser une question ? fis-je, me tordant sur ma chaise pour m'adresser à lui, alors qu'il était toujours hésitant sur la nécessité d'abreuver le petit arbre.

— Bien sûr, répondit-il sans se retourner.

— Ne le prenez pas mal, mais vous qui semblez connaître toutes les ficelles pour écrire un best-seller, pourquoi n'en avez-vous jamais écrit un ?

— Entre savoir ce qu'il faut faire et le faire, il y a un pas que je n'ai jamais réussi à franchir. La trouille. Une véritable phobie du succès. Idiot, non ?

Dos à moi, il se décida enfin à verser une faible quantité de liquide dans le pot du bonzaï.

— Je vois et je vous comprends. Moi, par exemple, j'ai une phobie absolue de l'eau.

— Parce que vous ne savez pas nager ? hasarda-t-il.

— Je savais. Mais lorsque j'avais huit ans, ma grande sœur s'est noyée à Saint-Tropez. Depuis, je n'ai plus jamais remis les pieds dans une piscine ou dans la mer, répondis-je.

Je repris ma position initiale sur ma chaise, sentant que j'allais pleurer.

— Je suis désolé.

— Il ne faut pas. Pendant des années, j'ai été incapable d'en parler. Mais c'est du passé. J'ai fait une thérapie, je l'ai accepté. Mais ma peur de l'eau est restée, affirmai-je en laissant une larme couler sur ma joue et en me tournant vers lui.

— C'est compréhensible. Si vous avez surmonté cela, vous pouvez surmonter bien d'autres choses, m'encouragea-t-il.

Il tâta de nouveau la terre et parut satisfait de son taux d'humidité.

Chapitre 32

Ibiza. 10 juin 2022.

Passé le moment de peur et de stupeur, j'avais quitté ma chambre pour aller prendre un café dans la cuisine. En peignoir, assise sur un tabouret autour de l'îlot central, je vis soudain Flora arriver. Elle était nue. Elle avait un corps sublime. Ni trop gros ni trop petits, ses seins semblaient si fermes. Elle aurait rendu jalouse n'importe quelle femme, avec ses fesses rebondies et son ventre musclé. Sans le vouloir, mon regard se porta sur son bas-ventre. Un petit tatouage représentant une note de musique ornait son pubis. En me voyant, elle eut un vif sursaut.

— France ? Mais qu'est-ce que tu fais là ? Je pensais que tu étais sortie avec Gino : je vous ai entendus partir, tout à l'heure, dit-elle, sans chercher à dissimuler son intimité.

— Euh... non, Gino est parti seul. Il avait rendez-vous avec un sponsor, répondis-je en détournant le regard de son corps.

— Ah oui, c'est vrai, putain ! fit-elle en se servant un grand verre de jus de fruits.

Miss Jones semblait très nerveuse. Son visage était beaucoup plus pâle qu'à l'habitude.

— Excuse-moi cette question bizarre, mais tu n'as rien entendu ?

Je mentis :

— Entendu quoi ?

— Moi, quand je criais, s'inquiéta-t-elle.

— Tu as crié ? Pourquoi ?

— Je baisais avec un mec. Je pensais être seule dans la villa, poursuivit-elle en retrouvant des couleurs et en buvant une gorgée.

— Ah non... je n'ai rien entendu, ne t'inquiète pas, je dormais probablement, achevai-je de la rassurer.

Elle contourna l'îlot central pour venir s'asseoir sur un tabouret, face à moi. Elle écarta les cuisses. Sans le vouloir, mes yeux se portèrent, le temps d'une seconde, sur son sexe épilé qui ressemblait à un abricot parfait. Elle s'en aperçut, mais ne reserra pas les jambes pour autant.

— Il faut que je t'avoue un truc, mais tu ne devras pas en parler à Gino. Tu peux me donner ta parole ? questionna-t-elle.

— Oui, pas de souci, répondis-je, les joues rouges de gêne.

— Voilà... C'est compliqué à expliquer...

Elle se tut, puis d'un seul coup se leva et se mit à faire les cent pas dans la pièce. Elle hésitait à se livrer, essayant de jauger la confiance qu'elle pouvait m'accorder. Elle n'eut pas à le faire, car l'inspecteur Jack Ripper déboula dans la cuisine, lui aussi nu comme un ver. En me voyant, il fit demi-tour, sur-le-champ. Ne pouvant plus nier l'identité de son amant, Flora reprit la parole :

— Bon, eh bien, je baise avec Jack Ripper, je ne peux plus le cacher. Voilà, tu sais tout... Tu me jures que tu ne diras rien à Gino ? fit-elle, les yeux ronds et larmoyants, à la manière d'un chaton à qui on ne peut rien refuser.

— Oui, je te le jure, mais j'avoue que je ne comprends pas, Flora. Tu disais que Ripper était un salaud et puis, il veut nuire à Gino..., m'étonnai-je.

— Je sais tout ça. Je le sais ! Mais ce connard a une véritable emprise sur moi. Avec lui, je prends un pied terrible ! À chaque fois, j'essaie de le repousser, mais à chaque fois, il parvient à me convaincre de baiser avec lui. Pourtant, il me dégoûte ! Et là, avec la mort de B.K., j'étais très perturbée, hier soir. Il a profité de ma faiblesse. Je m'en veux, essaya-t-elle de se justifier, sans réelle conviction.

— Il te dégoûte et tu couches avec lui ? Franchement, je ne comprends pas..., poursuivis-je.

Elle revint s'asseoir à côté de moi sur un tabouret. Elle écarta de nouveau les cuisses, pour s'installer sans aucune pudeur, donnant à voir la corolle et l'orifice de son sexe lisse et rosé.

— Moi non plus je ne comprends pas, France. Avec lui, je me comporte comme une véritable nymphomane. Je suis accro à la queue de ce salopard, et il le sait. On dirait que ça l'excite de me rendre folle et de me manipuler.

Elle se saisit de ma tasse et but une gorgée de café, sans me demander mon avis.

— Comment trouves-tu mon corps, France ?

Gênée, je mis un peu de temps avant de répondre :

— Euh... il est très beau. Tu es une très belle femme Flora, mais je pense que tu le sais...

Voyant pourtant ma gêne, elle fit glisser sa main entre ses cuisses, avec lenteur, jusqu'à son sexe. Là elle se doigta avec l'index, l'espace d'une seconde, en me regardant droit dans les yeux. Puis elle porta son doigt à sa bouche et le suça, formant un cœur avec ses lèvres, toujours en me fixant.

— Dommage que tu ne veuilles pas que nous couchions ensemble. J'ai très bon goût, tu sais ? Et je suis sûre que toi aussi. J'adorerais te goûter. J'adore lécher. Nous pourrions bien nous amuser toutes les deux, ou même à trois, si la présence d'un homme t'est indispensable...

Sûre d'elle, ne semblant plus du tout perturbée par son secret dévoilé et par la mort de B.K. Lorie, elle se leva et quitta la cuisine, en roulant des fesses de manière ostensible, sachant pertinemment que je la regardais s'éloigner. Je restai là, devant mon café, ne sachant quoi penser de tout cela. À l'extérieur, je vis l'inspecteur Ripper, rhabillé, monter dans une grosse BMW noire et démarrer sur les chapeaux de roues pour quitter la propriété. C'est alors qu'un déclic se produisit en moi, accompagné d'une irrépressible et étrange envie. Compte tenu du contexte, cette pulsion pouvait sembler saugrenue.

J'avais envie d'écrire.

Il fallait que j'écrive. Je pense que j'en avais besoin pour poser sur le papier ma situation de plus en plus complexe et comprendre ce qui m'arrivait. Je profitai donc de l'absence des autres pour rejoindre ma chambre et me mettre devant l'écran de mon PC portable. Ayant avoué à Gino que j'étais romancière, dans l'absolu il n'était plus nécessaire que je me cache. Était-ce pour cette raison ou pour une autre que j'ignorais, toujours est-il que mes doigts se mirent à taper sur le clavier une ébauche de synopsis qui n'était autre qu'un résumé de ce que j'avais vécu depuis le maudit salon Libris en folie et ma première rencontre avec B.K. Lorie. Volontairement, je modifiai le nom de tous les protagonistes. Tout me venait de façon presque machinale. J'avais cette chance d'écrire avec facilité, et surtout d'écrire vite. Très vite. Trop vite, parfois. Avec le recul, mes premiers polars ressemblaient d'ailleurs plus à des scénarios qu'à de véritables romans. C'était à l'évidence pour cela que je n'étais jamais parvenue à dépasser, dans un de mes précédents manuscrits, les trois cent mille caractères, espaces comprises, ce qui correspondait à moins de trois cents pages, une fois le livre édité. Pour le prochain, j'avais l'obligation d'y parvenir, si je voulais respecter les conseils de Franck Schneider. Il m'avait expliqué que les gros succès commerciaux d'aujourd'hui étaient réservés aux pavés. En comparaison, j'étais une coureuse honnête de dix kilomètres et je devais affronter les meilleurs sur un marathon. C'était cela, mon défi. Pour y arriver, je savais que je devais apprendre à respirer lorsque j'écrivais, à faire des pauses, à laisser mon tapuscrit de côté plusieurs jours, ou même plusieurs semaines, avant d'y revenir. Mon éditrice m'avait dit tout cela, à plusieurs reprises, et elle avait raison. Le plus difficile n'était pas d'inventer une histoire originale, mais de prendre le temps de l'habiller pour la rendre belle et vraisemblable. Il fallait garder le contrôle de l'intrigue, ne pas se laisser aspirer par elle trop vite vers la fin. C'est ce qui m'était arrivé pour tous mes ouvrages précédents. J'avais eu hâte de les finir, bâclant certains passages, vivant la phase d'écriture comme une souffrance, que seul le point final pouvait soulager. Je devais apprendre à ne plus souffrir en écrivant, mais à apprécier cela, à aimer avoir un projet en cours. C'était à ce prix que je deviendrais une véritable romancière.

À ce moment précis, je n'en étais pas là. J'étais en transe. J'alignai des phrases courtes, sans ponctuation, sans chercher la beauté des mots, juste pour figer sur le papier ce que j'avais vu et entendu, à la manière d'un flic qui noircit un tableau et y colle des photos lors d'une enquête. Au bout d'une heure, j'avais rédigé le plan des cent premières pages de mon futur roman. J'avais décrit les principaux traits de caractère de mes personnages, imaginé un début d'intrigue autour du meurtre d'une célèbre romancière, et mis en avant mes principaux suspects.

Chapitre 33

Paris. 24 mai 2022. Bureau de Franck Schneider.

— C'est bien d'avoir un rêve à poursuivre comme le vôtre. Bien sûr, ce ne sera pas facile d'écrire votre best-seller. Il va falloir vous accrocher.

— Je vais faire mon maximum. Et vous, Franck, quel est votre rêve, si ce n'est pas indiscret ?

Il ne répondit pas tout de suite. Il tira sur son cigare et pivota lentement sur son fauteuil de bureau pour contempler les cadres accrochés aux murs. Il parut soudain ému. Il se livra, avec beaucoup d'émotion, en tendant les bras vers les photos et les tableaux.

— Voilà mon rêve.

— Une hacienda ? Vous voulez devenir éleveur ?

Il se mit à rire, entre deux volutes bleutées de son cubain.

— Ah non, il est trop tard pour cela. Non, mon grand rêve est juste de m'acheter une *finca*, en Andalousie, sur les rives du Guadalquivir.

— Une *finca* ? Excusez-moi, je ne maîtrise pas l'espagnol.

— Une ferme, si vous voulez. À proximité des élevages de taureaux et de chevaux, des ganaderías. J'ai envie d'oisiveté, vous comprenez ?

— Oui, parfaitement. Et qu'est-ce qui vous empêche de le faire ?

— L'argent, voyons ! Pour vivre ce rêve, il me faut un peu plus d'un million d'euros, répondit-il en haussant les épaules.

— Vous ne les avez pas ? Excusez-moi cette question, mais au regard de votre statut, je pensais que vous étiez multi millionnaire…, fis-je, naïvement.

— Ah non, pas du tout ; j'adorerais, mais ça n'est pas le cas. Non, je ne les ai pas, mais si tout se passe bien, je devrais les avoir bientôt.

— Je vous le souhaite, Franck.

Il bascula la tête en arrière, en tirant de nouveau sur son barreau de chaise et en perdant son regard dans l'une des toiles accrochées au mur qui lui faisait face.

Chapitre 34

Ibiza. 10 juin 2022.

Par la fenêtre de ma chambre, j'avais vu Flora quitter la propriété, au volant d'une des voitures du D.J. J'étais encore en train de travailler sur mon synopsis, et Gino n'était toujours pas rentré de son rendez-vous avec le sponsor, lorsqu'on sonna à la porte de la villa. Une femme de ménage qui était de service alla ouvrir. Elle m'appela :

— Mademoiselle, c'est pour vous !

Lâchant le clavier de mon PC portable, je me dirigeai vers le hall d'entrée. Un type d'une trentaine d'années, plutôt mignon, s'y tenait. Mince, mat de peau, le nez aquilin, le regard noir et fier, il était de taille moyenne. Ses cheveux bruns étaient plaqués sur le côté, probablement à l'aide de brillantine. Il avait le physique type du bel Andalou. Il portait un jean serré, des santiags et une chemise en lin blanche. Il s'adressa à moi, en anglais, avec un accent charmant et coloré :

— Mademoiselle Coudert ?

— Elle-même.

— Je me présente ; capitaine Miguel Ángel Cortés du *Grupo Especial de Operaciones*.

Je connaissais de réputation le *Grupo Especial de Operaciones*, pour en avoir fait une description assez précise dans un de mes précédents romans policiers dont l'intrigue se déroulait à Madrid. Ce groupe spécial d'opérations était connu sous le nom de *los Geos*. Il s'agissait d'une unité spéciale de la police nationale espagnole, spécialisée dans les opérations à haut risque. Ses équipes étaient également présentes dans certains conflits, en Orient, où elles effectuaient des missions de protection des citoyens et des hauts fonctionnaires espagnols, ou des sauvetages de civils. Les agents GEO étaient affectés à des opérations dans lesquelles les autres agents de la police nationale ne pouvaient pas intervenir. Parmi ses actions, on retrouvait l'exfiltration de prisonniers politiques, la sécurité rapprochée de personnalités, la détention et le transfert de criminels dangereux, le démantèlement de groupes criminels organisés ou de commandos. En bref, ses membres étaient des flics d'élite. Depuis la création du groupe, ils avaient ainsi démantelé trente-cinq cellules armées de différentes cellules terroristes, et avaient sauvé plus de quatre cents otages. En temps normal, ses membres ne menaient pas d'enquêtes criminelles, mais je savais que cela pouvait arriver, parfois, lorsque la victime était riche ou célèbre.

— Que puis-je pour vous, Capitaine ? demandai-je en ajustant la ceinture de mon peignoir.

— Compte tenu de la personnalité de madame B.K. Lorie, je reprends l'enquête sur son meurtre. Vous avez déjà été auditionnée par mes collègues de la *Guardia Civil*.

— Oui, en effet, confirmai-je, en ne parvenant pas à empêcher mon visage de se crisper.

— Ce n'était pas une question : je le sais. Je suis persuadé que vous leur avez menti, mademoiselle. C'est le cas ?

Je me remémorai les conseils de Franck Schneider. Nier, nier à tout prix. Mais la chose était moins évidente face à un superflic. J'hésitai un instant, en passant la main nerveusement dans mes cheveux. Je pense qu'il le remarqua.

— Non, je n'ai pas menti.

— Je ne pense pas que vous ayez assassiné B.K. Lorie, mais je suis certain que vous l'avez trouvée déjà morte, sur cette plage. À mon avis, vous avez eu peur d'être la coupable idéale, compte tenu de vos rapports houleux. Et je présume que c'est pour cela que vous n'avez rien dit. Je me trompe ?

Il avait tapé dans le mille et il me prenait au dépourvu. Mon hésitation fut encore plus grande, avant de répondre :

— Non, il n'y avait personne sur cette plage ; j'ai déjà dit tout cela à vos collègues, bégayai-je.

— Vous mentez, mademoiselle. Et c'est inutile. Je suis convaincu de votre innocence.

Je le regardai, interrogative, les mains tremblantes, mais bien décidée à ne pas changer ma version des faits. Il poursuivit :

— Savez-vous pourquoi j'en suis convaincu ?

— Non, et pourquoi voudrais-je le savoir, puisque je n'ai rien fait ? répondis-je en haussant le ton, n'ayant plus d'autres armes que l'agressivité.

— J'en suis persuadé, parce que B.K. Lorie a été étranglée en mer, à bonne distance du bord de plage. Les résultats d'autopsie viennent de tomber. Ses poumons étaient remplis d'eau. Le corps a ensuite été déplacé jusqu'à sa serviette, pour faire croire qu'elle avait été tuée là. Les écorchures sur ses talons prouvent qu'elle a été traînée dans le sable. Vous n'avez donc pas pu commettre ce crime… à cause de votre phobie de l'eau.

Il achevait de me déstabiliser. Je me laissai tomber sur une chaise, les bras ballants.

— Euh… comment savez-vous que j'ai peur de l'eau ?

— C'est mon métier de tout savoir, mademoiselle. Maintenant que les choses sont claires, vous allez me dire ce qui s'est passé.

Je le regardai droit dans les yeux. Pouvais-je lui faire confiance ? Il me sembla que oui. Je baissai la garde, n'ayant plus grand-chose d'autre à faire.

— OK. Je l'ai vue. On avait rendez-vous. Quand je suis arrivée sur cette fichue plage, elle était là, étendue sur sa serviette. Elle était morte.

— Vous l'avez touchée ?

— Oui, avec un bâton de bois, admis-je en me redressant sur ma chaise.

— Sur place, vous avez remarqué quelque chose ? Un détail, même insignifiant ? Tout peut être utile...

Je m'étais déjà posé cette question, en vain. Je fouillai néanmoins ma mémoire.

— Non, rien. Tout paraissait normal. Elle semblait dormir. Il y avait juste la position de son corps qui était étrange, mais ça, vous le savez déjà.

— Oui. Vraiment rien d'autre ?

— Non.

— Et qu'avez-vous fait de son téléphone ?

Comment diable pouvait-il savoir que j'avais emporté le téléphone de B.K. avec moi ? Il ne pouvait pas. À l'évidence, il bluffait, prêchant le faux pour savoir le vrai. J'aurais pu lui mentir, mais je sentais que je ne me trouvais pas face à un flic de base. Il aurait fini par connaître la vérité, tôt ou tard. Mieux valait ne pas jouer avec lui, j'en avais l'intime conviction.

— Je l'ai emporté avec moi, avouai-je en prenant ma tête entre mes mains.

— Pour quelle raison ? fit-il en déboutonnant les poignets de sa chemise pour retrousser ses manches.

— Je n'en sais rien. J'étais affolée. Sur le moment, j'ai cru qu'en faisant disparaître ce téléphone, je ferais disparaître aussi les traces de nos discussions pas très amicales.

— Où est-il ?

— Le portable ? Je l'ai balancé dans la mer, depuis cette falaise.

Il fit la moue.

— Ce n'est pas très malin. Même si nous parvenons à le retrouver, il sera inexploitable. Destruction de preuve ; vous savez que je pourrais vous faire arrêter, pour ça ?

— Oui, je suis désolée, je n'ai pas réfléchi. Mais attendez...

Je pris mon iPhone en main.

— J'ai noté tous les appels que B.K. a reçus et passés dans les heures qui ont précédé sa mort.

Il parut surpris et me félicita.

— Bon réflexe ! Vous vouliez enquêter par vous-même ?

— Je ne sais pas. Je me suis dit que ça permettrait peut-être de me disculper, si ça tournait mal.

— Donnez-moi ces numéros, je vais les faire identifier.

— Je l'ai déjà fait. J'en ai identifié quatre sur cinq.

Il se rapprocha de moi et appuya ses fesses sur la table de séjour. Avec la proximité, je sentis son parfum musqué dont l'odeur me fit penser au bois de santal. Il se saisit de son téléphone.

— Donnez-moi les cinq numéros que vous avez relevés.

Je lui tendis mon iPhone où j'avais enregistré les numéros, dans mes notes. Il les recopia.

— À qui appartiennent les numéros que vous avez identifiés ?

— À Gino Camora, le D.J. pour lequel je travaille. À Flora Jones, son assistante. Le troisième appartient à Marco Pedretti, un ami de Camora. Et le dernier à un flic américain, un certain Jack Ripper.

— Un flic ? s'étonna-t-il en relevant la tête de son écran pour me fixer droit dans les yeux.

— Oui, il est inspecteur à Miami.

— À votre connaissance, ces quatre personnes avaient des liens avec B.K. Lorie ?

— Oui, affirmai-je en ne sachant que faire de mes mains.

— Quels liens ?

— Gino était son amant. Flora et Marco faisant partie de son entourage la connaissaient donc forcément.

— Et ce flic ? insista-t-il.

Ne voulant pas porter les soupçons sur Gino, j'hésitai à dire ce que je savais.

— Je ne sais pas vraiment.

Il comprit, dans l'instant, que je ne lui disais pas tout. Il avait un don incroyable pour savoir quand on lui mentait.

— Je suis sûr que si, vous savez… Dites-moi tout, c'est important !

— OK. Ce flic est persuadé que Gino a assassiné deux de ses anciennes maîtresses, aux États-Unis. Il fait une fixation là-dessus, alors que Camora a été innocenté par les enquêtes. C'étaient des accidents. Ce flic est bizarre. Et il est ici, à Ibiza, m'ouvris-je à lui.

— Pourquoi aurait-il appelé la victime ? s'interrogea-t-il à voix haute en baissant la tête.

— Pour la mettre en garde contre Gino, j'imagine. Il l'a fait avec moi, avançai-je.

— Il a peut-être bien fait. Trois amantes et trois décès ! Il ne fait pas bon partager le lit de votre patron, on dirait.

— Je ne pense pas que Gino ait quelque chose à se reprocher, contrai-je en me relevant.

— Pourquoi ?

— Parce qu'il était défoncé à la cocaïne lorsque nous sommes arrivés sur l'île et que le meurtre a été commis juste après. Dans l'état où il était, il aurait été incapable de se rendre là-bas, affirmai-je.

— Certains toxicos ont des ressources insoupçonnées, sous l'emprise de la drogue, mademoiselle. Les faits ne parlent pas en sa faveur.

— Je n'y crois pas une seconde, fis-je en secouant la tête en signe de négation.

— Parlez-moi des autres. Comme vous écrivez des romans policiers, je suppose que vous vous êtes fait votre petite idée sur les suspects potentiels.

— Vous savez tout, dites-moi !

— Je vous l'ai dit, je suis payé pour ça, répondit-il en se redressant et en me frôlant à la manière d'un chat. Créer une proximité avec la personne qu'il interrogeait devait faire partie des techniques qu'il avait apprises à l'école de police.

— Oui, j'ai réfléchi aux mobiles de chaque suspect, admis-je en m'écartant de lui.

— Quels sont-ils ?

— Je ne devrais sans doute pas vous le dire, mais Marco fournit de la drogue à Gino. C'est en fait son dealer. Et B.K. Lorie voulait que Camora arrête la drogue.

— Il aurait donc pu se débarrasser du problème pour garder son « job » ?

— Voilà, c'est tout à fait ce que je me dis.

— Les autres ? lança-t-il en se rapprochant de nouveau, au point que je pouvais sentir son souffle sur mon visage.

— Le flic américain est vraiment étrange. On dirait un psychopathe, je vous assure ! J'ai l'impression qu'il est jaloux de Gino et qu'il veut absolument lui nuire, indiquai-je en détournant la tête et me retrouvant bloquée contre l'îlot central.

— Pourquoi ? poursuivit-il en cherchant le contact avec mes yeux.

— Je l'ignore. Enfin, j'ai quand même ma petite idée... Il couche avec Flora Jones.

— Quoi ? Ce flic couche avec l'assistante de Camora ?

— Oui, je sais, c'est compliqué, dis-je.

J'essayai de me dégager de la position où il m'acculait.

— Un beau bordel, vous voulez dire ! Donc il aurait pu tuer la romancière, pour mettre le meurtre sur le dos de Camora, selon vous ? demanda-t-il, à quelques centimètres de ma nuque.

— Oui, ça me paraît tout à fait possible. Ce type me fait peur, il est malsain. Vous voyez le flic dans le film *Basic Instinct* ?

— Oui, parfaitement.

— Eh bien, c'est ce genre de type. Il est flippant. Un peu comme vous d'ailleurs, fis-je en le repoussant avec les mains et en le contournant.

— Et l'assistante ? continua-t-il, sans prêter attention à ma remarque.

— Je ne lui ai pas trouvé de mobile. À la limite, elle pourrait avoir eu peur que B.K. détourne Camora de sa carrière. Mais je ne la vois pas tuer quelqu'un..., répondis-je en allant me placer de l'autre côté de l'îlot.

— Elle couche quand même avec ce flic malsain...

— Oui. Mais disons qu'elle est très portée sur le sexe.

— Nymphomane ?

— C'est gênant de répondre à cette question, mais je dirais que oui. Pour tout vous dire, elle m'a même fait des avances, avouai-je en me sentant rougir.

— Ah, elle est bi. Elle a très bien pu avoir une aventure avec la victime. Ce n'est pas à exclure, avança-t-il en posant les coudes sur le plan de travail.

— B.K. Lorie était bi ?

— Oui, même si personne n'était au courant.

— J'ignorais.

— Elle ne s'en vantait pas sur les réseaux sociaux. Bref, ils ont tous un mobile plausible. Et il reste ce cinquième numéro. Je vais le faire identifier. Quand vous êtes arrivés à la villa, hier, tout le monde s'est séparé ?

— Oui. Gino est resté là. Il était défoncé, comme je vous l'ai dit. Marco est parti en voiture, tout de suite. Il avait l'air tracassé. Flora avait rendez-vous à l'*Amnesia*. Et moi, j'ai pris la route tout de suite pour rejoindre B.K.

— Donc tout le monde a un mobile et personne n'a d'alibis..., déduisit-il en se grattant la tête.

— Ça peut aussi être un crime gratuit, non ? Elle a peut-être juste fait une mauvaise rencontre. On voit ça tous les jours, dis-je en repensant à mes discussions avec Schneider.

— Non. L'assassin est forcément arrivé par la mer, en bateau ou autre. Sinon, le majordome de la victime l'aurait vu passer par le même chemin que vous. La falaise est escarpée, il n'y a pas d'autre accès. Elle n'a pas été violée. On ne lui a rien volé, pas même son téléphone. Et un assassin d'opportunité n'aurait pas pris la peine de traîner le corps sur le sable jusqu'à la serviette. Non, le crime était prémédité, c'est une certitude, et le coupable savait exactement où la victime se trouverait, à ce moment-là. À quatre-vingt-dix-neuf pour cent de chances, il fait donc partie des cinq personnes qui ont appelé B.K., juste avant sa mort.

Mon sang se glaça. J'avais, bien sûr, envisagé que le coupable pouvait se trouver dans mon entourage immédiat. Mais le capitaine Cortés venait de me le confirmer, avec une quasi-certitude.

— Je vais vous laisser, mademoiselle, j'ai rendez-vous avec le médecin légiste. Voici mon numéro. Appelez-moi, si un détail vous revient ou si vous observez quelque chose de suspect. Je vais attendre un peu avant d'auditionner les suspects. Ne parlez de notre conversation à personne. Par bonheur, vous étiez seule. Si la femme de ménage évoque ma visite aux autres, dites que je suis un représentant en matériel de piscine. Avec un peu de chance, le coupable va commettre une erreur et vous serez en bonne place pour vous en apercevoir. Vous êtes intelligente, cela se sent ; vous parviendrez peut-être à découvrir un indice. Mais surtout, soyez prudente. Le bel Andalou quitta la villa en faisant claquer les talons de sa paire de santiags. Je le regardai en ayant du mal à détourner mon regard de ses fesses parfaites, moulées dans son jean fuselé, même si la situation ne s'y prêtait pas du tout.

Chapitre 35

Paris. 24 mai 2022. Bureau de Franck Schneider.

— Maintenant que la stratégie est posée, il faut réfléchir à la manière concrète de la mettre en œuvre. Les bandeaux, d'abord. C'est primordial. Comment comptez-vous convaincre Franck Thilliez de cautionner votre roman ? demanda-t-il en me donnant le sentiment qu'il connaissait la réponse.

— Vous m'avez dit de jouer sur son profil scientifique. Que ça suffirait à le persuader de tenter l'expérience, répondis-je en relisant les notes que je prenais, depuis un petit moment, dans un carnet à spirales.

— Oui, en théorie, c'est ce qu'il faut parvenir à faire. Mais dans les faits, cela peut se révéler un peu plus compliqué. C'est un auteur très sollicité. Votre pire ennemi va être son manque de temps. Ce type doit avoir des tournées de dédicaces à n'en plus finir, et lorsqu'il n'est pas sur les routes, il doit passer tout son temps à écrire. À ce niveau, il est obligé d'avoir un rythme d'écriture soutenue ; son éditeur doit le tanner pour qu'il sorte un livre par an. C'est une question de rentabilité. Il ne doit pas avoir une seule seconde à lui. Vous allez donc devoir être très convaincante pour qu'il vous accorde un peu de son précieux temps..., précisa-t-il en pointant l'index vers moi.

— Je pourrais lui écrire un mail, proposai-je en relevant la tête de mon cahier.

— Non. Il doit en recevoir cinquante par jour d'auteurs qui, comme vous, voudraient qu'il les pistonne. Il doit être ultra sollicité, par intérêt. Et sollicité par des romanciers qu'il connaît beaucoup mieux que vous. Ce n'est pas parce que vous avez partagé sa table, lors d'un salon du livre, que vous êtes sa grande copine. Non, il faudra l'appeler. Il faut piquer sa curiosité au vif.

— Mais je n'ai pas son numéro..., m'inquiétai-je.

— Je m'arrangerai pour vous le procurer, je connais bien son attachée de presse, me rassura-t-il.

Il se pencha sur son bureau pour se saisir d'un Post-it sur lequel il griffonna.

— Vous pensez qu'il m'écoutera ?

— Si vous êtes pertinente, oui. Bien sûr, il faudra que votre manuscrit soit de grande qualité ; il n'ira pas se fourvoyer à défendre une daube, c'est évident. Cela pourrait ternir son image, et son éditeur ne serait pas d'accord. Ça, c'est un préalable. Il faut qu'il soit convaincu par la valeur de votre travail. Ensuite, pour lui, tout ceci doit relever de l'expérience scientifique. Il doit percevoir un double intérêt, dans l'opération. D'abord, il faut lui expliquer que vous voulez voir l'effet de sa notoriété sur les ventes du livre. N'hésitez pas à lui donner vos chiffres de ventes actuels, même s'ils sont très bas. Cela lui montrera l'ampleur du challenge. Et si ça marche, lui et son éditeur bénéficieront des retombées du succès du livre. Aussi incroyable que cela puisse vous paraître pour le moment, votre best-seller pourrait lui faire gagner des lecteurs qu'il n'a pas encore..., conclut-il en levant la main à la manière d'un prédicateur.

— Ça, ça me paraît totalement irréaliste, dis-je en replongeant le nez dans mon carnet.

— Vous verrez, France. Vous verrez...

Chapitre 36

Ibiza. 10 juin 2022.

La visite du capitaine Cortés du *Grupo Especial de Operaciones* m'avait beaucoup perturbée. Sans le vouloir, je me trouvais au cœur d'une sale histoire. Une histoire qui me dépassait de plus en plus, et j'avais peur, très peur. La probabilité était grande pour que je côtoie l'assassin de ma pire ennemie. J'étais peut-être en danger et je me sentais seule. En plus, Gino tardait à rentrer de son rendez-vous. Désemparée, j'essayai de me raccrocher à la seule bonne nouvelle du jour : les flics étaient désormais persuadés de mon innocence. J'avais peine à m'en convaincre, mais ce n'était déjà pas si mal. J'avais besoin de parler. Je décidai donc d'appeler mon seul confident, Franck Schneider, après m'être isolée dans ma chambre. N'étant plus soupçonnée, je composai son numéro sur mon iPhone. Il répondit à la première sonnerie. Sa voix m'apaisa. Je lui expliquai tous les derniers rebondissements, et le rassurai sur le fait que si nous étions sur écoutes, cela n'avait que peu d'importance. Je vidai mon sac, dans les moindres détails. Il m'écouta avec attention.

— C'est parfait, tout cela ! Vous vous rendez compte de votre chance ? répondit-il, enjoué.

— Pas vraiment...

— Mais vous tenez une histoire en or, France ! Avez-vous conscience que vous pourrez labelliser votre roman de la mention « Inspiré de faits réels » ? Il n'y a pas meilleur argument de vente. Maintenant que vous ne faites plus partie de la liste des suspects, c'est tout bénef ! Calmez-vous, observez, vous avez peut-être la possibilité de résoudre une enquête criminelle ! Avouez que ça n'est pas banal pour une auteure de romans policiers ! s'enthousiasma-t-il.

— J'admirerai toujours votre optimisme ! fis-je en me laissant tomber de tout mon long sur mon lit.

— Comment ne pas l'être en pareil cas ?! Vous avez commencé à écrire ?

— Oui, enfin, un début de synopsis, répondis-je en fixant le plafond.

— C'est parfait. N'oubliez pas : prenez le temps. Prenez le temps de respirer avant de commencer le vrai travail d'écriture.

— Oui, je vais essayer.

— Je vous sens perturbée. Essayez de vous recentrer !

— Ça, me recentrer, j'en ai vraiment besoin ; je suis complètement perdue, fis-je dans un soupir.

— Perdue ? Mais pourquoi ? Vous avez une histoire parfaite à raconter et vous vivez une histoire torride avec votre beau D.J ! Je ne vois que du positif là-dedans.

Il idéalisait la situation.

— Le beau D.J. qui est peut-être un assassin, vous oubliez ? le tempérai-je.

— D'après ce que vous m'avez raconté, je ne crois pas qu'il ait quelque chose à voir dans le meurtre. Cela étant, méfiez-vous quand même un peu. Offrez votre corps, mais pas votre âme, pour le moment, si vous me permettez l'expression.

— Facile à dire, il me plaît beaucoup, avouai-je sans réfléchir.

— Ne me dites pas que vous êtes amoureuse ? Pas en si peu de temps ?

— Je ne sais pas.

Il éclata de rire, au bout du fil.

— C'est incroyable ! Vous feriez, je vous assure, une excellente héroïne d'une romance à l'eau de rose ! Vous êtes, sans conteste, votre personnage principal !

— Vous vous moquez de moi ! Ce n'est pas sympa ! m'agaçai-je.

— Apprenez à accepter les choses comme elles sont. La vie est une somme d'emmerdements et de pressions. Attendez-les, bien droite, fière, sûre de vous, avec calme et sérénité, et esquivez charge après charge.

— C'est vous qui le dites ! Ce n'est pas si simple.

— Bien sûr que si, France. Vous le comprendrez plus tard.

J'entendis un bruit de porte en provenance du hall d'entrée. C'était probablement Gino.

— Si vous le dites. Je vais devoir vous laisser, Franck. Quelqu'un vient…

— OK. N'oubliez pas tout ce que je vous ai dit. Quand votre synopsis sera finalisé, essayez d'écrire votre premier chapitre et envoyez-le-moi par mail. Ne perdez pas de vue votre objectif. Vous êtes là pour écrire un best-seller, pas pour autre chose. Je vous donnerai mon avis et je vous dirai si vous êtes sur la bonne voie.

— OK, abrégeai-je, plus d'humeur à discuter avec lui.

— À très vite. Soyez prudente et rappelez-moi.

Je raccrochai. J'entendis alors une voix grave, dans le couloir :

— C'était qui ce mec, tout à l'heure ?

Je me redressai d'un bond dans mon lit et me levai. Ce n'était pas Gino qui venait de rentrer dans la villa, comme je le pensais, c'était Marco. Il se tenait dans l'encadrement de ma porte de chambre. Je n'aimais pas ce type. Il avait tout d'un truand, avec sa grosse cicatrice en travers du front et ses yeux qui exprimaient une violence latente.

— Quel mec ? dis-je, pas rassurée.

— Le mec qui a quitté la villa, il y a un quart d'heure. Un genre de bellâtre espagnol au volant d'une BM.

Il parlait évidemment du capitaine Cortés.

— Ah, lui ? C'est un représentant en matériel de piscine.

Il parut ne pas me croire. Il se rapprocha de moi. Je me sentis tout de suite menacée.

— T'es sûre de ça ? C'est ce qu'il t'a dit ? C'était pas un flic, au moins ? fit-il d'un ton autoritaire.

Je ne me démontai pas.

— Oui, j'en suis certaine. Il avait un tas de catalogues avec lui. Il était très insistant. J'ai eu du mal à m'en débarrasser. Pourquoi pensais-tu que c'était un flic ? répondis-je en plaçant mes mains dans mon dos pour ne pas lui montrer qu'elles tremblaient.

— Je ne sais pas. Avec la mort de la romancière, ça n'aurait pas été étonnant. Et je n'ai pas trop envie que les flics viennent fouiller dans mes affaires. J'ai ramené plusieurs kilos de matos des States. S'ils le découvrent, je suis cramé, dit-il de façon plus calme.

— Ah oui, je comprends. Tu devrais peut-être faire gaffe ; tu as raison, avec l'enquête sur la mort de B.K., ils risquent de venir nous interroger...

— Nous ? Pourquoi ils nous interrogeraient tous ? Gino et toi, OK, mais nous, pourquoi ils nous interrogeraient ? poursuivit-il, de nouveau nerveux et menaçant.

— Ben je ne sais pas... vous connaissiez aussi B.K., avec Flora, non ? tentai-je de justifier.

— Je l'ai juste vue deux ou trois fois, et de loin !

— Tu n'as jamais parlé avec elle ? osai-je questionner, me faisant violence.

— Non, jamais. Bon, à toute, j'ai un coup de fil à passer.

Il s'éloigna, son téléphone collé à l'oreille. Sa démarche chaloupée était typique de celle des membres de gangs tels qu'on les voyait dans les séries américaines. Il faisait froid dans le dos. Je le regardai disparaître, avec une seule idée en tête : pourquoi avait-il menti ? Je savais qu'il avait appelé B.K. Lorie quelques minutes avant son assassinat. C'était donc qu'il la connaissait un minimum. Et il venait de me dire qu'il ne lui avait jamais parlé. Je trouvai cela plus que suspect. Qu'avait-il donc à cacher ? Je restai plantée là à cogiter, en essayant d'empêcher mes mains de trembler.

J'entendis soudain un bruit d'eau. Je m'avançai dans le couloir qui distribuait une partie des chambres, dont celle de Marco. Sa porte était ouverte. Sa conversation téléphonique était déjà terminée, il était en train de se doucher. J'avais peut-être une possibilité unique d'en apprendre plus et de mettre la main sur un indice. J'hésitai. C'était risqué. Mais l'occasion était trop belle. Je devais agir. Laissant ma peur de côté, j'entrai dans la chambre. J'avais peu de temps. Toute mon attention était focalisée sur le son produit par la douche. Dès qu'il s'arrêterait, je devrais sortir, le plus vite possible. À l'intérieur, tout était bien ordonné, ce qui m'étonna de ce genre de sale type. Les vêtements étaient rangés par nature et par couleur dans son placard. Les chemises pendues, les chaussures par paires, et les tee-shirts pliés. Dans un coin de la pièce traînait un sac de sport. Je l'ouvris. Il renfermait une paire de baskets et une boîte en carton. J'en soulevai le couvercle. Elle contenait tout un tas de sachets de drogues diverses et variées. De l'herbe, de la coke, des pilules. Une véritable caverne d'Ali Baba pour les camés. Pedretti avait raison de se méfier des flics, car il ne prenait vraiment pas beaucoup de précautions pour cacher sa « marchandise ». Je pris une photo de ce stock, avec mon portable, me disant que cela pourrait toujours servir. À l'autre bout du couloir, j'entendis le dealer siffler, sous le pommeau ruisselant. Cela me rassura. Je continuai à inspecter les lieux, mais rien ne me paraissait suspect. C'est alors que je vis qu'il avait abandonné son téléphone sur le lit, à côté de son oreiller. Je m'en saisis tant bien que mal à cause de mon tremblement. C'était un iPhone, et par miracle, l'écran ne s'était pas encore reverrouillé. Rapidement, je consultai les appels. Un numéro me sauta aux yeux : le +34 666 333 222. C'était celui de B.K., ce qui me confirma que Marco avait bien téléphoné à la romancière le jour de sa mort. Je parcourus ensuite les SMS. Il en avait envoyé un à la victime, la veille du meurtre. Je le lus.

[Si tu essaies encore de dissuader qui tu sais de s'approvisionner chez moi, je m'occupe de toi. Clair ?]

Pour être clair, ça l'était. Mon sang ne fit qu'un tour. À l'évidence, il menaçait B.K. de s'en prendre à elle si elle essayait de détourner Gino de la drogue. Je pris l'écran en photo. Mobile, preuve ? C'était au choix, mais cela mettait Marco au premier rang des suspects. Il fallait que je prévienne le capitaine Cortés le plus vite possible. J'étais pétrifiée par ce que je venais de découvrir, au point de n'avoir pas entendu que la douche ne coulait plus, au fond du couloir. Lorsque je m'en aperçus, je sentis une présence derrière moi. Prise de panique, je lâchai le téléphone portable qui retomba sur le lit, à peu près où je l'avais trouvé. Je m'attendais à recevoir un coup sur la tête ou pire encore. *Ma dernière heure est arrivée, Marco va m'assassiner moi aussi*, me dis-je. Une voix me fit sursauter :

— France, qu'est-ce que tu fais là ?

Je me retournai. C'était Camora. Blême, je répondis du tac-au-tac, trouvant la ressource de mentir :

— Ah tu es là ! Il faut croire que je ne suis pas réveillée ; je me suis trompée de chambre !

Il se mit à rire.

— Ah oui, tu es vraiment dans le brouillard, ta chambre est beaucoup plus loin, bébé !

Je sortis de la pièce, jetant un dernier coup d'œil en arrière, pour m'assurer que je n'avais rien dérangé. Rien dont Marco aurait pu s'apercevoir.

Chapitre 37

Paris. 24 mai 2022. Bureau de Franck Schneider.

— Pour la caution d'un intellectuel, ça va être plus compliqué, comme je vous l'ai dit. La piste de Houellebecq ne marchera pas, j'ai appelé mon contact. Il va falloir trouver quelqu'un d'autre. Mais j'ai ma petite idée..., fit-il, mystérieux.

— Laquelle ?

— Je connais le président du Centre méditerranéen du Livre, un type délicieux. Il s'appelle André Bonet. Ce gars est tout simplement prodigieux. Il connaît la terre entière. C'était un ami intime de Charles Aznavour.

— J'adorais Aznavour, moi aussi.

Pour je ne sais quelle raison, je me mis à chanter :

Viens, découvrons toi et moi les plaisirs démodés
Ton cœur contre mon cœur malgré les rythmes fous
Je veux sentir mon corps par ton corps épousé

Dansons joue contre joue
Dansons joue contre joue

Un sourire illumina le visage de Schneider. Il se moqua :

— Vous voulez un bon conseil ? Concentrez-vous sur votre carrière de romancière ; la chanson, ce n'est vraiment pas pour vous.

— Désolée..., répondis-je, tête basse.

— Pas de quoi. Bref, André organise des événements littéraires un peu partout en France et dans le monde. Lorsque je discute avec lui, il a toujours mille anecdotes avec de nombreuses célébrités à me raconter. Il a une faculté incroyable à mettre les gens en relation et il est intime avec la plupart des grands romanciers. Dans son domaine, c'est un pur génie. Et au-delà de son carnet d'adresses débordant et de sa gentillesse exceptionnelle, il a une qualité rare, il aime jouer. Il a gardé une âme d'enfant, au sens noble du terme.

— Et en quoi est-ce que cela pourra nous aider ?

— Il va adorer le principe de cette grande imposture. Et surtout, il va jubiler avec le fait d'en être un acteur ! Avec lui, il faudra jouer franc-jeu. Lui expliquer qu'il peut participer au plus grand coup de bluff littéraire jamais tenté. Ça va l'exciter au plus haut point et il va nous trouver la personne parfaite pour le deuxième bandeau. Il va nous trouver notre caution intellectuelle, affirma-t-il, sûr de lui, en tapant du poing sur la table de son bureau.

— Mais je ne le connais pas, votre André Bonet, dis-je en notant ce nom sur mon carnet.

— C'est un ami, je vais m'en occuper. Et c'est quelqu'un de fiable, il saura garder le secret.

— Je vous fais confiance.

— Vous pouvez..., conclut-il en allumant un nouveau cigare.

Chapitre 38

Ibiza. 10 juin 2022.

— Ça n'a pas l'air d'aller, bébé ? Comment on dit en français, déjà ? « Tu n'as pas l'air dans ton assiette », c'est ça ? demanda Gino avec un accent charmant.

J'étais encore sous le choc, à cause de ce que je venais de découvrir, et j'avais beaucoup de mal à le cacher. Je décidai de faire confiance à Gino. Allongés dans des transats, nous nous trouvions dans le parc de la villa, à l'abri des regards. Je me rapprochai, parlant tout bas :

— Oui, c'est ça, je ne suis pas dans mon assiette. Écoute, je ne t'ai pas tout dit, tout à l'heure ; je ne m'étais pas trompée de chambre.

— Quoi ? fit-il, le visage fermé.

— Quand tu m'as trouvée dans la chambre de Marco…

Je sentis immédiatement la jalousie pointer dans le regard de Camora et le ton de sa voix :

— Qu'est-ce que tu faisais dans sa chambre ? m'interrompit-il.

— Rien de mal, ne t'inquiète pas. Quand tu étais à ton rendez-vous, tout à l'heure, un flic est venu à la villa. Pas n'importe quel flic, un flic d'élite. Il s'appelle Cortés. Il appartient au *Grupo Especial de Operaciones*. C'est l'équivalent du S.W.A.T., répondis-je en lui prenant la main pour l'apaiser.

— Il est venu pour quoi ? À propos du meurtre de B.K. ?

— Oui, bien sûr. Ce flic a réussi à identifier les appels que B.K. a reçus avant d'être assassinée. Plusieurs personnes l'ont appelée. Toi..., commençai-je.

Je ne révélai pas que j'avais trouvé le téléphone portable de la romancière sur la scène de crime.

— Oui, je sais, je te l'ai dit. Tu sais pourquoi...

— Oui. Donc, il y avait toi, Flora..., poursuivis-je en lui caressant les doigts.

— Flora ? s'étonna-t-il en retirant sa main de la mienne.

— Oui, confirmai-je.

— Pourquoi ?

— Je n'en sais rien, mais elle l'a appelée. Ensuite, il y avait Ripper.

— Jack Ripper ? Cet enculé ? Mais pourquoi ? m'interrogea-t-il.

Son ton était empreint de colère,

— Je n'en sais rien non plus. Enfin, j'ai quand même ma petite idée. Ce type est un parano. Il fait une réelle fixation sur toi. Flora ne voulait pas que je t'en parle, mais il est venu me voir, à Miami. Il te prend carrément pour un tueur en série. Il a, à coup sûr, appelé B.K., pour la mettre en garde aussi.

— Il est barge, ce mec ! C'est à cause de Jessie et Lana ? continua-t-il, furieux.

Par un geste descendant de la main, j'invitai Gino à baisser le ton.

— Oui, c'est à cause de ça...

— Mais je n'y suis pour rien, tu le sais ? dit-il en me regardant droit dans les yeux.

— Oui, je sais, mais ce n'est pas la question. Le dernier numéro qui a appelé B.K. était celui de Marco.

— Marco ? Putain, mais tout le monde a appelé B.K., ou quoi ? C'est un truc de fou !

— Parle plus doucement, on pourrait nous entendre ! Oui, c'est bizarre, je te l'accorde. Bref, tout à l'heure, à son retour, Marco m'a paru étrange. Il avait vu le flic espagnol. Je lui ai menti, en lui disant que c'était juste un représentant. Il m'a crue, mais la présence éventuelle de la police semblait beaucoup le déranger, comme s'il avait quelque chose à se reprocher.

— En même temps, ce n'est pas étonnant, avec le matos qu'il trimballe dans ses affaires..., avança Gino en levant les yeux au ciel.

— C'est ce que je me suis dit aussi, mais il avait l'air si stressé que j'ai voulu vérifier qu'il n'y avait pas autre chose. Il n'était pas dans son état normal, je t'assure. Il m'a même fait peur. Alors, quand il est parti prendre sa douche, je me suis rendue en douce dans sa chambre pour fouiller un peu. Et regarde ce que j'ai trouvé...

Je débloquai l'écran de mon iPhone et j'affichai la photo que j'avais prise du texto envoyé par Marco à B.K. Lorie.

[Si tu essaies encore de dissuader qui tu sais de
s'approvisionner chez moi, je m'occupe de toi. Clair ?]

Gino relut plusieurs fois le message en se frottant les yeux.

— Ah le bâtard ! Ça fait un bon moment que je n'ai plus confiance en lui. Il a tué B.K. pour son putain de petit business ?! J'y crois pas ! hurla-t-il en dressant un poing rageur.

— Baisse d'un ton, il pourrait nous entendre..., dis-je en agitant les mains à plat de haut en bas.

— Je vais me le faire, cet enfoiré !

Gino se leva, furieux, le regard rempli de haine. Il était sur le point de partir en découdre avec Marco. Je le retins par le bras.

— Calme-toi ! Tu n'as pas à faire justice toi-même !

— Je vais le buter !

— Ça t'avancera à quoi ? Tu veux finir tes jours en prison ? répondis-je en le tirant vers moi.

— On fait quoi, alors ?

— On va le balancer à ce flic, qu'est-ce que tu veux faire de plus ? fis-je tout bas.

Il tourna sur lui-même, la main dans les cheveux qu'il semblait prêt à s'arracher. Puis il donna un coup de poing dans l'air avant de poursuivre, résigné :

— Tu as sûrement raison...

— Viens ; éloignons-nous un peu de la villa, on va l'appeler.

Nous nous dirigeâmes vers la mer, laissant derrière nous la magnifique propriété aux murs blancs entre lesquels l'assassin de B.K. se trouvait encore. Lorsque nous fûmes assez loin, je composai le numéro du capitaine Miguel Ángel Cortés. Il décrocha. Je mis le haut-parleur, au volume sonore le plus faible, pour que Gino puisse entendre.

— Capitaine, c'est France Coudert ! m'annonçai-je, la voix tremblante.

— Je sais. Que se passe-t-il ?

— J'ai fait une découverte : je pense savoir qui est le coupable.

Malgré l'éloignement de la maison, je parlais tout bas, comme si quelqu'un avait pu m'entendre. Gino se tenait à mes côtés. Il avait posé sa main sur mon épaule, pour me soutenir. J'expliquai toute l'histoire à Cortés. Lorsque j'eus terminé, il me donna des instructions, avec beaucoup de calme :

— Est-ce que vous avez la possibilité d'éloigner Marco de sa chambre sans qu'il emporte son téléphone avec lui ? S'il se sent suspecté, il risque d'effacer toutes les preuves de son portable. Nous pourrons les retrouver, mais cela aura moins de poids, lorsque nous l'interrogerons.

— Je peux essayer, mais je vous avoue que ça me fait peur, dis-je en m'accroupissant. Mes jambes ne me soutenaient plus.

— Je comprends. Soyez prudente, ce type est un psychopathe. Votre ami D.J. est bien avec vous ?

— Oui.

— Restez bien ensemble et dites-lui d'être prudent aussi. Lorsque nous arriverons pour l'arrêter, ne restez pas dans les parages. D'après ce que vous m'indiquez, Marco n'est pas armé, mais on ne sait jamais. Je réunis mon équipe. Nous serons là dans vingt minutes, tout au plus.

— Très bien. Nous allons essayer de faire ce que vous demandez, cédai-je alors que Gino m'aidait à me relever et me frictionnait le dos.

Je raccrochai et regardai mon amant. Il agita son index devant lui pendant quelques secondes.

— Je sais ce qu'on va faire. Suis-moi, bébé ! fit-il d'un seul coup d'un air décidé.

Il se mit à marcher d'un pas sûr vers la villa. Je n'avais aucune idée du plan qu'il avait en tête, mais je ne pouvais que lui faire confiance. Pétrifiée par la peur, j'étais, à cet instant, incapable de réfléchir. Tout en avançant, il se retourna vers moi et me murmura :

— Toi, ne parle pas. Laisse-moi faire. Va mettre un maillot de bain et va te mettre au soleil autour de la piscine, sur un transat. Aie juste l'air d'être joyeuse.

Camora entra dans la maison et prit la direction de la chambre de Marco où ce dernier devait être en train de s'habiller, après sa douche. De mon côté, j'enfilai un deux-pièces à la va-vite et rejoignis la piscine, comme il me l'avait demandé. Quelques minutes plus tard, je vis les deux hommes arriver en boxer. Gino était hilare. Il s'adressa à moi, sur un ton léger :

— Tu as vu, j'ai enfin réussi à faire sortir Marco ! Je lui ai dit qu'il fallait qu'il prenne un peu le soleil, il est blanc comme un cachet ! Pas vrai qu'il est blanco ?

J'acquiesçai de la tête, en forçant un sourire. Puis Gino charria Marco :

— Faut que tu t'amuses un peu, mon pote. Depuis qu'on est arrivés, je ne t'ai pas vu une seule fois profiter de la piscine !

L'autre bougonna :

— Tu fais chier, Gino, j'ai des trucs à faire !

— On a tous des trucs à faire ! Profite, un peu ! La vie est courte !

Alors qu'il terminait sa phrase, Camora plongea dans la piscine. Un magnifique plongeon digne d'un professionnel. Il ressortit la tête de l'eau et se secoua énergiquement, toujours en charriant Marco :

— Allez viens, putain ! Elle est trop bonne !

Le dealer ne semblait pas d'humeur. Il plongea néanmoins la main dans l'eau, pour en prendre la température.

— Tu déconnes ? Elle est gelée ! protesta-t-il.

— Gelée ? N'importe quoi ! Elle est méga bonne. T'es une gonzesse ou quoi ?

— Tu vas voir si je suis une gonzesse !

Semblant rentrer dans le jeu de Gino, Marco monta sur le plongeoir. Les jambes bien droites, il fit quelques mouvements de bras d'avant en arrière puis se mit en position de plonger. À l'arrière de la piscine, dans son dos, je vis une dizaine de policiers du *Grupo Especial de Operaciones*, en tenue de combat et cagoulés, arriver en mode furtif.

— Alors, tu sautes ou tu fais des crêpes, Marco ? insista Gino.

Le dealer plongea dans la piscine. Alors qu'il était sous l'eau, les flics accélérèrent le mouvement, se mettant à courir à toute vitesse. Marco parcourut une longueur complète, en apnée. Lorsqu'il sortit la tête de l'eau pour reprendre sa respiration, deux policiers le saisirent par les épaules et le sortirent de la piscine sans ménagement. Il hurla :

— Putain, c'est quoi ce bordel ?

Les flics ne répondirent pas. Ils le traînèrent dans l'herbe. En même temps, des véhicules d'intervention pénétrèrent dans la propriété. Marco se tourna vers Gino, furieux, agitant la tête dans tous les sens.

— Gino, c'est quoi cette merde ?

Camora se contenta de hausser les épaules pour lui signifier qu'il n'en savait rien. Le commando balança alors le suspect dans l'un des véhicules. Un flic vint à notre rencontre. En arrivant à notre niveau, il retira sa cagoule. C'était Cortés. Il serra la main de Gino.

— Bien joué !

Puis, il s'adressa à moi :

— Où est son téléphone ?

— Normalement, dans sa chambre.

Gino compléta :

— Oui, il est dans sa chambre. C'est pour ça que j'ai eu l'idée de le forcer à se baigner. Il est posé sur le lit. Venez, je vais vous montrer.

Nous entrâmes tous les trois dans la villa.

Chapitre 39

Paris. 24 mai 2022. Bureau de Franck Schneider.

— Convaincre mon éditrice, Claire Pageot, va être une autre paire de manches, dis-je avant de gonfler les joues et de souffler.

— Pourquoi ? sembla-t-il s'étonner.

— Parce qu'elle me connaît.

— Et alors ?

— Disons que je ne fais pas partie des auteurs qui vendent le plus dans notre maison d'édition. Loin de là, même ! Elle va avoir du mal à me faire confiance, et je la comprends…, admis-je en baissant sans le vouloir les yeux vers le sol.

— Oui, c'est sûr. Elle prend un gros risque, parce qu'elle va devoir investir pas mal pour que ça marche, sans être sûre d'avoir un retour sur investissement, convint-il tout en consultant ses messages sur son téléphone portable.

— Oui, et pour tout vous dire, je ne suis pas certaine de réussir à écrire une histoire assez chiadée pour que cela fonctionne. Je n'ai plus trop confiance en moi, depuis quelque temps.

— Ça, c'est un problème, parce que si vous-même vous n'y croyez pas, comment voulez-vous que votre éditrice et tous les autres y croient ?! s'agaça-t-il en relevant la tête de son écran pour me fixer.

— Ça me semble impossible, honnêtement, malgré tout ce qu'on s'est dit. Je n'ai pas le talent.

— Rien n'est impossible. Uniquement ce qu'on imagine comme étant impossible. Mon père me disait toujours cela, et il avait raison. Vous devez y croire dur comme fer. Vous devez même faire mieux qu'y croire, vous devez en être persuadée. Vous n'avez pas le choix. L'échec n'est pas une option envisageable, répondit-il en faisant claquer fort la paume de sa main sur son bureau.

Chapitre 40

Ibiza. 10 juin 2022.

Les flics avaient arrêté Marco. Équipés avec leurs combinaisons blanches, gantés, leurs collègues de la police scientifique avaient inspecté la villa dans les moindres détails et emporté tout ce qu'ils avaient trouvé dans la chambre du dealer, y compris le sac de sport contenant son stock de drogues diverses et variées. Quand les opérations furent terminées, le capitaine Cortés vint nous saluer, en nous promettant de nous tenir au courant de la suite de l'enquête. Il nous demanda également de rester à sa disposition, dans le cadre de l'instruction.

— Tu sais où est Flora, bébé ? demanda Gino après le départ de la police.

— Je n'en ai pas la moindre idée, fis-je en soufflant et laissant mon stress retomber.

— Elle a encore dû trouver un étalon !

Considérant que la journée avait été assez mouvementée, je ne lui parlai pas de l'épisode sulfureux du matin, entre Flora et Jack Ripper. J'éprouvais aussi, probablement, une forme d'affection pour miss Jones, et je ne voulais pas lui nuire. Solidarité féminine ! Après tout, elle faisait ce qu'elle voulait de ses fesses, y compris avec un sale type qui en voulait à son employeur.

— Tu veux un verre, pour te remettre de tes émotions ? proposa-t-il en se séchant avec une serviette, à la manière d'un apollon dans une publicité.

— Pas de refus, répondis-je en ne parvenant pas à détourner mon regard de son corps parfait.

— Champagne ?

— Gin to, plutôt.

— OK. Installe-toi, je t'amène ça, dit-il en se débarrassant de sa serviette sur une chaise longue.

Nous étions dans la deuxième partie de l'après-midi, mais le soleil cognait toujours très fort. Je me passai un peu d'huile protectrice parfumée au monoï sur le visage, les bras et les jambes, pour éviter les brûlures. Sur la playlist de mon iPhone, je sélectionnai une vieille chanson de Seal, *Kiss from a rose*. La voix chaude du chanteur envahit l'espace. Je m'installai dans mon transat. J'étais bien, et en même temps, épuisée.

Quelques minutes plus tard, Camora revint avec deux verres. Il me tendit le mien et nous trinquâmes. Caché derrière ses Ray Ban argentées, il n'était toujours vêtu que de son maillot de bain, un boxer en toile bleu marine près du corps. Il était très attirant. La pression étant retombée d'un coup, avec l'arrestation de Marco, j'avais besoin de me détendre et une envie soudaine de sexe s'empara de moi. Il me faisait beaucoup d'effet. Plus qu'aucun homme avant lui. Il avait employé le terme de coup de foudre pour décrire les sentiments qu'il éprouvait pour moi. Ce coup de foudre était peut-être réciproque, vu l'état d'excitation dans lequel je me trouvais. J'étais toujours fondue dans ma petite robe jaune estivale. Elle était particulièrement décolletée et je me souvins, d'un seul coup, que je ne portais rien en dessous. Allongée sur mon transat, les jambes légèrement entrouvertes, je sentais le vent chaud caresser mon sexe déjà humide. Cela ne m'arrivait jamais, mais j'avais envie de prendre les choses en main, si je puis dire. Camora se tenait debout à côté de moi. Je posai mon verre sur une petite table basse en teck et je me redressai. Désinhibée par les premières gorgées de gin, je posai mes mains sur les cuisses de Gino et je remontai jusqu'à l'élastique de son short de bain. Il releva ses lunettes de soleil sur sa tête, pour me regarder. Dans ses yeux, je lus tout de suite le désir. J'abaissai son caleçon. Sa verge m'apparut dans toute sa splendeur. Il bandait déjà. Avec beaucoup de douceur, je caressai ses bourses de la main gauche, et commençai à le masturber de la droite. Il eut un petit gémissement. Sa queue était parfaite. Lisse, longue et épaisse, bien droite. J'attachai mes cheveux avec le chouchou que je portais au poignet. Puis je plantai mon regard dans le sien et je le pris en bouche. Son sexe était bien dur et chaud. J'eus du mal à l'avaler tout entier. Lorsque ce fut fait, je restai immobile pendant de longues secondes, fixant mon amant avec des yeux de biche, pour le rendre fou. Il craqua.

— Hmmm, suce-moi, bébé !

J'entamai alors la fellation, en prenant tout mon temps, me délectant, comme si son sexe était un sucre d'orge. À chaque va-et-vient, je jouai avec ma langue pour titiller son frein et lécher son gland prêt à exploser, puis je repris sa queue au fond de ma gorge. Au fur et à mesure, j'accélérai la cadence, malaxant ses bourses. Il mit ses mains autour de ma tête et m'attira vers lui pour que je le prenne encore plus loin. En temps normal, je détestais qu'on me tienne, parce que je trouvais cela dégradant. Que cela faisait « pute ». Mais pas là. Au contraire, cela m'excitait beaucoup. Je le suçai ainsi pendant quelques minutes, au terme desquelles il me poussa en arrière, sur le transat. Il se débarrassa du short de bain qui lui entravait les chevilles. Puis il me souleva et me retourna, sans ménagement, me positionnant à quatre pattes sur le transat. Ce faisant, sa queue bien raide dodelinait dans tous les sens.

— Tu la veux ? demanda-t-il avec autorité.

— Oh oui, je la veux ! Mets-la-moi !

Restant debout, il positionna ses jambes de part et d'autre du transat. Puis il encercla ma taille avec ses mains, et me tira vers le haut pour faire remonter mon bassin. Je tendis les fesses, pour le recevoir. Je sentis alors sa queue glisser dans ma fente trempée, à plusieurs reprises, avant de me pénétrer d'un coup sec. Il commença alors à limer, avec beaucoup de rythme. Il ne me faisait pas l'amour, il me baisait, et c'était cela dont j'avais envie, à ce moment-là. Une baise expresse. Brutale. Les mains bien agrippées à mes fesses, il donnait des coups de boutoir puissants et rapides, sortant sa verge entièrement puis me la fourrant bien au fond, en faisant frapper ses bourses sur mon clitoris gonflé. Deux fois, il me claqua les fesses assez fort. Je fis mine de protester, mais en fait, j'adorai cela. L'excitation était telle que je ne résistai pas très longtemps, moi qui n'avais pourtant que très peu connu l'orgasme vaginal. Je sentis une onde de plaisir m'envahir. Je hurlai :

— Hmmm, je jouis ! Je jouis !

Aussitôt, Gino s'immobilisa au fond de mon vagin, dans un râle puissant, un feulement de fauve, et jouit à son tour. En sueur, il se pencha sur moi et posa un tendre baiser à la naissance de mon cou. J'eus un frisson.

— C'était trop bon, bébé ! fit-il avec une tendresse qui tranchait avec la bestialité de l'acte consommé.

— Putain, oui, c'était bon ! répondis-je en me mordant les lèvres.

Il se retira, m'aida à me redresser et me prit dans ses bras. Il m'embrassa. J'étais bien, j'avais des papillons dans le ventre. J'éprouvais des sentiments inédits. Une sensation de plénitude.

— Je dois me rendre à l'*Amnesia*, bébé, pour préparer mon mix de cette nuit. Tu veux venir avec moi ?

— Si ça ne te dérange pas, je préfère rester ici. J'aimerais bosser un peu, aussi.

— Bosser ? Sur quoi ? Sur ton projet de roman ?

— Oui, poursuivis-je en lui faisant un clin d'œil complice.

— OK. Je vais être dedans ? demanda-t-il en bandant ses biceps à la manière d'un bodybuilder.

Je lui répondis avec un air mutin :

— Peut-être, tu verras...

Il se mit à rire.

— Si je suis dedans, j'espère que tu diras que je suis le coup du siècle !

— Vantard !

— Pourquoi, ce n'est pas vrai ?

D'humeur à plaisanter, je le charriai, tout en renfilant ma robe :

— Tu es pas mal, c'est vrai. Mais j'ai déjà vu mieux !

— On en reparlera, ce soir, mademoiselle ! fit-il en se massant le sexe et en me pointant du doigt avec son autre main.

— J'attends de voir, monsieur ! Je ne crois que ce que je vois ! minaudai-je avec une tête de chaton innocent.

— Tu vas voir, toi !

Il me chatouilla au niveau du ventre. Je fus prise d'un fou rire incontrôlable.

— Mouais ! Va bosser, j'ai du boulot, monsieur le D.J !

— En parlant de boulot, ça serait quand même pas mal qu'on reprenne un peu les cours de français. Il me semble que je te paie pour ça et je dois revoir Guetta, la semaine prochaine.

— On se cale un cours, ce soir, avant ton set ?

— Ça dépend : la prof peut faire cours toute nue ?

— Si tu veux ! Mais tu risques de ne pas être très concentré ! dis-je en faisant remonter ma main entre mes cuisses vers mon intimité.

— Là, c'est toi qui te vantes ! Qui te dit que tu m'excites ?

Il se leva en riant, fier de sa vanne. Je lui fis une grimace.

— Je vais me préparer. À tout à l'heure, bébé.

Il m'embrassa et disparut dans la maison. Je restai là, allongée sur mon transat. Épanouie, heureuse, l'esprit léger, malgré tout ce qui s'était passé. Lorsqu'il quitta la villa, Gino m'envoya un baiser, de loin. Je le lui rendis, avec la main, comme font les enfants. De mon côté, le ciel s'éclaircissait enfin. J'avais démasqué l'assassin de B.K. Lorie, je vivais une belle histoire d'amour avec un très beau mec prêt à arrêter la drogue pour moi, j'avais toute la matière première pour écrire un véritable roman au potentiel de best-seller, je me trouvais dans une villa luxueuse au soleil, et je venais de prendre mon pied comme cela ne m'était jamais arrivé. Que pouvais-je espérer de mieux ? Il ne me restait plus qu'à coucher tout cela sur le papier, à écrire mon roman, pour être plus que comblée.

Gino parti, je décidai de m'y mettre, avec pour objectif d'écrire le premier chapitre. Je n'avais pas envie d'être enfermée. Je me rendis donc dans ma chambre pour récupérer mon PC portable et me dirigeai vers le jardin. Là, je me posai sur une des terrasses en escalier, sur une confortable chaise, à l'ombre d'un arbre. Un petit oiseau chantait. Je repensai, en l'écoutant, au clip du titre *Little Bird* des Eels. Avec l'air de cette chanson en tête, je me mis à taper sur le clavier. Les mots me venaient très vite. Il faut dire que je connaissais par cœur l'histoire que je devais écrire, dans la mesure où je l'avais vécue. Je n'avais donc pas grand mérite à la raconter. Les phrases s'enchaînèrent, de façon très naturelle. Les paragraphes se formèrent. Les dialogues prirent vie. Tout me paraissait simple. Limpide. En moins d'une heure, j'avais écrit dix mille caractères, espaces comprises, et mis un point final à ce fameux premier chapitre qui est la bête noire de tout écrivain. Satisfaite, un large sourire aux lèvres, j'allumai une Vogue pour fêter cela. Je tirai sur le filtre de ma cigarette, avalai la fumée et la recrachai, fière de moi, persuadée de ma réussite à venir. En définitive, Franck Schneider avait raison. J'avais affronté toutes les épreuves avec courage, et j'allais maintenant récolter les fruits d'un succès bien mérité. Ma clope terminée, j'écrasai mon mégot et le posai par terre, à côté de mon transat. En pleine forme, j'étais prête pour écrire un deuxième chapitre. Plus rien ne pouvait m'arrêter. Mais avant cela, je décidai de relire ce que j'avais écrit. Je n'avais pas oublié que mon mentor souhaitait que je lui envoie ces premières pages, pour me donner son avis, et je voulais m'assurer de la qualité de ma prose avant de la lui transférer. Je lus donc, prête à me trouver géniale. Mais au fur et à mesure de ma lecture, mon enthousiasme s'estompa, jusqu'à disparaître entièrement. Ce que j'avais tapé me paraissait insipide, sans saveur, et d'une banalité déconcertante. Pour être claire, c'était nul. Nul ! C'était même ce que j'avais écrit de plus mauvais depuis mes débuts. La déconvenue fut brutale. J'avais pourtant tout. Que me fallait-il donc d'autre ?

Chapitre 41

Paris. 25 mai 2022. Bureau de Franck Schneider.

— Je pense que vous n'avez pas complètement intégré l'idée d'écrire avec vos tripes…, s'agaça-t-il en torturant le mégot de son cigare dans le cendrier.

— J'avoue que j'ai du mal à bien saisir comment faire, répondis-je, les mains croisées devant moi.

— C'est normal ; vous êtes jeune. La mort n'est qu'une lointaine idée, pour vous. Vous savez que vous allez mourir un jour…

— Oui, c'est une évidence, je le sais, l'interrompis-je.

— Oui, mais vous n'en êtes pas intimement convaincue. Ce n'est d'ailleurs pas de votre faute. C'est la société actuelle qui veut ça. Aujourd'hui, on ne meurt plus chez soi comme c'était le cas avant, on meurt à l'hôpital, dans un univers totalement aseptisé. On ne voit plus ses ancêtres mourir…

En l'écoutant, je repensai au décès de ma grand-mère paternelle. J'avais dix-huit ans lorsque cela s'était passé. Elle était morte toute seule, dans une clinique privée. J'avais éprouvé de la peine et un manque, mais Schneider avait raison, je n'avais pas été confrontée au moment où la vie l'avait quittée.

— ... Alors, la mort n'a plus de réalité physique. On ne l'envisage que comme un vague concept. Même la mort des animaux que nous consommons, pourtant, à chaque repas, ne fait plus partie de notre quotidien. Avant, on tuait ses poules, on tuait le cochon. Maintenant, la majorité d'entre nous n'imagine pas l'animal au moment de manger une cuisse de poulet. Les enfants pensent que les steaks hachés sont carrés, à l'origine. C'est comme ça. Mais dans ce nouveau référentiel, nous ne sommes plus préparés à envisager notre propre mort, fit-il en fixant le cendrier, les yeux vides.

— Je comprends ce que vous me dites, mais comment puis-je faire pour percevoir ce que vous voulez me dire ? Je ne peux quand même pas me mettre à tuer des poules..., provoquai-je en le fixant.

— J'ai un livre à vous conseiller. Lisez-le ; il peut vous aider à ressentir les choses et à trouver le bon état d'esprit pour écrire.

— Quel est son titre ?

— *Ou tu porteras mon deuil*, de Lapierre et Collins. Lisez ce livre, vous comprendrez beaucoup de choses. Et écoutez ce morceau en boucle ! me conseilla-t-il en pointant du doigt le titre d'un vieux CD qui traînait sur sa table et en contemplant la fumée éphémère se dissiper dans la pièce.

Chapitre 42

Ibiza. 10 juin 2022.

Désespérée par la pauvreté de mon écriture, je me résolus à suivre les conseils de Schneider. Je me rendis dans ma chambre où je m'allongeai sur le lit. Je plaçai mes EarPods dans mes oreilles. Sur mon iPhone, j'effectuai une recherche sur le site de l'harmonie de la Nèhe. Dans la playlist, je sélectionnai le titre *El Beso de la muerte*, « Le baiser de la mort », un paso-doble qui m'avait été conseillé par Franck et que je mis en boucle. Les cuivres se mirent en action. J'essayai de ne penser à rien et de me concentrer uniquement sur la musique. Au fur et à mesure, je sentis une forme d'arrogance positive prendre possession de moi. Ma confiance revenait, seconde après seconde, jusqu'au moment où je me sentis prête. Prête à écrire. À écrire, vraiment, comme si ma vie en dépendait. Lorsque mon état d'esprit fut le bon, je commençai à taper sur mon clavier de PC qui était resté là. Prenant le temps, pesant chaque mot, j'écrivis mon premier chapitre. Il était court mais dense.

*La piscine à débordement de la villa de Gino Camora surplombait la Méditerranée. Douze chambres, douze salles de bains, une salle de cinéma, une mini-discothèque, trois spas. Elle possédait tout le confort et le luxe imaginables. Tout était blanc à l'intérieur, des sols au plafond, des meubles à la décoration. Le soleil avait cogné ce jour-là, et il n'allait pas tarder à disparaître à l'horizon. Sa lumière chaude était une promesse pour la nuit à venir. Je devais me dépêcher, j'avais pris du retard. J'enfilai une petite robe rouge moulante sans rien dessous, comme il me l'avait demandé, et ma paire d'escarpins noirs au talon de douze. Je me préparai, au son d'un filet d'électro dont les basses rythmaient mes mouvements. Je devais le rejoindre à 22 heures à l'*Amnesia*, avant son set. C'était une soirée importante pour lui. Tout le gratin des people était là, et il partageait les platines avec David Guetta. Je ne voulais pas le décevoir. Je devais le soutenir, malgré tout ce qui m'arrivait. J'avais réussi à chasser de mon esprit ce que j'avais vu quelques heures plus tôt, comme si cela n'avait jamais existé. Réussi à me convaincre que tout irait bien, que tout cela n'était qu'un mauvais rêve. Je me regardai dans l'immense miroir en pied du dressing. J'étais prête, et certaine de lui plaire. À l'extérieur, un chauffeur m'attendait, planté devant la porte ouverte de la Bentley Continental turquoise. Je sortis de la villa. Ce fut à ce moment que j'entendis les sirènes et distinguai les reflets bleutés des gyrophares qui zébraient la palmeraie. Deux flics de la* Guardia Civil *s'avancèrent vers moi. Avant que j'aie eu le temps de comprendre, je me retrouvai menottée. Ils me poussèrent à l'arrière d'une voiture qui démarra en trombe tandis que le soleil disparaissait dans la Grande Bleue.*

Assise en tailleur, je me relus. Ce premier chapitre était loin d'être génial, mais c'était quand même beaucoup mieux que ce que j'avais écrit une heure avant. J'étais fière de moi. J'étais dans ma bulle. Soudain, on tapa sur mon épaule. De surprise, je fis un bond. J'étais dans une telle forme de transe que je n'avais pas vu Flora arriver. J'enlevai mes EarPods. Miss Jones était incroyablement sexy, comme d'habitude.

Dorée par le soleil, perchée sur ses escarpins en toile métallisée Kate 100 de chez Louboutin, elle portait une robe-crayon noire très moulante et un chignon haut qui mettait en valeur sa chevelure blond platine. Pour je ne sais quelle raison elle était hilare, mais lorsqu'elle remarqua que je portais la chemise de Gino, ses traits se crispèrent.

— Je vois que vous avez passé la seconde, avec Gino. C'est pour quand, le mariage ?

Le ton était sec, agressif.

— Ben disons qu'on est ensemble...

— Ensemble ? Vous avez baisé, quoi ?

J'étais gênée, mal à l'aise, et je ne comprenais pas sa réaction. Elle m'avait poussée dans les bras de son patron, et désormais elle semblait me le reprocher.

— Oui, mais ça n'est pas que pour le cul, me justifiai-je avec maladresse, la voix tremblante.

— C'est ce qu'il t'a fait croire ? dit-elle. Elle leva les yeux au ciel et agita les bras dans tous les sens, le visage dur.

Je ne savais plus quoi répondre. Elle semblait vraiment en colère. Elle continua :

— Tu sais, c'est ce qu'il fait croire à toutes les pétasses qu'il culbute. Et une fois qu'il les a sautées, il passe à une autre.

— Mais je ne comprends pas, c'est toi-même qui m'as incitée à coucher avec lui...

— À baiser, oui. Mais pas à croire au père Noël ! Redescends de ton nuage, ma belle, ou tu t'exposes à une belle déconvenue ! Bref, tu sais où est Marco ? Je le cherche.

— Marco a été arrêté, l'informai-je, pas mécontente du changement de sujet de conversation.

— Arrêté ? Pourquoi ? Il s'est fait toper avec sa came ? Quel con !

— Non, il a été arrêté pour le meurtre de B.K., poursuivis-je.

Je refermai mon PC portable, parce que je constatai qu'elle en regardait l'écran.

— Quoi ?! Marco ?! fit-elle, théâtrale, en levant les bras au ciel à la façon d'une mamma italienne.

— Oui. Les flics ont trouvé des éléments compromettants dans son téléphone. Il lui a envoyé des menaces, par texto.

— C'est un truc de fou ! Il ne manquait plus que ça ! Gino est au courant ?

— Oui, il était là quand ils sont venus l'arrêter, précisai-je.

— Putain, il doit être au fond du seau !

— Non, ça va...

— Tu vas me faire croire qu'il s'en tape qu'on ait arrêté son pote pour meurtre ?! hurla-t-elle en gesticulant.

— Son pote, c'est vite dit. Gino le voit plutôt comme son dealer, et il veut décrocher..., précisai-je, bien décidée à ne pas me laisser faire.

— C'est ce qu'il t'a dit ? Décidément, le mariage est pour bientôt ! Ne le prends pas mal, mais tu ne connais pas Gino, ni les liens qui l'unissent à Marco. Putain, je n'y crois pas, pour Marco !

Elle me rabaissait et je détestais cela. J'avais envie de lui dire de la fermer, mais finalement je n'en fis rien. Je me tus. Elle poursuivit :

— Où est Gino ?

— À l'*Amnesia*.

— J'y vais !

— Tu veux que je t'accompagne ?

— Surtout pas ! Reste là et réfléchis à ce que je t'ai dit. Ce n'est pas un mec pour toi !

En furie, elle tourna les talons et quitta la villa. En quelques phrases, Flora venait de briser mon optimisme. Et si elle avait raison ? Si le désir m'aveuglait ? Si je n'étais qu'un trophée de plus au tableau de chasse de Camora ? Mon regard se posa, au travers de la fenêtre de ma chambre, sur le bleu azur de la Méditerranée, et une larme coula sur ma joue. Je ne devais pourtant pas me laisser abattre. Je me remis donc au travail sur mon manuscrit. Trouvant en moi une ressource inespérée, je parvins à écrire quatre chapitres que j'envoyai à Schneider, pour avis.

Chapitre 43

Ibiza. 11 juin 2022.

22 heures. Gino n'était toujours pas rentré de l'*Amnesia*. Nous étions pourtant convenus de passer la soirée à lui faire travailler son français, avant son set. J'essayai de l'appeler. Il ne répondit pas. Je lui envoyai un SMS. Il resta sans réponse. Mon moral était au plus bas, après ma discussion avec Flora. Je me posais un tas de questions, et l'absence de mon amant n'était pas de nature à me rassurer. Son mix devait avoir lieu une heure plus tard. Essayant de me convaincre qu'il avait eu un contretemps, je décidai donc de m'habiller pour aller le rejoindre. Je me douchai rapidement. Bien que le cœur n'y fût pas, j'essayai de me faire belle pour lui plaire. Nue, devant le grand miroir de ma salle de bains, je me maquillai. Avec ma palette de produits cosmétiques, je misai sur des effets fondus. J'appliquai un trait fin de crayon juste au-dessus de mes cils, que j'estompai, au doigt, avant de mettre mon mascara. Je jouai la carte du regard de braise, en intensifiant le contour de mes

yeux, avec un eye-liner et un crayon khôl noir, que je travaillai, pour obtenir un effet smoky. J'optai pour un fard à paupières prune, apposé en V horizontal au coin externe de l'œil. En appliquant mon mascara, j'insistai davantage sur la racine des cils que sur la pointe. Ce fut le moment de me coiffer. N'ayant pas beaucoup de temps, je fis simple. Une queue de cheval haute ferait l'affaire. Ces opérations terminées, je me regardai. C'était plutôt réussi. J'enfilai ensuite un ensemble string en dentelle couleur perle et un soutien-gorge assorti à effet push-up. Puis je me glissai dans une petite robe moulante anthracite. Pour mettre en valeur mes pieds et le galbe de mes jambes, je choisis une paire d'escarpins rouges vernis, talon stiletto, de la marque VeryVoga, certes beaucoup moins chics sur le papier que les Louboutin de miss Jones, mais produisant le même effet pour des yeux non avertis. Une fois prête, je rassemblai mes affaires dans une petite pochette noire maintenue par une chaînette dorée et je pris le volant de l'Abarth 500, en direction de l'*Amnesia*.

Sur la route, j'essayai de ne pas me laisser submerger par mes pensées négatives. Après tout, même si Flora avait raison sur le compte de Gino, notre aventure resterait un beau souvenir et il n'y avait pas de mal à se faire du bien. Ce fut donc l'esprit léger que j'entrai dans le night-club, doublant au passage toute la file d'attente, l'un des videurs m'ayant reconnue. À l'intérieur, l'ambiance me fit tout de suite penser aux couplets de la chanson de Charles Aznavour, *Les Plaisirs démodés*, que j'avais massacrée dans le bureau de Franck Schneider.

Dans le bruit familier de la boîte à la mode
Aux lueurs psychédéliques au curieux décorum
Nous découvrons assis sur des chaises incommodes
Les derniers disques pop poussés au maximum
C'est là qu'on s'est connus parmi ceux de notre âge
Toi vêtue en Indienne et moi en col Mao

Nous revenons depuis comme en pèlerinage
Danser dans la fumée à couper au couteau
Sur la piste envahie c'est un spectacle rare
Les danseurs sont en transe et la musique aidant
Ils semblent sacrifier à des rythmes barbares
Sur des airs d'aujourd'hui souvent vieux de tous temps

L'un à l'autre étrangers bien que dansant ensemble
Les couples se démènent on dirait que pour eux
Le musique et l'amour ne font pas corps ensemble
Dans cette obscurité propice aux amoureux

L'ambiance était complètement folle, propice à l'amusement et à l'insouciance. Pourtant, c'est Gino seul dont j'avais envie. Et le refrain du tube d'Aznavour traduisait cette envie à la perfection :

Viens, découvrons toi et moi les plaisirs démodés
Ton cœur contre mon cœur malgré les rythmes fous
Je veux sentir mon corps par ton corps épousé
Dansons joue contre joue
Dansons joue contre joue

Viens, noyée dans la cohue mais dissociés du bruit
Comme si sur la terre il n'y avait que nous
Glissons les yeux mi-clos jusqu'au bout de la nuit
Dansons joue contre joue
Dansons joue contre joue

Prise d'un besoin irrépressible de le toucher, de sentir le contact de sa peau, je décidai d'aller le rejoindre en *backstage*, sans passer par le bar comme je l'avais prévu. En arrivant devant la porte des coulisses, deux vigiles me barrèrent le passage.

— Je suis la petite amie de Gino Camora.

L'un des deux colosses s'enfonça dans la pièce. Il revint quelques secondes plus tard, accompagné de Gino. Ce dernier hurla, hilare :

— France, rentre, c'est cool ! Top !

Les vigiles me laissèrent passer. Je rattrapai Gino qui était déjà reparti vers le bar. Il avait, de toute évidence, pris de la drogue et bu beaucoup d'alcool. Il était euphorique, en transe.

— Tu es défoncé ? demandai-je en fronçant les sourcilsaga, cée.

Il m'imita, répétant plusieurs fois ce que je venais de dire, de façon sarcastique :

— Tu es défoncé ? Tu es défoncé ? Tu es défoncé, qu'elle me demande. Ah mais pas du tout, bébé ! Je suis clean ! J'ai jamais été aussi clean de ma vie ! *Yes* ! Je suis méga clean ! Allez, profite ! Viens prendre un verre !

— Tu te fous de moi, Gino ! Je vois bien que tu n'es pas dans ton état normal, m'agaçai-je en repoussant la coupe de champagne qu'il me tendait.

— Mais si, t'inquiète ! J'ai rien pris !

— C'est ça ! Tu te fous de moi ?

Au lieu de me répondre, il prit un grand verre de gin qu'il avala cul sec.

— Tu vois bien que tu es défoncé !

— Oui, maman ! Et alors ; on n'a plus le droit de faire la fête ?!

Je ne le reconnaissais pas. Il y avait beaucoup de violence dans son regard.

— Tu m'avais dit que tu voulais décrocher. Tu me l'as juré, droit dans les yeux, en levant la main droite, tu te souviens ?

— Eh ben j'ai menti ! Voilà, t'es contente ?

— Pas vraiment, non. Je t'ai attendu, à la villa. On devait travailler ton français, tu as oublié !

Il se mit à rire.

— Ah oui, j'ai carrément oublié ! Oh le vilain garçon que voilà ! Il n'obéit pas à sa môman !

— Arrête, tu es ridicule ! Je m'inquiétais, moi ! dis-je, les larmes aux yeux de colère.

— Faut pas t'inquiéter pour moi ! Faut jamais t'inquiéter pour moi, je suis un grand garçon et je fais ce que je veux ! Et si t'es pas contente et ben c'est le même prix !

— Tu t'en fiches de moi, c'est ça ?

— Oh, tu me saoules ! T'es lourde ! lâcha-t-il avec beaucoup de dédain.

Il prit un cachet. Puis il se mit à danser en faisant de grands gestes.

— Je te saoule, c'est ça ? Tu veux que je parte ?

— Fais ce que tu veux, je m'en tape !

Je le fusillai du regard, en pleurs, sans répondre.

— Quoi, qu'est-ce qu'il y a, France ? Je suis un connard, c'est ça ? C'est ça que tu veux me dire ? Ben dis-le ! Pétasse, va !

Ses yeux étaient remplis de haine. J'eus même peur qu'il me frappe. Choquée, j'étais incapable de parler. Il s'éloigna de moi, toujours en dansant. J'étais écœurée par son attitude. Triste, anéantie. Dans un coin de la pièce, je vis Flora Jones. Elle regardait dans ma direction, un verre à la main. Elle riait de toutes ses dents. Elle jubilait. Gino parti, elle s'approcha de moi.

— Alors, France, tu penses toujours que Gino est prêt à s'engager avec toi ? Tu penses toujours le connaître mieux que moi ?

— Qu'est-ce qui s'est passé ? Pourquoi il est comme ça ? Je ne comprends pas..., répondis-je, en ravalant un sanglot.

— Il n'y a rien à comprendre ma belle, c'est comme ça. Il t'a baisée et maintenant, il a envie de faire la fête. *Next* ! Je t'avais prévenue, pourtant.

— Mais il ne pourra jamais mixer dans cet état !

— Il mixe toujours mieux quand il est euphorique, ne t'inquiète pas pour ça ! Par contre, si tu veux un conseil, trouve-toi un autre petit ami...

Elle passa sa main entre ses cuisses, faisant remonter sa robe-crayon jusqu'à son sexe. Elle ne portait pas de sous-vêtement. Elle poursuivit, triomphante :

— ... ou change de bord. Je suis beaucoup plus sérieuse que lui et je suis une amante exceptionnelle !

Je ne répondis pas. Je n'avais plus qu'une envie, rentrer me coucher. Je sortis du *backstage* à grandes enjambées, bousculant les vigiles au passage. En larmes, je fendis la foule jusqu'à la sortie. Le bruit assourdissant des basses m'était devenu insupportable. J'avais envie de crier, de hurler, de frapper. Je passai la porte et courus jusqu'à ma voiture. Je démarrai en trombe, les yeux embués.

Chapitre 44

Ibiza. 11 juin 2022.

Sur la route, sur le rythme de *Cry me a river* de Justin Timberlake, le dégoût et l'incompréhension avaient laissé place à la colère.

When you call me on the phone
Girl, I refuse
You must have me confused with some other guy
The bridges were burned
Now it's your turn, to cry
Cry me a river
Cry me a river
Cry me a river
Cry me a river
Quand tu m'appelles au téléphone,
Je ne réponds pas
Tu dois me confondre avec un autre gars

Les ponts ont été brûlés
Maintenant, à ton tour de pleurer

Je me sentais humiliée, bafouée, et je ne voulais pas laisser passer cela. Gino s'était comporté comme un parfait salaud. Je ne voulais plus le croiser, je ne voulais plus le voir, je devais l'oublier, le plus vite possible. Alors, je pris la décision de partir, sans un mot. J'entrai dans la villa, rejoignis ma chambre, et en toute hâte, je préparai mes valises. Une fois qu'elles furent bouclées, je les traînai jusqu'à l'Abarth et les chargeai. Je voulais rejoindre l'aéroport et y acheter un billet pour le premier vol vers la France. Je n'avais plus rien à faire à Ibiza et j'avais suffisamment de matière pour écrire mon roman. Je pris place sur le siège conducteur. Déterminée, je tournai la clé de contact. La voiture ne démarra pas. J'essayai de nouveau. En vain. Je constatai alors qu'un point rouge clignotait sur le tableau de bord. Le voyant de l'essence était allumé et il devait l'être depuis un petit moment. Panne sèche. En colère, hors de moi, je frappai sur le volant violemment, en hurlant « Putain ! ».

Chapitre 45

Ibiza. 12 juin 2022.

Ma nuit avait été agitée. Impossible de dormir. Je m'étais repassé en boucle le film de la soirée. Gino défoncé. Son attitude détestable avec moi. Et cette fichue panne d'essence. J'étais bouleversée, constamment partagée entre la tristesse et la colère. J'avais honte de m'être fait avoir comme une gamine. D'avoir été « fleur bleue », comme ces héroïnes des romans à l'eau de rose. J'avais besoin de parler. Et comme toujours, je n'avais personne d'autre vers qui me tourner que Franck Schneider. Je l'appelai.

— Que se passe-t-il, France ? demanda-t-il, peu concerné, comme s'il était occupé.

— Les flics espagnols ont arrêté l'assassin de B.K., répondis-je, en larmes.

— Quoi ?! Déjà ? poursuivit-il, avec attention, cette fois.

— Oui. C'était Marco.

— Le dealer de votre D.J ?

— Lui-même, précisai-je en ravalant un sanglot.

— Il a avoué ?

— Je ne sais pas. Mais toutes les preuves l'accablent. Il avait menacé B.K. par texto. Elle voulait que Gino arrête de prendre de la drogue, ce qui aurait ruiné son fonds de commerce.

— Et il l'aurait tué juste pour ça ? s'étonna-t-il.

— Apparemment, oui. C'est un sale type !

— Alors, ça ne lui fera pas de mal de faire un peu de prison...

— Oui..., dis-je, toujours en pleurant.

— Ça n'a pas l'air de vous enchanter ? Vous avez une toute petite voix, ça ne va pas ?

J'essayai de sécher mes larmes avec la manche d'un vieux tee-shirt qui traînait sur le lit.

— France, que se passe-t-il ?

— C'est Gino.

— Quoi, Gino ?

— Je me suis trompée sur son compte, continuai-je, la voix tremblante.

— C'est-à-dire ?

— J'ai cédé à ses avances et j'ai cru qu'il allait changer, pour moi. Il m'avait dit qu'il allait changer ! Qu'il allait arrêter la drogue, qu'il voulait se poser. Et hier soir, nous avions rendez-vous et il m'a planté ! Il n'est pas venu et je l'ai retrouvé complètement défoncé. Il a été odieux avec moi. Quelle conne je fais ! fis-je en haussant le ton, agacée par ma propre faiblesse.

— Ne dites pas ça ! On fait parfois des choses idiotes par amour, cela arrive à tout le monde.

— Peut-être, mais on m'avait prévenue ! J'aurais dû me douter qu'un type comme lui ne changerait jamais. Il aimera toujours la fête et les femmes...

— Peut-être et peut-être pas ; je ne le connais pas, je ne peux pas le juger. Qu'allez-vous faire ?

— Rentrer en France. Je n'ai plus rien à faire ici ! m'agaçai-je.

— Là, si vous me permettez, ça serait une grosse bêtise !

— Quoi ? Vous me conseillez de rester là ? À travailler auprès d'un sale type qui m'a humiliée ?

— Il n'a pas eu une conduite correcte, certes..., fit-il d'une voix calme qui tranchait avec la colère qui m'animait.

— Il m'a humiliée !

— Oui, peut-être. Mais ne perdez pas de vue votre objectif. Votre grand roman !

— J'en sais bien assez pour l'écrire ! criai-je.

Je regardai l'écran de mon iPhone avec haine.

— Je ne pense pas. Pour preuve, vous pensiez connaître le caractère de votre D.J. et vous venez de vous rendre compte que vous vous étiez plantée sur son compte, enchaîna-t-il, toujours aussi calme.

— Et alors, ça change quoi ? protestai-je, hors de moi.

— Ça change tout ! Cela fait de lui un personnage beaucoup plus complexe et donc plus riche à exploiter. Si vous partez maintenant, vous ne serez pas certaine d'avoir bien cerné sa personnalité. Vous perdrez cette richesse.

— Donc je dois rester là ? Comme si rien ne s'était passé ? En le laissant m'humilier ?! hurlai-je en me bouffant les ongles.

— Non. Vous devez rester là et continuer à l'observer, pour le « croquer » à sa juste valeur dans votre roman. Vous devez l'utiliser, comme il vous a utilisée. En restant fière et concentrée sur votre seul et unique objectif.

— Je ne pense pas être capable de cela !

— Vous en êtes capable, France ! Vous dites qu'il vous a humiliée. Alors, utilisez-le comme un vulgaire rat de laboratoire ! Utilisez-le comme une matière première au service de votre succès à venir. Vous vous vengerez de lui dans les pages de votre manuscrit. Sous votre plume, il deviendra votre marionnette. Votre pantin…

Schneider se tut, laissant le silence s'installer, pour me forcer à réfléchir. Ce que je fis, en tournant une mèche de mes cheveux entre mes doigts. Schneider n'avait pas tort et je le savais. Partir était un aveu de faiblesse, une forme de lâcheté. Petit à petit, ma colère laissa place à un autre sentiment, à une irrépressible envie de vengeance. Je mis un long moment à répondre :

— Vous m'avez convaincue. Je vais rester, finis-je par dire.

— Sage décision ! Je suis fier de vous !

Nous raccrochâmes, après nous être salués. Cet appel m'avait été bénéfique. Du statut de victime, je venais de passer à celui de bourreau, bien décidée à me venger de cet imbécile de Gino. J'étais gonflée à bloc. Prête à en découdre et à faire face aux difficultés, plutôt que de les fuir. Pour garder cet état d'esprit et même, le renforcer encore, j'enfonçai mes EarPods dans mes oreilles et je sélectionnai *Try* de Pink sur YouTube.

Ever wonder 'bout what he's doing
How it all turned to lies
Sometimes I think that it's better,
To never ask why
Where there is desire, there is gonna be a flame
Where there is a flame, someone's bound to get burned

Certes, je m'étais un peu brûlé les ailes, mais j'avais envie de me battre. Montant le son au maximum, je sentis le « girl-power » de la chanteuse aux cheveux roses entrer en moi. Je me mis à chanter avec elle, en rythme. À chanter faux mais très fort. À hurler. Et cela me fit un bien fou. *Ah, mon gars, tu m'as prise pour une conne ; tu vas voir, maintenant !* me dis-je en tournoyant sur moi-même.

But just because it burns, doesn't mean you're gonna die
You gotta get up and try, and try, and try
Gotta get up and try, and try, and try
You gotta get up and try, and try, and try

Je me découvris soudain légère, et animée d'une force que je ne soupçonnais pas. Dans ma vie, j'avais souvent eu tendance à baisser les bras, à me laisser aller vers le bas, lorsque je vivais des épisodes douloureux. Je sentais que cette fois cela ne serait pas le cas. Toujours sur le rythme de *Try* qui tournait en boucle, je me douchai, me maquillai, me coiffai et m'habillai. Je choisis une robe ultra sexy que je n'avais jamais osé porter. Noire, très courte, très décolletée, elle n'avait rien à envier aux tenues de miss Jones. Je chaussai mes escarpins et me regardai dans le grand miroir mural. Je me trouvai belle et désirable. Lorsque je fus prête, je descendis dans le grand salon. Gino s'y trouvait. Il était presque nu, portant un boxer noir pour unique vêtement. Il était prostré, dans l'immense canapé blanc, le dos en appui sur l'un des accoudoirs, et les jambes repliées sur lui-même. Il n'était plus du tout dans l'état d'euphorie dans lequel je l'avais quitté la veille. Il me fit l'effet d'un enfant qui vient de faire une bêtise. En me voyant, il baissa les yeux.

— Excuse-moi, France, j'ai déconné, fit-il d'une toute petite voix.

— Déconné ? Ah bon ? De quoi tu parles ? répondis-je, le sourire aux lèvres, faisant mine de ne pas comprendre.

— Tu sais bien, pour hier..., poursuivit-il, les larmes aux yeux.

— Quoi, hier ? fis-je sans le regarder et en consultant les messages sur mon iPhone.

— Tony m'a raconté ce que j'avais fait...

— C'est qui ça, Tony ?

— Un des videurs. Il m'a dit à quel point j'étais défoncé et comment je t'avais parlé...

— Il t'a dit quoi ? demandai-je en riant, comme si je venais de recevoir un SMS drôle, les yeux rivés sur mon écran.

— Que je t'avais insultée. Que j'avais été odieux. J'ai honte... Pardonne-moi, dit-il en se tordant le cou pour capter mon attention.

— Te pardonner de quoi ? Tu fais ce que tu veux de ta vie ! C'est pas comme si tu me devais des comptes. Tu aimes te défoncer, continue comme ça, c'est cool. Moi, je m'en moque. C'est pas comme si on était en couple.

Relevant la tête, je constatai qu'il pleurait.

— Tu veux dire que tu me largues ? balbutia-t-il.

— Quoi, te larguer ? Tu pensais qu'on était en couple ? questionnai-je sur un ton sec.

— Euh... il m'avait semblé que oui..., marmonna-t-il, la voix chevrotante.

— Ah non, pas du tout, Gino. On a baisé, c'était bien. Point barre. On n'est pas compatibles, je te l'avais dit. Je n'ai pas besoin d'un mec qui passe son temps à mentir, j'ai déjà donné !

Je n'en revenais pas moi-même de la façon dont je lui répondais. De cette assurance inédite dont je faisais preuve. J'avais l'impression d'être une autre personne. D'être une fille qui ne se laisse pas marcher sur les pieds. Et même si je m'en voulais un peu de le blesser, je dois avouer que, sur l'instant, ce fut jouissif. Il accusa le coup. Puis il reprit la parole tandis que je le regardai d'un œil perçant :

— C'est Flora qui m'a forcé à prendre.

— À prendre ? fis-je en me replongeant dans mes textos.

— Oui, à me défoncer. Elle est arrivée à l'*Amnesia* avec du matos. Elle m'a dit que tu préférais venir me rejoindre directement à la boîte.

— Mais c'est faux ! Je t'attendais ici ! dis-je en le fixant dans les yeux.

— Elle m'a dit ça, je te le jure ! Elle m'a dit que tu voulais prendre le temps de te faire belle, confirma-t-il, toujours en pleurs.

— Et elle t'a forcé à prendre de l'ecsta, tu vas me faire croire ça ? Tu n'es pas assez grand pour dire non ? À d'autres ! m'agaçai-je en sortant, sans le vouloir, du jeu de dupe dans lequel je m'étais lancée.

— C'est pas ça, c'est compliqué. Elle a su s'y prendre. Elle connaît mes faiblesses. Elle m'a ramené un sky, puis un deuxième. Elle y est allée crescendo. Au quatrième verre, elle m'a proposé une pilule. Je l'entends encore me dire « Une seule, Gino ». Elle en a pris une. J'en ai pris une aussi. Et après, j'ai perdu le contrôle. Je m'en veux terriblement ! Je suis un putain de toxico ! Mais je te jure que je ne voulais pas..., répondit-il avec une apparente sincérité.

— Et pourquoi elle aurait fait ça ?

— Je pense qu'elle est jalouse, avança-t-il.

— Jalouse de qui ?

— De toi.

Je constatai qu'il avait arrêté de pleurer.

— De moi ? Mais pourquoi ?

— On a eu une aventure, il y a quelque temps. Pour moi, ce n'était que sexuel, mais je pense qu'elle attendait plus. Je crois qu'elle est toujours amoureuse de moi. Alors elle ne supporte pas qu'on vive une histoire sérieuse. La baise pour la baise, elle s'en fout ; au contraire, ça l'excite. Mais là, elle a dû sentir qu'avec toi, c'était différent.

— Tu t'es tapé Flora ! De mieux en mieux ! Dis-moi plutôt qui tu n'as pas baisé, ça sera plus simple ! En tout cas, tu pourras la rassurer : tu pourras lui dire qu'on n'est plus ensemble ! hurlai-je, piquée au vif.

— Excuse-moi, je t'en prie ! supplia-t-il en essayant de m'attraper le bras.

— Je te l'ai dit, tu n'as pas à t'excuser. On n'est pas compatibles, c'est tout, c'est comme ça. Tu me diras si tu veux poursuivre les cours de français ou pas. Mais pas tout de suite. Il faut que je digère tout ça..., répliquai-je en me dégageant de lui.

— Je vais faire des efforts, je te jure !

— Ne jure pas, Gino ! Tu l'as déjà fait et on a vu ce que ça donnait. Tu es comme tu es, je ne te juge pas. Mais on n'est pas faits l'un pour l'autre.

Avant qu'il ait eu le temps de parler, je tournai les talons et quittai la pièce, le visage froid et impassible. Mais, à peine eus-je franchi la porte du salon que les larmes se mirent à couler sur mes joues. J'étais choquée et bouleversée par tout ce que je venais d'entendre et tout ce que je venais de dire.

Chapitre 46

Paris. 25 mai 2022. Bureau de Franck Schneider.

— Il faut que vous appreniez à prendre le temps, et je pense que c'est ce qui vous manque aujourd'hui. Dans ce que j'ai lu de vous, je sens une urgence, dit-il, cigare au coin des lèvres.

— Oui, en fait, j'ai besoin d'écrire pour me sentir écrivaine. J'ai l'impression que si je n'écris pas vite et beaucoup, tout s'arrêtera. Je ne sais pas trop comment l'expliquer..., admis-je, un peu vexée par sa remarque, même si je savais qu'elle était fondée.

— Je comprends très bien. En réalité, vous imaginez que si vous passez une journée ou une semaine sans écrire, vous perdez du temps, c'est ça ?

— Oui, en gros, c'est ça, fis-je en perdant mon regard sur une page blanche de mon cahier à spirales.

— C'est totalement faux. Un roman ne se construit pas que dans les phases d'écriture. Il doit se vivre, il doit se faire désirer. Là, on dirait que vous jetez les mots sur le papier comme ils viennent, sans toujours réfléchir au sens et à la portée qu'ils peuvent avoir. C'est tout bête, mais vos phrases manquent de ponctuation, par exemple. En quelque sorte, vous avez la technique, mais pas l'âme et la respiration. Et la technique ne suffit pas...

— Je sais cela. Souvent, lorsque je me relis, j'ai l'impression d'avoir écrit de la merde ; pardonnez-moi l'expression.

— Ce n'est pas tout à fait juste. Mis à part les adverbes en « -ment » que vous utilisez beaucoup trop, vous écrivez très bien, mais votre écriture a la saveur de la pierre brute. Il faut que vous appreniez à prendre le temps de ciseler cette matière brute et d'en faire un diamant, vous comprenez ? demanda-t-il avec un regard chargé de bienveillance.

— Oui, je crois...

— Plus vous apprendrez à prendre le temps, à respirer, à ressentir tous les mots, plus vous transformerez la raconteuse d'histoires que vous êtes en artiste et en véritable romancière. Vous devez accepter d'accueillir en vous une lenteur onirique, d'aimer cette lenteur, de la chérir comme un don du ciel. Vous devez arrêter le temps. Vous voyez ?

— Ça me paraît tellement abstrait... Je ne sais pas si j'y arriverai.

Tout en lui répondant cela, j'écrivis « lenteur onirique » sur ma page.

— Quand vous commencerez à écrire, vous prendrez des pauses importantes, entre deux phases productives. Vous prendrez le temps de vous relire, ce que vous ne faites pas en temps normal, j'imagine ? poursuivit-il en tirant sur son cubain.

— Non, j'ai horreur de ça. Une fois que j'ai écrit un chapitre, par exemple, j'ai horreur de revenir dessus ; j'ai l'impression de perdre mon temps, concédai-je en le fixant.

— Vous en gagnerez beaucoup, au contraire, à l'échelle de votre carrière. Donc vous vous relirez. Et si vous trouvez que ce que vous avez écrit n'est pas bon, vous écouterez de la musique. Cela vous paraît idiot, pour le moment. Mais vous verrez, cela vous aidera. Dans notre monde moderne où tout va vite, où l'obsolescence est programmée, où toute chose a un caractère éphémère, il n'y a, à mon sens, que trois choses qui suspendent le temps. Les westerns, la musique et la religion. Avant d'écrire le moindre mot, savez-vous ce que vous devriez faire ?

— Non, mais dites-moi...

— Même si vous n'êtes pas croyante, vous devriez assister à une messe à 11 heures, écouter de la musique à 17 heures, vous poser dans votre canapé à 21 heures, pour visionner un bon vieux western, *Mon nom est personne*, par exemple. Et à 23 heures, vous seriez dans les conditions idéales pour écrire...

Je notai ces conseils dans mon carnet et ma curiosité ayant été piquée, je demandai une précision :

— La messe et la musique, je comprends. Mais les westerns...

Schneider m'interrompit :

— Dans les westerns, tout se passe au ralenti. Les détails ont de l'importance. Chaque bruit. Chaque geste. Le bien et le mal s'y distinguent facilement, dans un manichéisme caricatural frôlant parfois le ridicule, mais si rassurant. La vie, qu'elle fût mise à prix ou non, y a du sens et une valeur. Dans ces films aux images passées, je retrouve la couleur jaunie de mes dix ans, le sentiment d'être projeté trente-cinq ans plus tôt, les dimanches après-midi d'ennui ou les chaudes journées d'été passées à l'ombre des volets devant ce qui s'appelait encore, très justement, le petit écran.

Chapitre 47

Ibiza. 12 juin 2022.

Après notre discussion, depuis ma chambre, j'avais vu Gino disparaître en trombe, au volant de l'un de ses bolides. *Il fuit, comme d'habitude*, m'étais-je dit, en essayant de me convaincre que je n'éprouvais rien pour lui. Comment pouvais-je avoir des sentiments pour un homme aussi peu mature ? Je ne le comprenais pas moi-même. Quelques minutes plus tard, Flora arriva à la villa. Superbe, sexy en diable, comme toujours, moulée dans une robe jaune, elle arborait un sourire arrogant. Je lui sautai tout de suite dessus. J'avais besoin d'une explication, après ce que Camora m'avait appris.

— Alors, comme ça, hier soir, tu as dit à Gino que cela n'était pas la peine qu'il me rejoigne ici ? demandai-je, furieuse.

— On ne se dit plus « bonjour » ? s'offusqua-t-elle en me regardant avec ses sourcils en forme d'accent circonflexe.

Je ne répondis pas, me contentant de la fixer avec un air interrogatif, attendant une réponse à ma question. Voyant que je ne plaisantais pas, elle reprit la parole :

— Oui, peut-être que je lui ai raconté ça. Et alors ? admit-elle en poursuivant son chemin vers la cuisine.

— Il m'a affirmé que c'était toi qui l'avais incité à se défoncer, poursuivis-je en lui emboîtant le pas.

— C'est un grand garçon, non ? Et puis, en quoi ça te concerne ? fit-elle en se servant un verre de vin.

— Il m'avait juré d'arrêter.

— Je te l'ai répété, Gino n'est pas un mec pour toi. Il est comme ça. Il ne changera jamais.

J'étais excédée par son attitude. Tellement que je ne parvins pas à garder mon calme.

— Tu l'as fait exprès ! criai-je.

— Quoi ? Tu crois que je suis jalouse de toi ou quoi ? Redescends ! Je ne m'abaisserais jamais à être jalouse d'une fille dans ton genre ! Tu t'es vue ? Et tu m'as vue ? proféra-t-elle, juste avant de boire son verre d'une traite.

— Ce n'est pas ce qu'il m'a dit ! Il pense aussi que tu es jalouse ! insistai-je en la pointant de l'index.

Le visage de Flora prit soudain une expression très dure. Haineuse.

— Écoute, France, je pense qu'on va en rester là…

— Comment ça ? demandai-je, prise au dépourvu.

— C'est moi qui t'ai embauchée, tu te souviens ?

— Oui. Et ?

— Et je te vire ! Va faire tes valises ; je vais t'appeler un taxi pour qu'il t'amène à l'aéroport. Il y a des vols réguliers pour la France.

Elle ouvrit la pochette Dior qu'elle tenait dans sa main gauche et en sortit une liasse de billets de cent euros. Elle me les jeta à la figure.

— Tiens ! Avec ça tu te paieras une chambre d'hôtel, en attendant ton vol ! Je ne veux plus te voir ici !

Je laissai les billets par terre. Je n'avais pas envie de m'abaisser à pareille offrande.

— Mais tu n'as pas le droit ! hurlai-je, à deux doigts de lui mettre ma main dans la figure.

— J'ai tous les droits ! Tu es juste une employée ! Tu as cru que parce que tu avais couché avec Gino, tu pouvais tout te permettre ?

Tout en me fixant méchamment, elle composa le numéro d'une société de taxis sur son téléphone. Elle s'adressa à son interlocuteur en espagnol, puis elle raccrocha.

— Ton taxi sera là dans vingt minutes. Prends tes affaires et dégage !

Choquée par sa rage soudaine, incapable de réagir – pour faire quoi d'ailleurs ? – je me dirigeai en silence vers ma chambre pour y récupérer mes valises déjà bouclées. D'abord déprimée, une forme de résilience s'installa en moi, petit à petit. Après tout, c'était peut-être mieux ainsi. La veille, j'avais décidé de partir, sur un coup de tête. Le faire aurait relevé de la lâcheté. Là, c'était différent. Je ne fuyais pas, on me chassait, et je n'avais pas d'autre choix que de rendre les armes. Sous le regard noir de miss Jones, je montai dans le taxi. *Aeropuerto !* dis-je au chauffeur qui s'avança dans la vaste allée vers la sortie. Sans le vouloir, je me retournai sur la villa qui avait abrité tant de rebondissements. J'eus un pincement au cœur. J'avais du mal à l'admettre, mais j'étais très attachée à Gino. Je pense même que j'étais amoureuse.

L'île était petite et nous arrivâmes très vite à l'aéroport d'Ibiza, où des milliers de clubbers s'apprêtaient à rentrer chez eux ou venaient de débarquer, dans le seul objectif de faire la fête, sans aucune limite, pendant les quelques jours de leur séjour. Je réglai le taxi et pris la direction du guichet Air France, en traînant mes valises. J'avais le regard un peu perdu, comme un chien qui vient de se faire abandonner sur l'autoroute des vacances. L'attente fut de courte durée et la chance, avec moi. À la suite de désistements, il restait des billets de dernière minute sur un vol direct pour Paris. Je n'aurais pas à passer une nuit de plus aux Baléares, ce que je redoutais. Après avoir réglé ma place, j'enregistrai mes bagages. Puis, carte d'embarquement en main, je décidai d'aller m'acheter une bouteille d'eau, dans un relais de presse. Dans les rayons, quelques livres étaient exposés. Je reconnus le dernier Franck Thilliez et *Star Fucker*, le roman de B.K. Lorie. Curieuse ironie. Essayant de positiver, je me raccrochai à l'idée que, bientôt, un de mes bouquins côtoierait peut-être un de ces best-sellers internationaux. Faisant le vide dans mes pensées, je marchai ensuite vers le contrôle de sécurité, dans l'immense hall de l'aéroport. À travers les vitres, je regardai les avions qui décollaient et atterrissaient à un rythme infernal. Ce ballet était impressionnant et me rappelait que j'avais lu qu'un peu plus de six millions de fêtards transitaient en ces lieux chaque année. Les contrôles effectués, je m'avançai vers la porte d'embarquement. C'est alors que j'entendis qu'on hurlait mon prénom, dans mon dos.

— France ! France !

Je me retournai. C'était Gino. Il avait forcé le passage de la zone de contrôle et venait de se faire plaquer au sol par deux agents de sécurité. Ils le menottèrent. Le visage tourné vers moi, il cria de nouveau :

— France, ne pars pas ! S'il te plaît, ne pars pas !

Puis en français, les larmes aux yeux, il ajouta :

— Je t'aime ! Reste !

Chapitre 48

Paris. 25 mai 2022. Bureau de Franck Schneider.

— Et le lecteur, dans tout ça ? demandai-je en relevant la tête de mon carnet.

— Quoi, le lecteur ? répondit-il en plantant ses yeux dans les miens.

— Je ne sais pas, j'ai l'impression de le manipuler ; il va s'imaginer acheter le chef-d'œuvre d'une auteure connue. On lui ment, quand même, sur la marchandise. Et le lecteur, c'est le plus important, non ? m'inquiétai-je en soutenant son regard.

— Oui, vous avez raison, le lecteur, c'est même la seule chose importante, dans toute la chaîne du livre. C'est le dernier maillon. Tout le reste n'est que du business.

— Alors, on ne peut pas faire ça, vous êtes d'accord ?

— Pourquoi, on ne pourrait pas ?

— Parce qu'on prend le lecteur pour un imbécile...

Il prit son téléphone en main et pianota sur l'écran pour envoyer un SMS. Cela prit un temps certain, car il ne semblait pas rompu aux nouvelles technologies. Je le fixai, attendant qu'il reprenne le fil de notre conversation.

— Pas du tout ; on le profile, simplement, finit-il par dire, mystérieux.

— Je vois plutôt cela comme de la manipulation, on le manipule ! m'opposai-je en tapant sur la table plusieurs fois avec mon index.

— Oui, on le manipule, mais on ne le prend pas pour un con, poursuivit-il en haussant les épaules.

— Mais cela ne vous dérange pas ?

— Pas du tout ! Je suis très à l'aise avec ça. Ce sont les règles de la société actuelle. Nous sommes tous manipulés. Et ça sera de pire en pire, avec le big data.

— Le big data a bon dos, c'est de la science-fiction, ça !

— Vous croyez ? Vous ignorez donc qu'on vous profile tous les jours ?

Je le regardai, circonspecte. Il poursuivit :

— Sur le Net, vos données, vos datas, comme ils disent, sont aspirées à chacune de vos connexions, à chaque fois que vous cliquez sur « OK » pour accepter les conditions d'utilisation d'un site. Les GAFA savent avec une grande précision ce que vous aimez et ce que vous détestez. Ils compilent l'ensemble de ces données et constituent des fiches sur vous. Sur vous, France Coudert. Vous avez déjà remarqué que les pop-ups des pubs qui apparaissent sur votre écran correspondent à vos centres d'intérêt, quand même ? Vous n'êtes pas naïve à ce point ?

Je repensai à ma dernière recherche sur Google. J'avais consulté des sites d'agence de voyages, car je rêvais de partir en Crète. N'ayant pas les moyens, j'avais très vite abandonné. Mais lors de mes connexions suivantes, j'avais constaté, en effet, que des publicités apparaissaient sur mon écran, vantant des promotions vers cette destination.

— Non, bien sûr, je sais cela.

— Mais ce que vous ignorez, peut-être, c'est que d'ici peu, toutes les publicités, même dans la rue, seront personnalisées pour vous. C'est la prochaine étape. Bientôt, quand vous passerez à proximité d'un écran de pub numérique, votre portable sera borné et l'écran diffusera un sport conçu pour vous. Une véritable guerre est en cours, entre les géants du numérique : la guerre des datas. Alors, croyez-moi, ce que nous allons faire, de façon très artisanale, n'a rien d'amoral, par rapport à cela. Même les politiques s'y sont mis. Tous les grands chefs d'État profilent maintenant les électeurs. Ils ont accès à la data. Cela leur permet d'élaborer des programmes qui satisfont la majorité de l'électorat. Dans quelque temps, ils n'agiront plus par conviction, mais mettront juste en place des programmes qui leur garantiront d'être réélus. Nous sommes à l'air de la statistique, France ! Donc rassurez-vous, vous êtes loin de tout ça. On ne parle que d'un bouquin. Sur le plan éthique, ce n'est même pas une goutte d'eau dans un océan.

— Peut-être, mais si tout le monde pense comme ça, c'est grave. Que deviennent les libertés individuelles, dans tout ça ? m'offusquai-je.

— Bonne question. Mais c'est comme ça, malheureusement. Et vous n'avez que deux choix : vous adapter ou continuer à regarder passer les trains. À vous de voir..., conclut-il en rangeant son téléphone dans l'un des tiroirs de son bureau.

Chapitre 49

Ibiza. 12 juin 2022.

Je n'écrirais jamais cela dans un roman, car les lecteurs n'y croiraient pas une seconde. Ils se diraient qu'il est impossible de tomber amoureuse en si peu de temps. Qui plus est d'un type immature et qui m'avait menti à la première occasion. Ils me reprocheraient, à juste titre, de verser dans le cliché de la jeune femme naïve et écervelée qui tombe dans les bras du premier *bad boy* richissime venu. Ils me taxeraient, à coup sûr, de faire de la littérature de bas étage, digne, tout au plus, du roman-photo du *Nous Deux* de nos grands-mères. Non, je n'écrirais jamais cela dans un roman, mais j'étais restée à Ibiza, après l'épisode de l'aéroport. Gino avait été conduit au poste de sécurité où je l'avais rejoint. Remis à l'autorité de la police, il avait été identifié. Il s'était expliqué. Il s'était excusé d'avoir forcé le contrôle. Et après l'avoir sermonné, les flics l'avaient laissé repartir, sans faire d'histoire. En sortant de la salle où il était retenu, il tomba nez à nez avec moi.

Je l'avais attendu. Ses yeux brillaient. Il était sublime, dans son jean clair, son tee-shirt moulant rose pastel et sa paire de Stan Smith aux pieds. Il s'approcha de moi, sans un mot. Puis il me prit la main. Son visage se rapprocha du mien et nous nous embrassâmes. J'étais lasse de réfléchir. Je n'avais pas envie de me prendre la tête. Juste de profiter de cet instant qui n'arrive, d'habitude, que dans les comédies romantiques américaines. Toujours sans parler, nous quittâmes l'aéroport et montâmes dans sa Lamborghini jaune garée en double file et qui, par chance, n'avait pas été emportée par la fourrière.

— J'ai cru que j'allais te perdre, avoua-t-il en se tournant vers moi.

— Tu as bien failli. Je ne comptais pas revenir, répondis-je en regardant mon reflet dans les verres de ses lunettes de soleil.

— Je ne l'aurais pas supporté. Je n'ai jamais ressenti ça, poursuivit-il en me prenant la main et en la serrant.

Nous étions en plein dans un téléfilm à l'eau de rose, le tableau était idyllique. J'étais sur un petit nuage, mais je le prévins, néanmoins :

— Je ne demande qu'à te croire. Je préfère te dire que tu n'auras pas de seconde chance.

— Je le sais bien.

— Mais que va dire Flora ?

— Je me suis pris la tête avec elle quand elle m'a expliqué qu'elle t'avait foutue dehors. Elle n'a rien à dire. Elle a tendance à oublier que je suis son patron. Mais je lui ai rappelé ! dit-il d'un ton sec en faisant vrombir le moteur de son joujou italien.

— Elle a réagi comment ?

— Elle s'est barrée. Mais elle reviendra, je la connais.

— Tu es sûr de toi ? Je veux dire avec moi. Je n'ai pas envie que tu bouleverses toute ta vie comme ça, juste pour moi.

Il ne me répondit pas, se contentant de m'adresser un sourire tendre, en appuyant sur l'accélérateur de son bolide. Lorsque nous arrivâmes à la villa, il me servit le grand jeu. Il sortit le premier de la voiture et en fit le tour pour m'ouvrir la porte et me prendre dans ses bras, comme si nous venions de nous marier. Son comportement était à la limite de la caricature, mais j'appréciai cela. Cela me fit rire de le voir aussi attentionné. Il me porta jusqu'au perron où il me reposa par terre et me fit un baise-main, à la manière des chevaliers d'antan. Il ouvrit la porte et nous entrâmes. À ce moment précis, mon téléphone sonna. Je m'éloignai dans le séjour pour prendre l'appel. Camora, par gestes, m'indiqua qu'il allait nous préparer un verre à la cuisine. Une fois seule, je décrochai.

— France ?

— Oui.

— C'est le capitaine Cortés.

Le flic d'élite du *Grupo Especial de Operaciones* paraissait très énervé, ce qui, pour le peu que je l'avais vu, ne me semblait pas habituel chez cet homme aux nerfs d'acier.

— Oui. Que puis-je pour vous, Capitaine ?

— Savez-vous si Gino Camora prête ses voitures ?

— Euh… oui, ça lui arrive. Pourquoi cette question ? m'étonnai-je, regardant avec envie Gino, au loin, occupé à ouvrir une bouteille de champagne.

— Parce que, par une série de coïncidences, des collègues de la police de la route viennent de me faire parvenir la photo d'un de ses véhicules, à la suite d'un excès de vitesse important. Quand nous vous soupçonnions, j'avais demandé à mettre toutes les voitures de la villa de Camora sous surveillance.

— Oui, et ? demandai-je en perdant le sourire béat qui était affiché sur mon visage.

— Et, à la place du conducteur, ce n'est pas Gino Camora qui apparaît sur la photo prise par le radar automatique. C'est pour cela que je voulais m'assurer qu'il lui arrivait de prêter ses voitures.

— Oh non, ne me dites pas que c'est moi ! Je sais ; j'ai tendance à rouler trop vite. Il faut dire que je n'ai pas l'habitude de conduire de tels bolides ! La voiture, c'est l'Abarth, c'est ça ?

— Non, c'est une Ferrari 458 rouge… et ce n'est pas vous qui êtes au volant. C'est Marco Pedretti, poursuivit-il.

— Ah, OK, je préfère ça ! Bon, en même temps, entre nous, au point où il en est, il n'est pas à un excès de vitesse près, fis-je, soulagée.

— Vous avez raison. Mais ce qui me gêne, c'est que le flash s'est déclenché le 9 juin, à 14 h 50, à Portinatx. C'est-à-dire à l'heure exacte de la mort de B.K. Lorie établie par le légiste et confirmée, avec certitude, par les éléments relevés sur la scène de crime, ainsi que par votre témoignage et celui du majordome. Le crime a été commis entre 14 h 40 et 15 heures. Or, Portinatx, même en roulant à deux cents kilomètres-heure, se trouve à plus de quarante minutes de la villa Éloise où le meurtre a été perpétré.

— Quoi ? Je ne comprends pas…, dis-je en me laissant tomber sur le canapé du séjour.

— C'est simple, ça veut dire que nous nous sommes plantés. Marco Pedretti n'a pas pu assassiner B.K. Lorie, balança-t-il comme un pavé dans la mare.

— Quoi ? Mais pourtant, tout l'accuse ! Les textos, son passé, ses mensonges, la drogue. Tout.

— Je sais. En plus, il n'avait pas d'alibi. Mais depuis son arrestation, il n'a jamais cessé de nier. Et là, il a un alibi irréfutable. Ce n'est pas lui, France. Cela ne peut pas être lui, affirma-t-il.

— Il va être libéré, alors ? Ça me fiche la trouille ! Il va se douter que c'est moi qui l'ai balancé !

J'étais inquiète et me penchai vers l'avant pour appuyer mes coudes sur mes genoux, prenant ma tête entre mes mains.

— Non, ne vous inquiétez pas, il va rester en prison. Avec la quantité de drogue qu'on a trouvée dans ses affaires, il devrait rester à l'ombre un bon moment. De notre côté, nous allons relancer l'enquête. Dans l'attente, méfiez-vous de tout le monde ! Ne parlez de ça à personne, pas même à Camora ; ils l'apprendront assez tôt. Je dois vous laisser, je vous recontacte très vite.

Il raccrocha. Je restai pantoise. Je l'étais encore lorsque Gino revint dans le séjour, avec deux coupes de champagne à la main.

— Ça ne va pas, bébé ?

Pensant à ce que Cortés venait de me dire, je ne dévoilai pas à Gino la véritable raison de mon trouble.

— Si. Enfin, non ; je viens d'apprendre qu'une de mes tantes n'était pas en bonne santé.

— Ah merde ! Tu vas devoir rentrer en France, alors ?

— Non, non, c'est une tante qui réside aux États-Unis. J'irai la voir plus tard.

Gino me tendit ma coupe, et un sourire forcé au coin des lèvres, je trinquai avec mon amant. Au loin, sur la mer, le soleil rougi n'allait pas tarder à disparaître. J'essayai de donner le change et de faire bonne figure, mais mon esprit était ailleurs. Si Marco n'avait pas assassiné B.K. Lorie, qui était-ce ? Dans une série télévisée, on aurait appelé cela un *cliffhanger*. Un *cliffhanger* dont je me serais bien passé, après tout ce que j'avais déjà vécu.

Chapitre 50

Paris. 21 décembre 2022.

— Je bloque à quarante-cinq mille mots. Je crois que je n'arriverai jamais à écrire un vrai roman…, me désolai-je.

— C'est parfaitement normal. Vous n'avez jamais dépassé cette limite, alors pour vous, elle constitue le but à atteindre, parce que vous ne voyez pas plus loin. Quarante-cinq mille mots, ça représente environ deux cent cinquante mille caractères, espaces comprises, c'est bien ça ? demanda-t-il après avoir griffonné quelques chiffres sur un Post-it.

— Oui, c'est ça ! confirmai-je.

— C'est souvent un seuil difficile à franchir. Mais ce seuil n'est que psychologique. Il va vous falloir biaiser avec votre cerveau. Voici ce que vous allez faire : vous allez laisser votre manuscrit de côté pendant un petit moment. Reprenez-le dans une quinzaine de jours, en considérant que vous commencez l'écriture d'un nouveau livre. Vous êtes capable d'écrire deux manuscrits de quarante-cinq mille mots, non ?

J'hésitai à répondre. Il poursuivit :

— Mais oui, vous en êtes capable, puisque vous l'avez déjà fait ! Inscrivez donc le mot « Fin » à la dernière page de ce que vous avez déjà écrit, et dans quinze jours, commencez à écrire un nouveau manuscrit. C'est aussi bête que cela, dit-il, hilare, et fier de sa démonstration.

— Vu sous cet angle, ça paraît en effet très simple. J'ai peur, vous savez ?

— De quoi ?

— De la critique.

— Pourquoi ?

— L'année dernière, une critique sur Babelio m'a fait beaucoup de mal. Je me souviens encore du pseudo de son auteur. C'était une femme. Kobachi. Elle avait détruit un de mes romans avec une violence inouïe. Et pas en quelques lignes ! Son texte haineux faisait plus de deux pages. Je l'ai très mal vécu. Alors je me dis que si *Best-seller* marche bien, je risque d'avoir de très nombreuses critiques de ce genre.

— Bien sûr, et c'est tant mieux !

— Tant mieux ? Vous plaisantez, j'espère !

En même temps qu'il me parlait, il avait ouvert la page de Babelio sur son ordinateur portable. Comme le PC était de biais, je constatai qu'il lisait la critique de la dénommée Kobachi.

— Ah je vois. Cette dame est une frustrée qui se pense investie de je ne sais quelle supériorité morale ! Il ne faut pas faire attention à ce genre de personnes. Elles sont plus à plaindre qu'autre chose. Ce sont des aigris. Et puis, vous savez, qu'on parle en mal ou en bien d'un livre n'a pas d'importance. Le plus important est qu'on en parle. Les gens qui déversent leur haine de la sorte sont juste jaloux. S'ils avaient un quelconque talent d'écriture, ils écriraient des romans et pas ce type de critiques sans autre intérêt que de se faire mousser. Mais ceux-ci sont en minorité. La majorité des lecteurs ont un bon état d'esprit et ne descendent pas un auteur juste pour le plaisir. Il y en a plein qui sont des passionnés. Il n'y a qu'à regarder les blogs de Karine Harry Bouquinent, de Pepita Sonatine ou de Vanessa Natiora, pour s'en convaincre. Vous ne devrez garder que le positif. Vous vous habituerez…

Chapitre 51

Ibiza. 13 juin 2022.

Nous n'avions pas fait l'amour. J'en aurais été bien incapable, après l'appel de Cortés. J'avais prétexté une grosse migraine, pour ne pas froisser Gino. Je me levai la première, enfilai une nuisette en satin et pris la direction de la cuisine pour me faire un café. Pieds nus, ma tasse en main, je sortis sur la terrasse et allumai une Vogue. Je m'installai sur une chaise et tirai sur le filtre de ma nocive cigarette. J'avalai la fumée, comme si elle pouvait me libérer de mes tracas. Dans mes oreilles, Lady Gaga et Bradley Cooper distillaient *Shallow*, leur duo intemporel.

Tell me something, girl
Are you happy in this modern world?
Or do you need more?
Is there something else you're searching for?
I'm falling

In all the good times I find myself
Longing for change
And in the bad times I fear myself

La mélancolie de cette chanson collait à merveille à mon état d'esprit du moment. Malgré tout, j'essayai de voir le positif dans les événements, comme Franck Schneider me l'avait si souvent conseillé. Les rebondissements récents, dans l'enquête et dans ma vie amoureuse, alimenteraient, à n'en pas douter, mon bouquin à venir. C'était une excellente nouvelle, même si j'étais consciente du fait que transcrire tout cela par écrit ne serait pas une mince affaire. En effet, souvent, lorsqu'on écrit un livre et que l'on s'inspire de faits réels, on cherche toujours à en rajouter pour rendre l'histoire plus romanesque. Là, tel que je voyais les choses, j'avais le problème inverse. La réalité que je vivais était tellement invraisemblable qu'il me semblait que j'aurais à la policer pour donner de la crédibilité à mon récit. En vérité, cette réalité dépassait largement toute fiction et c'était loin d'être terminé, car au moment exact où je me faisais cette réflexion, Lady Gaga et Bradley Cooper furent interrompus par mon iPhone qui se mit à sonner. Pensant que c'était le commandant Cortés qui me rappelait, je décrochai sans consulter l'écran de mon téléphone. Ce n'était pas lui mais l'inspecteur Jack Ripper, le flic américain qui était aussi l'amant de Flora Jones. Son numéro était masqué.

— Je voudrais vous voir, embraya-t-il d'un ton sec.

— Je… Pourquoi donc ?

— J'ai des choses à vous dire.

— Dites-moi…

— Pas par téléphone.

— Pourquoi pas par téléphone, c'est aussi simple, non ? répondis-je en tirant sur ma clope.

— Pas par téléphone, je vous dis. C'est important.

Je n'avais aucune envie de me rendre à un rendez-vous avec ce sale type malsain. Je ne l'aimais pas, il me faisait peur. Avait-il perçu ma réticence ?

— C'est au sujet de la mort de B.K. Ça vous intéresse, je me trompe ?

— Non. Mais pourquoi moi ? Pourquoi ne pas en parler à la police espagnole ?

— Je vous expliquerai. Retrouvons-nous, dans trente minutes, en haut de la platja s'Estanyol.

— C'est où ?

— À l'est de l'île, à proximité de Roca Llisa. Vous avez un GPS ?

— Oui.

— Parfait. Dans trente minutes. Platja s'Estanyol. Je vous y attendrai. Venez seule et ne parlez à personne de notre rendez-vous.

Il raccrocha. J'étais prise entre deux sentiments : la peur et la curiosité. Ripper avait en sa possession des éléments qui pouvaient faire avancer l'enquête, et j'étais très excitée à l'idée de pouvoir en prendre connaissance. Par ailleurs, après tout, il avait beau être un sale type, il n'en restait pas moins un flic, ce qui me parut à cet instant suffisant pour lui accorder un minimum de confiance. En aspirant une dernière bouffée de fumée de ma Vogue, je décidai donc de me rendre à ce mystérieux rendez-vous. À la hâte, je rentrai dans la villa et me dirigeai vers ma chambre. Gino dormait toujours. Je pris soin de ne pas faire de bruit, pour ne pas le réveiller. Dans la pénombre, je me débarrassai de ma nuisette. Ceci fait, j'enfilai un survêtement gris en coton et une paire de baskets. Dans le vestibule, aux crochets muraux sur lesquels étaient suspendues les clés des bolides de Camora, j'entrepris de me saisir de celles de l'Abarth, mais je me souvins alors que cette dernière était en panne d'essence. J'hésitai un instant à prendre un autre véhicule sans en avoir demandé l'autorisation à Gino, puis, laissant ma gêne de côté, j'attrapai un trousseau sur lequel était indiqué « Cayman S ».

Je sortis de la maison et actionnai le bip en direction du parking. Les feux d'une Porsche noire se mirent à clignoter. Je montai à son bord. Par le plus heureux des hasards, je constatai que la boîte de vitesse était manuelle. Je mis le contact. Aussitôt, le moteur se mit à vrombir et je pris la route, tout en entrant dans le GPS l'adresse du lieu que Ripper m'avait indiquée. La sensation de conduite à bord de ce bolide était encore bien plus grisante que dans l'Abarth 500. On avait le sentiment d'être collé à la route, et à chaque accélération, on se retrouvait plaqué au fond des sièges baquet. Une clé USB introduite dans le système audio distillait le dernier set de Solomun, *Boiler Room*. Les basses faisaient vibrer les multiples enceintes dispersées dans l'habitacle. Le fait de côtoyer Gino m'avait fait réellement apprécier la musique électro. En direction de l'est, les routes étaient sinueuses, et malgré les circonstances très particulières, je dois admettre que je pris plaisir à conduire, même en respectant les limitations de vitesse. Alors que j'étais presque arrivée, dans une voie étroite, la carrer Bayona, qui menait directement à platja s'Estanyol, j'entendis soudain des sirènes. Aussitôt, deux véhicules de secours apparurent dans mon rétroviseur, avec leurs gyrophares allumés. Je me rangeai sur le bas-côté pour les laisser passer, comme il est d'usage. Puis je repris mon chemin, redoublant de prudence. Cinq minutes plus tard, j'arrivai au lieu de rendez-vous. La route se terminait en cul-de-sac, en haut d'une falaise qui surplombait la mer. Là, je retrouvai les deux camionnettes. Je me garai et m'avançai à pied. Un pompier vint alors à ma rencontre. Il s'adressa à moi en espagnol et, voyant que je ne le comprenais pas, il reprit en anglais :

— Restez à l'écart, mademoiselle !

— Que se passe-t-il ?

— Il y a eu un accident. Une voiture est tombée de la falaise.

Comme ses collègues l'appelaient, il s'éloigna. J'en profitai pour contourner les véhicules de secours et escalader la falaise, afin d'avoir une vue plongeante sur le lieu de l'accident. Je vis alors une grosse BMW noire qui gisait sur le toit, posée sur un rocher, une vingtaine de mètres plus bas. Les vitres avaient volé en éclats et la carrosserie était totalement défoncée. La voiture avait dû faire de nombreux tonneaux avant de s'immobiliser. Malgré son état, je reconnus ce véhicule. C'était celui de Jack Ripper, celui au volant duquel je l'avais vu s'éloigner de la villa, le matin où je les avais surpris, lui et Flora, en train de faire l'amour. Glacée d'effroi, je restai là à regarder la scène. Les pompiers étaient en train de s'affairer autour d'un corps. L'un d'eux pratiqua un massage cardiaque. Puis un autre plaça une minerve autour du cou de la victime qui ne bougeait pas. Au bout d'un moment, avec beaucoup de précautions, ils placèrent l'accidenté sur un brancard et remontèrent la falaise. De là où j'étais, je ne pouvais pas distinguer les traits du blessé, mais il me sembla, à sa morphologie, qu'il s'agissait bien du flic américain. Il fallait que j'en sois certaine. Je redescendis alors de mon promontoire et m'avançai vers l'homme qui m'avait fait m'éloigner, quelques minutes auparavant.

— Excusez-moi, je pense que le blessé est la personne avec qui j'avais rendez-vous. Vous connaissez son identité ?

— C'est un Américain, d'après ses papiers. Ripper ? Ça vous parle ?

— Oui, c'est bien lui. Comment va-t-il ?

— Je suis désolé, mais son pronostic vital est engagé. Il était en arrêt cardiaque. Nous allons devoir le transférer à l'hôpital Can Misses.

— Il va mourir ?

— Je n'en sais rien, mademoiselle. C'est un parent ?

— Euh... non, une connaissance. Qu'est-ce qui s'est passé ?

— Je n'en sais rien, il a dû prendre le virage trop vite et il a perdu le contrôle de son véhicule. Je suis désolé, je dois aller aider mes collègues à essayer de le stabiliser.

Le pompier s'éloigna. Malgré ce qu'il m'avait dit, je ne croyais pas du tout à la thèse de l'accident. La route était, certes, étroite et sinueuse, mais même en roulant à vive allure, on avait largement le temps de freiner avant d'atteindre la falaise. Sur mon iPhone, les mains tremblantes, je composai le numéro du commandant Cortés.

— Ripper a eu un accident, annonçai-je, la voix tremblante, comme tout le reste de mon corps.

— Ripper ? Le flic américain dont vous m'avez parlé ?

— Oui. Il voulait me voir. Il m'a dit qu'il avait des éléments à me communiquer concernant l'enquête sur la mort de B.K. Nous avions rendez-vous et quand je suis arrivée sur le lieu où nous devions nous retrouver, il n'était pas là. Il a eu un accident de voiture. Il est entre la vie et la mort. Il est dans le coma, rajoutai-je, blême.

— Pourquoi ne m'en avez-vous pas parlé avant ? s'agaça-t-il avec raison.

— Il voulait que je vienne seule, essayai-je de me justifier en m'asseyant dans la Porsche, bien qu'incapable de conduire.

— Vous auriez dû m'en parler. Vous avez pris des risques inutiles !

— Je sais. Je ne sais pas ce qui m'a pris. J'ai estimé que je pouvais lui faire confiance...

— C'est étrange, cet accident. Juste au moment où il vous appelle pour vous indiquer qu'il a découvert quelque chose.

— C'est ce que je me dis aussi.

J'essayai de me saisir d'une cigarette, ce qui s'avéra très compliqué à cause de mes tremblements.

— Je vais envoyer une équipe de la scientifique sur place. On va expertiser sa voiture.

— Vous pensez qu'on a essayé de le tuer pour éviter qu'il parle ?

— Tout est possible. Nous allons vérifier. Il a été transféré à l'hôpital, je suppose ?

— Oui. À l'hôpital Can Misses, d'après ce que les secours m'ont expliqué, précisai-je en allumant ma Vogue avec beaucoup de difficulté.

— OK. Je vais mettre un de mes hommes en protection devant sa chambre. On ne sait jamais. Nous l'interrogerons, s'il se réveille. Vous êtes où ?

— Toujours là-bas, à platja s'Estanyol, où nous devions nous voir.

— Rentrez à la villa. Je vous y retrouve. Et soyez prudente. Ne prenez plus d'initiatives sans m'en parler.

— Très bien. J'ai peur, vous savez ?

— Je me doute, c'est normal. Attendez-moi à la villa. J'ai une information à vérifier ; j'y serai dans une heure, au maximum. Ne parlez à personne de tout cela.

— OK, approuvai-je en tirant sur ma cigarette et me demandant comment j'allais réussir à reprendre la route après cet épisode traumatisant.

Chapitre 52

Ibiza. 13 juin 2022.

Une bonne heure après avoir raccroché avec le commandant Cortés, je me remis en route vers la villa. Les véhicules des pompiers étaient repartis, avec leurs gyrophares allumés mais leurs sirènes éteintes, ce qui me fit craindre le pire pour Ripper, car c'était souvent le cas lorsqu'un blessé faisait un arrêt cardiaque. Ils n'avaient donc pas réussi à le faire revenir. J'étais toujours tremblante. Ce que je vivais n'était pas une fiction, j'étais en danger. Bien sûr, le meurtre de B.K. pouvait être l'œuvre d'un inconnu ayant agi par opportunité, pour une raison que nous ignorions. Mais, comme Cortés, j'avais du mal à y croire. Il y avait trop de morts autour de Gino pour qu'il s'agisse de coïncidences. J'étais persuadée que le tueur se trouvait dans son cercle proche. Or, Marco blanchi, il ne restait plus grand monde dans son entourage. Il ne restait que Flora, et Gino, en personne. Et même si je n'imaginais pas une seule seconde que mon amant puisse être le coupable, je ne pouvais quand même pas écarter totalement cette éventualité. Cependant, Miss Jones faisait, selon moi, une meilleure suspecte. J'avais perçu la violence avec laquelle elle pouvait réagir lorsqu'on cherchait à se glisser entre elle et Camora. Gino lui-même m'avait confié ses doutes sur sa collaboratrice. Elle était ultra protectrice et possessive. Si elle était amoureuse de lui, elle avait pu assassiner ses rivales. Je l'en sentais capable. Avec toutes ces pensées en tête, au volant de la Porsche, le trajet passa très vite. En arrivant à la villa, je trouvai Camora dans la cuisine. Il portait un simple boxer moulant. Perché sur un tabouret, il buvait un café. Il venait de se lever.

— Tu étais où, bébé ? questionna-t-il d'un ton léger.

Je mentis, encore une fois. Cela devenait une habitude.

— J'avais une course à faire. Un truc de fille à acheter...

— Tu as pris la Cayman ?

— Oui, l'Abarth n'a plus d'essence, me justifiai-je en l'embrassant.

— Tu as bien fait ! Tu aurais pu prendre la Lambo, elle dépote encore plus !

Pour donner le change, malgré mes mains tremblantes, j'esquissai un sourire.

— Oui, mais je ne comprends rien à ces palettes au volant ! La Porsche a une boîte manuelle, je préfère...

En riant, il me fit un clin d'œil.

— La palette, c'est pas compliqué ! Je te montrerai, bébé. Tu vas adorer !

— Je n'en doute pas ! Pas de nouvelles de Flora ?

J'avais en tête qu'elle était ma principale suspecte.

— Non, elle n'est toujours pas réapparue. Elle tire la gueule, c'est sûr.

Il but une gorgée de café. Je ne savais pas quoi dire et j'avais bien du mal à cacher mes tremblements intempestifs. Je craignais qu'un silence pesant s'installe. Fort heureusement, Gino reprit la parole :

— Je n'ai rien de prévu aujourd'hui. Pas de set. Tu veux faire quoi ? Un peu de bateau, ça te dirait ? proposa-t-il.

— Oui, pourquoi pas.

Je n'osai pas refuser.

— Cool. Je vais demander à ce qu'on prépare le bateau.

— Tu as un bateau ?

— Oui. J'ai un yacht. Un Sunseeker 108. Une vraie bombe ! Tu vas kiffer !

— OK, je vais me préparer. Je file à la douche.

C'était le meilleur prétexte que j'avais trouvé pour ne pas avoir à discuter trop longtemps avec Gino. Je n'étais pas dans mon état normal, et si j'avais continué à lui parler, il s'en serait aperçu. J'allais donc m'enfermer dans la salle de bains en attendant l'arrivée de Cortés. Sachant que le flic n'allait pas tarder, je me préparai à la hâte. Une fois douchée, les cheveux humides, pas maquillée, j'enfilai une petite robe blanche et ma paire de Stan Smith. Par la baie vitrée de la chambre, je vis la voiture du *Grupo Especial de Operaciones* qui se garait. Le commandant en sortit. Habillé en civil, vêtu d'un Chino beige et d'un polo bleu marine, mocassins beiges aux pieds. Il était seul. À toute vitesse, je me dirigeai vers le hall d'entrée pour l'intercepter avant qu'il sonne à la porte. J'arrivai juste à temps.

— Vous êtes seule ?

— Non, Gino est là, répondis-je d'une voix chevrotante.

— Il est où ? s'enquit-il en balayant le hall d'entrée du regard.

— Dans la cuisine.

— Sortez de la maison. Allez vous mettre dans la voiture ! ordonna-t-il.

Il me tendit les clés de son véhicule. Puis, juste après, il sortit son arme du holster qu'il portait à la ceinture.

— Qu'est-ce que vous faites ? Pourquoi voulez-vous que je sorte ? protestai-je en lui saisissant le bras.

— Faites ce que je vous demande ! m'intima-t-il en me repoussant vers l'extérieur.

J'insistai, à voix basse :

— Mais pourquoi ? Ne me dites pas que vous soupçonnez Gino ?!

— Juste avant la mort de B.K., il a loué un jet-ski. C'est ça l'information que je voulais vérifier, avant de venir. Il vous l'a avoué, ça ? murmura-t-il en me regardant droit dans les yeux.

L'effroi me gagna soudain. J'étais pétrifiée.

— Non, il ne m'a rien dit. Je pensais qu'il dormait ici, à la villa. Il était complètement défoncé. Il avait passé le vol à se shooter, avec Marco...

— Allez dans la bagnole et ne bougez pas ! me coupa-t-il en pointant son véhicule avec son index.

Effarée, je me dirigeai vers le véhicule de police et je m'y enfermai. Quelques minutes plus tard, je vis le commandant Cortés ressortir de la villa. Devant lui marchait Gino, les mains dans le dos, menottées. Il avait enfilé un vieux survêtement gris et une paire de baskets. Il me sembla qu'il pleurait, et cela se confirma lorsque le flic espagnol lui demanda de s'installer à l'arrière de la voiture où je me trouvais déjà.

— Je n'ai rien fait, France ! Je te jure que je n'ai rien fait !

Bouleversée, je trouvai quand même la force de parler :

— Mais pourquoi tu ne m'as pas dit que tu avais loué un jet-ski ce jour-là ?

— Je ne sais pas ! Je ne m'en souvenais pas moi-même !

— Mais, putain, Gino, tu m'as affirmé que tu avais appelé B.K. à 14 heures pour rompre avec elle ! De ça, tu te souvenais ! Comment tu peux ne pas te souvenir d'un truc que tu as fait juste après ? Comment tu peux ne pas te souvenir que tu as loué un jet-ski ?! vitupérai-je, hors de moi.

— Je ne sais pas ! Quand je suis stone, il m'arrive d'oublier des trucs, et *a contrario*, j'ai parfois des moments de lucidité, avoua-t-il entre deux sanglots.

— Oublier des trucs ? Louer un jet, Gino ! Ça ne s'oublie pas, quand même ! Tu as forcément dû réserver la location, tu as forcément dû la payer ! C'est impossible que tu aies oublié ça !

J'étais stupéfaite, déçue, triste et furieuse à la fois. Le commandant Cortés intervint :

— Je vais vous demander de descendre de la voiture, France. Je dois emmener monsieur Camora au commissariat pour procéder à son interrogatoire.

Tel un zombie, j'ouvris la porte et descendis du véhicule. Le commandant Cortés abaissa sa fenêtre.

— Essayez de vous calmer. Je vous rappelle. Ne faites pas de bêtise, OK ?

Je ne répondis pas. Il démarra. Debout, les jambes sur le point de vaciller, je regardai la voiture de police s'éloigner lentement. Lorsqu'elle arriva au niveau de l'immense portail automatique, au bout de l'allée, je tombai à genoux et je fondis en larmes.

Chapitre 53

Ibiza. 13 juin 2022.

Assise par terre, sur la terrasse qui bordait la piscine, je m'étais allumé une Vogue. J'accusais le coup. J'étais sous le choc. Je réalisai, à cet instant, que Gino comptait beaucoup pour moi. À tel point que, même s'il paraissait invraisemblable qu'il ait oublié d'avoir loué un jet-ski, je ne demandais qu'à le croire. Après tout, à plusieurs reprises, il m'avait expliqué que, sous l'effet de la drogue, il lui arrivait de ne plus se souvenir de ce qu'il avait fait ou dit. J'avais pu le constater de mes propres yeux. Cela lui était arrivé à Miami, et plus tard, à l'*Amnesia*. Drogué, il devenait une autre personne. Ce constat était d'ailleurs à double tranchant, car cela pouvait aussi signifier qu'il était capable de commettre des actes qu'il n'aurait jamais commis en étant clean. De là à assassiner quelqu'un, il y avait un pas que mon cerveau n'avait pas envie de franchir. J'essayai de me raisonner. Cortés était un bon flic. Il semblait intègre. Louer un jet-ski ne voulait rien dire, en soi. J'essayai de me persuader que Gino serait innocenté. Qu'il n'avait rien à voir dans tout cela. Mais comment le prouver ? Mon esprit était embrumé. Comme un symbole, la chanson des Pixies, *Where is my mind ?* me trottait dans la tête. La musique était importante pour moi. Elle rythmait souvent mes journées et mes états d'âme.

With your feet on the air and your head on the ground
Try this trick and spin it, yeah
Your head will collapse
But there's nothing in it
And you'll ask yourself
Where is my mind?
Where is my mind?
Where is my mind?

Il fallait que je fasse quelque chose pour aider Gino. Mais quoi ? Je ne voyais pas, et cela me désespérait. J'en étais à ma cinquième Vogue, lorsque Flora arriva enfin. Je la hélai :

— Flora !

Elle s'approcha de moi avec un air méprisant.

— Quoi ? Qu'est-ce qu'il y a ? Tu as eu ce que tu voulais, non ? Tu es toujours là. Qu'est-ce qu'il te faut d'autre ? Je te préviens ; à partir de maintenant, entre nous deux, ça sera strictement professionnel ! Où est Gino ?

— C'est ça dont je dois te parler ; il a été arrêté.

— Arrêté ? Mais pourquoi ? s'emporta-t-elle encore plus.

— Dans le cadre de l'enquête sur le meurtre de B.K.

— Je ne comprends pas ! Ils l'ont leur coupable, c'est Marco !

— Non, Marco a un alibi, annonçai-je en pleurant.

— Quoi ? Et ils soupçonnent Gino ?! hurla-t-elle en faisant voler un transat sur la terrasse d'un coup de pied violent.

— Oui. Juste avant la mort de B.K., il aurait loué un jet-ski.

— Mais c'est absurde ! Il était ici, à la villa. Il était défoncé !

— Je sais, c'est ce que j'ai signalé aux flics. Mais ils prétendent qu'il n'est pas resté ici et qu'il a loué ce foutu jet, fis-je, les yeux dans le vide, perdue.

— Il te l'a dit ?

— Non, il ne s'en souvient pas.

— Putain ! Ce n'est pas possible ! On a un énorme contrat, demain soir ! cria-t-elle en faisant valser ses Louboutin, de rage.

— Ce n'est pas le plus important ! L'important, c'est qu'on le fasse sortir de là.

Flora resta immobile un instant. Peu à peu, ses traits changèrent, se durcirent encore davantage, comme si un volcan entrait en éruption en elle. Elle explosa soudain :

— Tout ça, c'est de ta faute ! Depuis que tu es entrée dans sa vie, c'est la merde !

— Mais arrête, Flora, je n'y suis pour rien !

— Bien sûr que si. Il n'arrive que des merdes, depuis que tu bosses pour nous !

— Tu n'as pas le droit de dire ça !

Au lieu de répondre, elle se dirigea vers moi, et sans que j'aie le temps de réagir, elle me gifla. La colère monta en moi et je lui rendis sa gifle. Elle me saisit par le bras, plantant ses ongles dans ma chair et nous commençâmes à nous battre. D'habitude, je détestais la violence et je ne m'y livrais jamais. Mais là, j'étais à bout. Je lui mis un coup de poing dans le ventre. Elle fit deux pas en arrière, se pliant de douleur. Mais lorsqu'elle eut récupéré, elle se jeta sur moi et me poussa de toutes ses forces. Je ne pus résister. Je tombai dans la piscine. Terrifiée, je me mis alors à me débattre et à hurler. Ne sachant rien de ma phobie de l'eau, Flora s'éloigna. Je n'étais qu'à deux mètres du bord, tout au plus, mais j'étais dans l'incapacité de bouger. J'étais en panique totale.

Ma tête fut immergée, une première fois. Je bus la tasse. L'eau entra dans mes poumons. Dans un élan de survie, je parvins à remonter à la surface, en faisant des gestes désordonnés, mais je replongeai tout de suite après. J'allais me noyer, comme un enfant qui ne sait pas nager. Par flashs, je voyais ma grande sœur, Nathalie, à Saint-Tropez lors de l'accident. Je la voyais disparaître dans la mer. Puis je distinguai les MNS en train d'essayer de la réanimer, sur la plage. Son visage blême. Ses cheveux mouillés. Le sable qui recouvrait son front. Et mes parents qui hurlaient leur désespoir. Les larmes de ma mère. L'ambulance qui l'avait prise en charge. Le massage cardiaque qu'on lui avait prodigué. Les électrochocs. Et cette courbe cardiaque, sur le moniteur auquel on l'avait raccordée, qui restait invariablement plate. Le mouvement de tête de l'un des sauveteurs, pour signifier aux autres qu'il n'y avait plus rien à faire. J'étais incapable de respirer. Ma tête fut à nouveau immergée. C'est alors que des mains passèrent sous mes bras et me ramenèrent à la surface. Je me souviens de la couleur du ciel. Je me souviens y avoir vu passer une mouette. Je me souviens de la lumière aveuglante du soleil. Et puis plus rien. Je sombrai dans le néant.

Chapitre 54

Ibiza. 14 juin 2022.

Lorsque je repris connaissance et que j'ouvris les yeux, je fus aveuglée par une autre lumière. Celle du néon de ma chambre d'hôpital. Je bougeai la tête avec beaucoup de difficulté et je constatai la présence d'aiguilles plantées dans mon bras droit. J'étais sous perfusion et sous monitoring. Une infirmière se tenait debout, à côté de mon lit. Elle était ronde, possédait un visage poupin et ses cheveux noirs étaient attachés en chignon. Elle me parla en espagnol. Se rendant compte que je ne comprenais pas ce qu'elle disait, elle reprit, en anglais, cette fois :

— Ah ! vous voilà revenue parmi nous. Je suis Rosa.

— Qu'est-ce que je fais là ? fis-je en essayant de me redresser sans y parvenir.

— Vous avez failli vous noyer, répondit-elle d'une voix apaisante.

— Qui m'a sauvée ? J'ai senti des bras…

— Le jardinier de votre patron, d'après ce que j'ai compris. Il était là quand on vous a amenée. Il a plongé et il vous a sortie de l'eau.

— Où est-il ? Je voudrais le remercier..., balbutiai-je d'une toute petite voix.

— Il est reparti, mademoiselle.

Les souvenirs me revinrent en tête. Flora qui s'éloigne. L'eau qui rentre dans mes poumons. Ma panique. La mouette.

— Je suis là depuis combien de temps ? m'inquiétai-je en me frottant les yeux.

— Vous avez été admise hier vers midi. Cela fait vingt-quatre heures. Ne vous inquiétez pas, votre état est stable, mais nous avons préféré vous garder sous surveillance. Vous avez beaucoup de chance, l'hypoxie a été de faible importance et de courte durée. Vous auriez pu y rester, ou avoir de graves séquelles. Je vais appeler le docteur Sánchez.

— Je vais pouvoir sortir quand ? demandai-je.

— Je ne sais pas, mais pas aujourd'hui, ça, c'est sûr. Le docteur Sánchez vous en dira davantage.

Rosa quitta la chambre. Je réussis enfin à me redresser dans mon lit, prenant appui sur mes coudes. Je portais une blouse. Je regardai par la fenêtre. Le ciel était gris, il pleuvait. Je me mis à pleurer. J'aurais dû être heureuse de m'en être tirée, mais je n'arrivais pas à être optimiste. Je pensais à Gino. Et s'il avait vraiment tué B.K. et les deux autres filles ? C'était peut-être un psychopathe ; on ne connaissait jamais tout à fait les gens. D'un seul coup, je fus prise d'un stress qui alla en grandissant. À tel point que je faillis perdre à nouveau connaissance. Au moment où je me sentis défaillir, le docteur Sánchez entra dans la chambre. Je me sentais au plus mal. J'avais la sensation que j'allais mourir, que mes forces m'abandonnaient. Je parvins néanmoins, à balbutier :

— Docteur... je ne suis... pas bien.

Il consulta les moniteurs auxquels j'étais raccordée. Mes pulsations s'étaient emballées. Il palpa mon poignet.

— Vous faites une crise d'angoisse. C'est fréquent, avec les produits d'anesthésie. Nous allons vous administrer un calmant.

C'était un homme d'une soixantaine d'années. Grand, le corps sec, il avait le visage buriné par le soleil ibizien. Il fit un geste à Rosa qui se tenait derrière lui. Cette dernière sortit de la chambre et revint, quelques secondes plus tard, avec un petit cachet qu'elle me tendit, avec un verre d'eau.

— Tenez ; prenez ça et buvez. Cela devrait vous apaiser.

J'avalai le cachet, dans une gorgée d'eau. Peu à peu, mon rythme cardiaque diminua. Cinq minutes plus tard, je me sentais mieux. Le docteur Sánchez était toujours là.

— Voilà. Cela devrait aller, maintenant. Il faut vous reposer, mademoiselle.

— Où est mon téléphone portable ?

— Il est dans votre armoire, là, avec vos affaires. Mais je crains qu'il soit hors service. Il a pris l'eau, répondit-il, l'air navré.

— Vous pouvez me le donner ?

— Je veux bien mais, je vous l'ai dit, il faut vous reposer.

Sánchez ouvrit l'armoire et sortit mon iPhone d'un petit panier de rangement en plastique bleu. Il me le tendit. Je le pris en main. Il était éteint, alors que sa batterie était chargée à cent pour cent, la veille. J'essayai de l'allumer, en vain.

— Vous avez raison ; il est mort, fis-je, la mine déconfite.

— Voulez-vous que nous prévenions quelqu'un ?

— Oui. Le commandant Miguel Ángel Cortés du *Grupo Especial de Operaciones*. Vous pourrez le joindre au commissariat central.

— Très bien.

— Dites-lui que je suis hospitalisée ici, et demandez-lui s'il peut passer me voir.

— OK, nous nous en occupons.

Le docteur et Rosa quittèrent la chambre. À peine eurent-ils franchi le seuil de la porte que je tombai endormie, sous l'effet du sédatif qu'ils m'avaient administré. Mon sommeil fut très perturbé, ponctué de nombreux cauchemars. Ils avaient tous un point commun. Dans chacun d'eux, Gino était un assassin et il essayait de me tuer. Avec un couteau. Avec un pistolet. Avec une batte. En me noyant.

Soudain, je me réveillai en sursaut et en prenant une grosse inspiration, comme si j'avais été sur le point de m'étouffer. J'ouvris les yeux. Il faisait sombre. À l'extérieur, la nuit était tombée. J'avais donc dû dormir un bon moment. Je tournai la tête vers la droite. Dans la pénombre, un bel homme était assoupi dans une chaise, à côté du lit. Je le reconnus. C'était le commandant Cortés.

— Commandant ! m'exclamai-je.

Il ouvrit les yeux et se redressa, en toute hâte, comme s'il avait honte de s'être laissé emporter par le sommeil. Cela le rendit touchant à mes yeux. Plus humain.

— Mademoiselle Coudert ! Vous nous avez fait peur ! Qu'est-ce qui vous est arrivé ?

— Je me suis battue avec Flora Jones. Elle m'a poussée dans la piscine. J'ai failli me noyer parce que j'ai une phobie de l'eau.

— Elle le savait ? demanda-t-il en se recoiffant.

— Quoi ?

— Que vous aviez une phobie de l'eau.

— Non… je ne crois pas.

— Moi je suis sûr que si. Je pense même qu'elle a voulu vous tuer.

— Comment ça ? m'étonnai-je, même si je ne portais pas Flora dans mon cœur.

— Pendant que vous étiez inconsciente, Jack Ripper est sorti du coma. Et il a parlé.

Une soudaine excitation s'empara de moi. J'avais envie de savoir. De tout savoir.

— Qu'avait-il à me dire, alors ?

— Dans le cadre de son enquête sur la mort suspecte des deux jeunes femmes aux États-Unis, il a fait une découverte étonnante...

— Quoi ? l'interrompis-je.

— Il avait toujours soupçonné Gino Camora. Il avait donc focalisé ses recherches sur lui..., poursuivit-il en faisant trop de mystères à mon goût.

— Oui, et ? m'impatientai-je.

— Pour une raison qu'il ignore lui-même, il a décidé de vérifier les alibis de Flora Jones, même si elle était sa maîtresse. Il s'est rapproché de l'un de ses anciens collègues à la CIA. Le jour des supposés meurtres, Flora lui avait dit qu'elle était en déplacement, très loin des lieux où les corps avaient été découverts. Il a donc demandé à son collègue de voir où le portable de la mademoiselle avait borné ces jours-là. Et il s'est aperçu qu'elle lui avait menti. Le portable de Flora, à l'heure des deux meurtres, avait émis un signal sur les lieux exacts des deux crimes. Au domicile de Camora, pour Lana. Et dans l'immeuble du quatorzième étage duquel la fiancée de Camora de l'époque, Jessie, avait fait le grand saut, à New York.

— Flora les aurait assassinées ?

— Je le crois. Je suppose qu'elle a aussi assassiné B.K. Lorie et que vous auriez été sa quatrième victime, si le jardinier de Camora ne vous avait pas sortie de l'eau, hier.

Cette nouvelle me fit froid dans le dos et je mis un petit moment avant de poursuivre :

— Gino n'a rien fait, alors ?

— Non. Nous nous sommes rendus chez le loueur de jet-skis. Camora a bien loué un jet, le jour de la mort de B.K. Mais il n'a jamais réussi à le faire démarrer. Le type nous a dit qu'il était défoncé à tel point qu'après cinq ou six tentatives, il avait abandonné et était reparti.

Intérieurement, j'éprouvai un soulagement indescriptible. Une onde de joie me parcourut. Gino n'avait rien fait. Et il ne m'avait pas menti.

— Et Flora ? Vous l'avez arrêtée ?

— Oui. Elle est en garde à vue. Elle n'a rien avoué pour le moment, mais je sens que c'est elle. Et je sais comment la faire craquer.

Dans la pénombre, le regard du commandant Cortés pétillait. Lorsqu'il ne jouait pas au dur, il était très séduisant. Il devait être très difficile de résister à son charme andalou. Par déformation professionnelle, je me dis d'ailleurs qu'il ferait un excellent « gentil », dans un triangle amoureux. Par ailleurs, je n'avais aucun doute sur sa capacité à faire avouer les criminels.

— C'est gentil d'avoir attendu pour me dire tout ça, dis-je en souriant.

— Oh, ce n'est rien. Je vous devais bien cela. Vous m'avez aidé, pour l'enquête.

Je me mis à rire, ce qui ne m'était pas arrivé depuis un petit moment.

— Je vous ai surtout orienté sur de fausses pistes. Marco...

— Marco est un criminel aussi, vous savez ! Un dealer est aussi un assassin, pour moi. Il va passer quelque temps en prison, et c'est grâce à vous.

Cortés me prit la main. Je dois bien admettre qu'il était craquant, avec son petit accent espagnol.

— Bon, je vais vous laisser, mademoiselle Coudert. J'ai vu que vous aviez récupéré et je dois interroger Flora Jones.

— Merci, Commandant.

— Appelez-moi Miguel, proposa-t-il d'une voix chaude à faire fondre la glace.

— Entendu, Miguel.

— Reposez-vous bien, France.

Cortés se leva et quitta la chambre. Gino était innocent et je tenais une extraordinaire histoire vraie pour inspirer mon prochain roman. J'étais heureuse.

Chapitre 55

Ibiza. Les jours suivants.

Cortés n'avait pas menti, il était doué pour tirer les vers du nez des suspects. Le lendemain de sa visite au Can Misses, au moment précis où j'avais reçu l'autorisation de quitter l'hôpital, il m'avait appelée pour me dire que Flora, après six heures d'interrogatoire, avait avoué les meurtres de Lana, Jessie et B.K., même si ce dernier aveu fut plus difficile à obtenir. Elle avait aussi admis avoir payé un petit truand de l'île pour trafiquer les freins de la voiture de Jack Ripper, son amant. Ce dernier, naïf et amoureux d'elle, avait commis l'erreur de lui faire part, avant de me contacter, de sa découverte concernant le bornage de son téléphone, et lui avait demandé des explications. Acculée, elle n'avait eu d'autre choix que d'essayer de se débarrasser de lui. Elle avait justifié ses crimes en expliquant qu'elle consacrait toute sa vie à la carrière de Gino et qu'elle ne tolérait pas que des « éléments extérieurs », comme elle les appelait, viennent perturber cette carrière.

Lorsque Camora était amoureux, elle indiqua qu'il oubliait d'être professionnel et qu'il faisait n'importe quoi. Prête à tout pour réussir et pour porter leur duo au sommet des charts, elle n'avait donc pas hésité à se débarrasser de ses maîtresses, en faisant passer les assassinats pour des accidents. Cortés m'avait confié qu'il pensait que miss Jones était une redoutable psychopathe. En effet, elle n'avait pas témoigné la moindre empathie pour ses victimes. L'ambulance me déposa sur le perron où Gino m'attendait. Lorsque je sortis du véhicule, il se précipita vers moi pour m'embrasser. Il portait toujours le survêtement gris qu'il avait enfilé avant son arrestation. Je supposai qu'il venait d'être libéré. Après une étreinte longue et passionnée, il s'écarta de moi, avec un air navré.

— Je ne me souvenais vraiment pas, pour le jet-ski, bébé. J'oublie des tas de trucs, avec la drogue, je te jure !

— Je te crois, répondis-je en le reprenant dans mes bras.

— Je vais me faire suivre, pour décrocher. Tu avais raison, ça n'est pas si facile que ça. J'ai récupéré les coordonnées d'un toubib dans un centre de désintox. Je vais l'appeler ce matin, fit-il avec beaucoup de sincérité dans le regard.

— C'est une bonne chose.

— Je ne veux plus toucher à cette saloperie. Tu imagines que, moi-même, je n'étais pas persuadé d'être innocent ? Si Flora n'avait pas été arrêtée, j'aurais pu avouer des meurtres que je n'avais pas commis.

— Je sais...

— Je suis choqué par ce que Flora a fait, jamais je ne l'aurais imaginée capable de ça ! C'est dingue !

— Moi non plus, je t'avoue. Je suis sous le choc, aussi. Comment tu vas faire sans elle ?

— Je vais bien trouver un autre assistant, ce n'est pas ce qui manque. L'*Amnesia* me veut comme D.J. résident, jusqu'à fin septembre. Ça laisse le temps de voir venir, pour les autres contrats. Et puis tu es là, maintenant.

Je lui souris et lui répondis, sur le ton de l'humour :

— Oui je suis là, mais je ne suis pas ton assistante, hein ! J'ai un boulot, tu te souviens ? Et un roman à écrire...

— Je sais, je déconnais.

Sans que je m'y attende, il me souleva et me porta jusqu'à l'intérieur de la villa, dans le séjour. Il me posa face aux monumentales baies vitrées qui donnaient une vue imprenable sur la mer. Le temps était magnifique et les rayons du soleil formaient des reflets argentés sur l'immensité azur. Le spectacle était sublime. Gino se plaça derrière moi et m'enserra dans ses bras. Nos regards se perdirent à l'horizon. Son corps, collé à mon dos, me faisait beaucoup d'effet. À lui aussi, apparemment. Car, très vite, son sexe se mit à durcir et à exercer une pression contre mes fesses.

— Je sens un drôle de truc, Gino..., murmurai-je alors que ma culotte était déjà trempée.

— Ah oui ? Quoi, bébé ? répondit-il d'une voix suave.

— Je ne sais pas. Quelque chose qui m'appuie sur les fesses, là.

Je glissai une main derrière mon dos et me saisis de son sexe, le malaxant avec douceur, à travers le tissu souple de son survêtement. Son bras droit descendit jusqu'à mon intimité. Il remonta ma robe et glissa ses doigts sous mon string.

— On dirait que je ne suis pas le seul à être excité. C'est tout mouillé, là...

Un de ses doigts se posa sur ma fente et me pénétra. Je soupirai, en me mordant la lèvre inférieure. Ma main se fraya un chemin sous son pantalon. Il ne portait pas de boxer. J'enserrai sa queue déjà bien dure et je commençai à le branler, lentement. Il grogna de plaisir. Il se laissa faire, pendant un petit moment.

— J'adore, bébé, tu fais ça très bien !

Puis il exerça une légère pression sur mes épaules pour me faire basculer vers l'avant. J'appuyai mes deux mains sur la baie vitrée et cambrai les fesses. Il remonta la partie basse de ma robe légère sur mon dos et fit glisser mon string jusqu'à mes chevilles. Je levai un pied après l'autre pour me débarrasser de ce morceau d'étoffe devenu inutile.

— Écarte les jambes ! ordonna-t-il, ce qui n'était pas pour me déplaire.

Je m'exécutai, écartant mes pieds d'une cinquantaine de centimètres. J'entendis, au bruit du tissu, qu'il abaissait son pantalon. Ensuite, son sexe bien rigide glissa dans ma fente, jusqu'à mon bouton. Il le fit ainsi glisser plusieurs fois entre mes lèvres, pour le lubrifier. Puis il me pénétra très lentement. Je sentis entrer en moi, millimètre par millimètre, cette colonne de chair, jusqu'au fond. Il resta un instant immobile, m'embrassant dans le cou, ce qui me fit frissonner de plaisir. Après quelques secondes, il commença à aller et venir en moi, avec beaucoup d'amplitude. Dans la vitre, je voyais le reflet de son visage. Je constatai qu'il regardait la pénétration, ce qui m'excita beaucoup.

— C'est bon ! dis-je dans un râle animal.

Il accéléra la cadence. Sur la plage, je voyais les rouleaux se briser sur le bord avec beaucoup de puissance. Une puissance semblable aux coups de boutoir qu'il me donnait.

— Hmmm, vas-y ! m'entendis-je crier.

Il accéléra encore le rythme, écartant mes fesses au maximum avec ses mains, contemplant sa queue faire son œuvre. Après quelques minutes, une vague de plaisir monta en moi et me submergea.

— Je jouis, Gino ! Hmmm, je jouis ! hurlai-je.

Avec l'orgasme, mes jambes se mirent à trembler et je crus défaillir, mais il plaça ses mains sous mon bassin pour me maintenir debout. Il donna encore quelques coups de reins puissants et se libéra en moi, dans un feulement de fauve. Il se retira. Je me retournai pour l'embrasser.

— Tu m'avais manqué, Gino.

— Toi aussi.

Nous passâmes le reste de la journée au lit, à nous câliner et à faire l'amour, jusqu'à ce que nos corps se rendent d'épuisement. La nuit qui suivit fut douce, et pour la première fois depuis un bon moment, elle ne fut pas perturbée par des cauchemars. Je me levai en pleine forme, rayonnante, avec une unique idée en tête : avancer sur mon manuscrit. La totalité de l'histoire s'était assemblée toute seule dans ma tête. Le cerveau humain a cette faculté exceptionnelle de fonctionner même lorsque nous sommes inconscients ou que nous faisons totalement autre chose. Gino dormait toujours lorsque je me mis au travail. Sur mon écran de PC, les pages se noircissaient presque d'elles-mêmes. J'écrivais vite. Mais cela n'était pas le plus important. Le plus important était que j'avais l'intime conviction que ma production était de bonne qualité. Les journées suivantes se ressemblèrent, durant plus d'un mois. Je travaillai sans relâche, huit à neuf heures par jour, ne m'accordant que quelques rares pauses pour prendre un peu de bon temps avec mon amant et lui donner des cours de français. Motivé par sa collaboration avec David Guetta, il avait fait des progrès fulgurants. J'avais aussi appelé Franck Schneider, à plusieurs reprises, pour le tenir informé des événements et de l'avancée de mon roman. L'un de ces appels, début juillet, m'avait marquée.

— J'ai mis un peu de temps, mais j'ai lu les premiers chapitres de votre manuscrit. C'est bien, c'est même très bien, mais n'oubliez pas que pour que votre roman devienne un best-seller, il faut qu'il soit un produit formaté. J'ai noté quelques passages beaucoup trop poétiques pour de la romance. Il va falloir les supprimer. Dans la société actuelle, il n'y a plus beaucoup de place pour la différence, malgré tout ce qui peut être dit par les intellectuels.

— Même dans l'art ?

— Surtout dans l'art, France. Les artistes sont considérés à tort comme des nantis, des privilégiés, et on ne leur pardonne désormais aucun écart. Avec les réseaux sociaux, en une heure, une carrière peut être brisée.

— Mais c'est parfaitement débile ! Si personne ne peut donner un point de vue différent de ceux qui prétendent détenir la vérité, il n'y a plus qu'un point de vue, non ? Cela signifie que si demain, il n'est plus de bon ton de manger de la viande, je n'aurai pas le droit de dire que j'aime le filet de bœuf ?

— Vous avez tout compris ! Pliez-vous à la dictature intellectuelle et suivez la tendance. Vous n'avez pas le choix.

— Bien. Je vais enlever ces passages, alors.

— C'est plus sage, croyez-moi.

Prenant en considération ces conseils avisés, bien qu'un peu déçue de devoir me censurer, je m'étais remise au travail d'arrache-pied, et le 20 juillet, le mot « Fin » apparut sur mon écran. J'avais dépassé les soixante mille mots. J'étais fière de moi.

Chapitre 56

Paris. 22 juillet 2022.

Mon manuscrit ficelé et relu, je n'avais plus eu qu'une envie : avoir l'avis de Franck. J'avais essayé de l'appeler de nombreuses fois, mais j'étais toujours tombée sur sa messagerie, ce qui n'était pas dans ses habitudes. Qui plus est, il ne me rappelait pas, malgré mes messages. Inquiète, j'avais accepté, avec soulagement, l'aller-retour à Paris que Camora m'avait proposé de faire avec lui pour rencontrer l'un des collaborateurs de David Guetta.

À notre sortie de l'aéroport Charles-de-Gaulle, nous nous étions séparés et j'avais sauté dans le premier taxi pour me rendre au domicile de mon mentor. Le chauffeur m'avait déposée juste au pied de l'immeuble, rue Albéric Magnard. Au moment où j'arrivais, une dame sortait de la résidence avec son caniche. J'en profitai pour m'y introduire, sans devoir utiliser l'interphone. L'appartement de Schneider occupait tout le rez-de-chaussée. Je sonnai à sa porte. Personne ne vint ouvrir.

J'insistai. En vain. J'aurais dû repartir, mais mon intuition me disait que quelque chose d'anormal se passait. Lors de nos différentes entrevues, Franck m'avait indiqué qu'il vivait seul et qu'il n'avait plus de famille. Il n'avait pas d'amis non plus. Une horrible pensée me traversa l'esprit. Et si, comme nous en avions discuté une fois, il était là derrière cette porte, mort depuis plusieurs jours, victime d'un infarctus ? Aujourd'hui, des personnes mouraient comme cela, dans la solitude la plus totale, et on ne retrouvait leur cadavre que des semaines plus tard, quand l'odeur de la putréfaction finissait par alerter leur voisinage. Je ne pouvais pas repartir, je n'en avais pas le droit. Je me souvins alors que Schneider avait une clé sous son paillasson. Je soulevai ce dernier. Le trousseau était là. Je m'en saisis et je déverrouillai la serrure. J'entrai en m'annonçant :

— Franck ? Vous êtes là ?

Je n'eus aucune réponse. J'avançai donc, lentement, retenant mon souffle, m'attendant à découvrir le pire à chaque pas que je faisais. À l'intérieur, tout était bien ordonné. Seul un verre de scotch à moitié bu traînait sur la table basse du salon. Franck passait la très grande majorité de son temps dans son bureau. Ce fut donc là que je me rendis. Mais il n'y était pas. J'allais ressortir de la pièce, lorsque mon attention fut attirée par une enveloppe posée sur la table. Dessus, mon prénom était écrit, en grand, à l'encre rouge.

À l'attention de France *Coudert*

Je me saisis de l'enveloppe et l'ouvris. Elle contenait deux feuilles de papier. L'une était un courrier qui m'était destiné et l'autre ne comportait qu'une adresse au Mexique. Je lus le courrier :

Très chère France,

Après avoir lu ces lignes, j'espère que vous pourrez me pardonner de vous avoir caché la vérité aussi longtemps. Je suis un assassin, France. Il fallait que vous le sachiez. J'ai assassiné B.K. Lorie.

De stupeur, je faillis lâcher le courrier. Je dus m'asseoir, pour en poursuivre la lecture.

Un jour, vous m'avez demandé pourquoi je n'avais jamais écrit un best-seller, alors que j'en connaissais toutes les ficelles. Je vous avais répondu que je n'avais jamais osé, mais j'ai menti. J'ai écrit un roman qui s'est vendu à plusieurs millions d'exemplaires. Je l'ai écrit en tant que nègre. Je l'ai écrit pour B.K. Ce roman, c'est Pleasure Game.

Tous mes muscles étaient en tension. Installée dans le fauteuil de Schneider, j'étais stupéfaite. B.K. Lorie était donc un parfait imposteur. Elle n'avait pas écrit le moindre mot du roman qui avait fait décoller sa carrière.

Avec B.K., nous étions convenus que la moitié des droits qu'elle percevrait me reviendrait. De mon côté, je m'engageais à ne jamais révéler que j'étais le véritable auteur du livre.

Pleasure Game *a tout de suite connu un succès phénoménal. Un succès qui a de loin dépassé nos espérances. Il a été traduit dans plus de quarante pays. Le cinéma en a acheté les droits audiovisuels. En tout et pour tout, il a rapporté pas loin de sept millions d'euros à B.K.*

Lorsqu'elle a perçu ses droits, je l'ai contactée pour qu'elle respecte ses engagements. Mais j'ai trouvé lettre morte. Sur le moment, je me suis dit que cela pouvait attendre un peu. Et puis, début juin, j'ai eu une opportunité exceptionnelle pour acheter, à bon prix, la finca de mes rêves, sur les bords du Guadalquivir. J'ai donc relancé B.K. qui n'a pas daigné me répondre. Avec le succès, elle était devenue totalement inaccessible, toujours entourée par ses gardes du corps. Elle était devenue une star et je n'avais plus la possibilité de l'approcher. Et puis, qui m'aurait cru ? Nous n'avions pas signé de contrat, je lui faisais confiance.

C'est alors que vous m'avez appris qu'elle résidait, pour l'été, dans sa villa à Ibiza, à un saut de puce de Paris en avion. Comme vous m'aviez donné tous les détails de votre rendez-vous, je savais qu'elle s'y trouverait, le 9 juin. C'était une occasion unique de pouvoir avoir une discussion en tête à tête avec elle.

Je pris donc le premier vol pour Ibiza, le matin du 9. Une fois sur place, je louai un petit bateau à moteur dont je jetai l'ancre dans la crique, face à la plage privée de la villa Éloise. *Connaissant le goût prononcé de B.K. pour le farniente, je savais qu'elle finirait bien par descendre sur cette plage, et c'est ce qu'elle fit, un peu après 14 heures, seule.*

Le bateau ne disposant pas d'annexe, je me jetai à l'eau pour rejoindre le rivage. Au même moment, elle décida d'aller se baigner, ce que je n'avais pas prévu. Ce fut donc en mer que notre rencontre se produisit, fortuitement, elle nageant vers le large et moi vers la terre. Quand elle me reconnut, elle devint hystérique. J'essayai de lui expliquer, calmement, les raisons de ma venue. Je lui dis même que six cent mille euros me suffiraient. Mais elle ne voulut rien entendre. Elle commença à me frapper au visage et à essayer de me noyer, en tirant mon corps vers le fond. D'abord incrédule devant sa furie, je me laissai faire, mais constatant qu'elle prenait le dessus et que j'allais y passer, je me défendis. Je l'attrapai par le cou et serrai. J'étais paniqué et ma force en fut probablement décuplée. Tant et si bien qu'après quelques instants, B.K. ne bougeait plus. Affolé, je la ramenai vers la plage, la traînant jusqu'à sa serviette où j'essayai de lui faire un massage cardiaque qui s'avéra vain. Elle était morte. Pétrifié de peur, je nettoyai les traces que j'avais laissées et je repris la mer, sans réfléchir aux conséquences de mes actes.

Vous m'avez appelé sur mon portable ce jour-là même pour m'indiquer que vous aviez découvert le corps et que tout vous accusait. Je vous ai expliqué quoi faire et quoi dire à la police, m'en voulant au plus haut point de vous avoir mis, sans le vouloir, dans cette situation. La suite, France, vous la connaissez.

Vous savez désormais pourquoi Flora Jones a eu du mal à avouer le meurtre de B.K. Parce qu'elle ne l'a pas commis.

De mon côté, je me suis organisé pour disparaître. Mais avant cela, pour soulager ma conscience, je vous devais la vérité, et je devais la vérité à la justice. Lorsque vous aurez lu ces aveux, je souhaite que vous en fassiez part à la police espagnole.

Je vous avais dit, France, que j'offrirais un dénouement exceptionnel et inédit à votre roman. Le voici, et il est bien au-delà de ce à quoi je pensais.

J'espère que vous pourrez me pardonner un jour.

Franck

Je posai le courrier sur la table du bureau. J'étais comme tétanisée. Je n'y croyais pas, et pourtant, voilà donc comment tout s'était passé. « Le meurtre parfait est d'une banalité déconcertante », m'avait dit Schneider un jour, et il avait raison. Car sans ces aveux, il n'aurait sans doute jamais été soupçonné. Je me saisis de l'autre feuille que l'enveloppe contenait. Je la lus.

France,

Dans le cas où vous estimeriez que ma place est en prison, voici ma nouvelle adresse :

entronque timucuy 200 mts,

Alameda Poniente,

Ciudad de México, Mexique

Je vous laisse seule juge de m'y retrouver, lorsque cela vous chantera, pour prendre un verre devant le soleil couchant, ou de transmettre cette adresse à la police espagnole.

Je mémorisai l'adresse dans mon iPhone et, me saisissant du Zippo de Franck – celui avec lequel je l'avais vu tant de fois allumer ses barreaux de chaise – qui traînait sur son bureau, je mis le feu à la feuille de papier. Puis je pliai le courrier et le rangeai dans mon sac à main, avec l'intention de l'envoyer dès que possible au commandant Cortés, pour respecter la volonté de Schneider. Je me levai, jetai un dernier coup d'œil à cet endroit familier où tout avait commencé. Je sortis, refermant la lourde porte derrière moi. Avec soin, je replaçai la clé sous le paillasson. Une fois dans la rue, je regardai le ciel et pris une grande inspiration. J'avais du pain sur la planche : mon mentor venait de me servir, sur un plateau, le plus inattendu des dénouements. Je devais réécrire la fin de mon roman.

Chapitre 57

Nancy. 14 septembre 2022.

Le Salon du livre de Nancy, Le Livre sur la place, était un rendez-vous incontournable de la rentrée littéraire. Il venait d'ouvrir ses portes et, hasard ou coïncidence, mon stand jouxtait celui de Franck Thilliez. Mon manuscrit n'avait pas convaincu mon éditrice, Claire Pageot. Elle n'avait pas cru à mon histoire, lorsque je lui avais raconté que j'avais été contactée par une romancière américaine à succès pour traduire son nouveau roman et le lancer en France. Sur le coup, j'avais désespéré. Mais je m'étais reprise, en repensant aux multiples conseils de Franck Schneider, étant persuadée que la supercherie pouvait fonctionner. J'avais donc pris contact avec Violaine Georgiadis des éditions Alter Real. Celle que certains surnommaient « la Baronne » était réputée pour prendre des risques et n'avoir peur de rien. C'était une femme et une professionnelle exceptionnelle. Elle avait mordu à l'hameçon, flairant le bon coup. Très intelligente, elle avait assez vite découvert la supercherie. Mais elle ne m'en avait pas voulu. Au contraire, elle avait trouvé l'idée géniale et de nature à faire un pied de nez au « système » qu'elle exécrait. Elle joua le jeu bien au-delà de mes espérances, se démenant pour faire exécuter tout le travail d'editing en moins d'un mois, afin que le livre soit prêt pour septembre. Elle avait pris d'énormes risques, en lançant une campagne de publicité hors norme pour un simple roman. Dans le même temps, Franck Thilliez, amusé par l'expérience, comme Schneider l'avait prédit, avait accepté de signer mon bandeau de couverture. L'ami de mon mentor, André Bonet, avait quant à lui réussi à convaincre David Foenkinos de se porter caution du livre. Cerise sur le gâteau, Gino m'avait composé un mix de toute beauté pour accompagner le teaser vidéo précédant la sortie de l'ouvrage. Par miracle, tout s'était déroulé comme prévu, comme dans un rêve. Paré d'une magnifique couverture, *Best-seller* était là, devant moi, en trois cents exemplaires. Posé sur mon stand, un petit chevalet indiquait « France Coudert – Traductrice de FC Washinghton ». Thilliez me fit un clin d'œil. Les portes du salon s'ouvrirent, et quelques secondes plus tard, une file ininterrompue de lecteurs se positionna face à moi. En une heure, tout était vendu. Épuisée, la main douloureuse après toutes ces signatures, je consultai l'écran de mon iPhone. J'avais reçu un message du Mexique, un message de Franck Schneider :

France, j'ai besoin de vous voir. Venez dès que vous le pourrez.

FIN ?

La playlist de *Best-seller*

Irrepleceable (Beyoncé)
The drugs don't work (The Verve)
Something (Joe Cocker)
N'to-Trauma (Worakls Remix)
Walking with elephants (Ten Walls)
Learning to fly (Maceo Plex)
The King of deep, Vol. 6 (Gino Panelli)
Love me Baby (S.B. Devotion / Sheila)
The Way back (Solomun)
Little Bird (Eels)
Last Nite (The Strokes)
Señorita (Camila Cabello / Shawn Mendes)
Thunderstruck (AC/DC)
Titanium ft. Sia (David Guetta)
La Leyenda del tiempo (Camarón de la Isla)
Les Plaisirs démodés (Charles Aznavour)

Kiss from a rose (Seal)
El Beso de la muerte (Harmonie de la Nèhe)
Cry me a river (Justin Timberlake)
Try (Pink)
Shallow (Lady Gaga et Bradley Cooper)
Boiler room D.J. set (Solomun)
Where is my mind (Pixies)

ZOOM sur l'auteur

Efsy WASHINGTON

Efsy Washington est le pseudonyme de l'auteur(e) d'une quinzaine de romans à succès.

Touche à tout, Efsy a choisi la France et les éditions Alter Real pour se lancer, en exclusivité mondiale, dans une grande expérience, une véritable mise en abîme où la fiction rejoint la réalité, où la réalité alimente la fiction, avec pour objectif de répondre à deux questions.

Peut-on écrire un best-seller en étant totalement anonyme ?

À l'heure d'Internet et de l'accès total à l'information, un lecteur parviendra-t-il à découvrir qui se cache derrière son pseudonyme ?

À vous de jouer…

Vous aimerez aussi :

ZOOM sur la maison d'édition

Alter Real

ÉDITIONS

Les Éditions Alter Real c'est un coup de foudre littéraire entre des auteurs, des lecteurs et la team éditoriale !

Cette Maison d'édition à compte d'éditeur publie des romans en numérique et en papier, elle possède 3 collections :

- Imaginaire (Urban Fantasy, SFFF, romance paranormale),
- Real Love (Romance à suspense, YA, New Adult, Feel Good)
- Real Suspense (Thriller, Polar, Cozy Mystery)

Pour en savoir plus :

https://boutique-alter-real.com

https://www.facebook.com/editionsAlterReal

https://www.instagram.com/alterrealeditions/?hl=fr

REAL SUSPENSE

Real Love

Mise en page : Le Cercle digital
Illustration : Edantes

www.editions-alter-real.com

ISBN numérique : 978-2-37812-715-2
ISBN papier : 978-2-37812-716-9
ISSN : 2646-6899

Dépôt légal : janvier 2023
Imprimé en France.

ALTER REAL (SARL PROVEXIM) bénéficie du soutien de la Région Centre-Val de Loire, de l'État (DRAC Centre-Val de Loire) et de Ciclic dans le cadre de l'aide aux entreprises d'édition imprimée ou numérique.

Imprimé en France
FRHW010436010223
33781FR00017B/361

9 782378 127169